在回忆里爱你

胡 纯◎著

北京日报出版社

图书在版编目（CIP）数据

在回忆里爱你 / 胡纯著 . -- 北京 : 北京日报出版社，
2022.1

ISBN 978-7-5477-4054-5

Ⅰ . ①在… Ⅱ . ①胡… Ⅲ . ①长篇小说 – 中国 – 当代

Ⅳ . ① I247.5

中国版本图书馆 CIP 数据核字 (2021) 第 167045 号

在回忆里爱你

出版发行：北京日报出版社

地　　址：北京市东城区东单三条 8-16 号东方广场东配楼四层

邮　　编：100005

电　　话：发行部：（010）65255876

　　　　　总编室：（010）65252135

印　　刷：三河市三佳印刷装订有限公司

经　　销：各地新华书店

版　　次：2022 年 1 月第 1 版

　　　　　2022 年 1 月第 1 次印刷

开　　本：710 毫米 ×1000 毫米　　　1/16

印　　张：14

字　　数：228 千字

定　　价：59.00 元

目录

第一章　遇见 ··· 1

第二章　取舍 ··· 12

第三章　接近 ··· 23

第四章　弄错 ··· 30

第五章　损招 ··· 42

第六章　陷阱 ··· 53

第七章　攻心 ··· 62

第八章　表白 ··· 69

第九章　意外 ··· 81

第十章　拒绝 ··· 91

第十一章　追求 ·· 100

第十二章　秋日 ·· 115

第十三章　年会 ·· 122

第十四章　相处 ·· 132

第十五章　尴尬 ·· 138

第十六章　熟悉 ·· 146

第十七章　酸意 ·· 155

第十八章　再遇 ·· 162

第十九章　夜色 ·· 170

第二十章　美好 ·· 177

第二十一章 交心······190

第二十二章 承诺······197

第二十三章 虐渣······204

第二十四章 结局······210

第一章 遇见

苏小寿做梦都没想到自己会再遇到霍元泽，而且是在那么窘迫的情况下。

时光仿佛格外眷顾霍元泽，两年不见，他更帅了，穿着衬衫，可衬衫最上面的两颗扣子是松开的，露出小麦色的肌肤。

他神色冷峻地从宝马上下来。

何总一张滚圆的脸上堆着笑，忙迎上去，就去握手："霍总，您也太不够意思了！前几次来北锦，都不来找老弟！"

何总的身后站着何氏设计公司的大部分员工，穿着统一制服、白色衬衣、黑色套裙，站得很整齐，出来迎接霍元泽这位远道而来的客人。

迎接得这样郑重其事，可见在何总眼里，霍元泽是一位很重要的人物。

八月的北锦市骄阳似火，苏小寿只觉得露在空气里的皮肤被烤得发烫，恨不得把自己藏在人堆里，充当被忽略的背景。

今天来迎接霍元泽的，都是年纪轻的员工，嫩得像水豆腐，长得又漂亮，霍元泽应该注意不到她吧！

可霍元泽偏偏伸出一根指头，看似很随意地朝她这边指了指。

苏小寿彻底呆滞了，他们都那么久没见了，她又化了妆，没道理霍元泽会一眼认出来她呀！

没等她清醒过来，苏小寿身边的陈嫚丽就袅袅婷婷地出列。

苏小寿松了一口气，陈嫚丽很喜欢抓住机会往上司那边靠，行为颇为大胆奔放，又是她们里面最漂亮的，个子高挑，皮肤白皙。霍元泽注意到她不稀奇。

何总才要凑趣说几句，却没想到，霍元泽漫不经心地将陈嫚丽拨开，目光动了动，

1

手指又看似很随意地抬起来，这一次，准确无误地指在了苏小寿身上，然后慢慢地放下来。

他那张冰山一般的脸慢慢地融化了，嘴角衔着一抹轻笑。

苏小寿倒抽了一口冷气。

霍元泽就站在那里，脚下大理石地面反射的光晃得她眼睛有点花。

更让苏小寿眼花的是霍元泽的一身衣服，贵气的衣服往他身上一套，他本人就成了一个巨大的磁场，牢牢地吸引着周围人的眼光。

现在，无数双眼睛在苏小寿跟霍元泽身上聚焦。

阳光下，霍元泽往苏小寿这边走过来，一双眼睛半眯着，视线牢牢地锁在她的身上。

苏小寿则下意识地往后缩了缩，艰难地扯出一个假笑。

苏小寿旁边的同事瞅准机会，就把她推了出来。

苏小寿的脚上穿着公司统一采购的高跟鞋。

十厘米高的细跟，她穿上本来就只能勉强站稳，猛地被人一推，一个趔趄，便往前一扑，正好跌进了霍元泽的怀里。

霍元泽呼出的气息就喷在苏小寿的耳朵边，她只觉得耳朵边痒痒的、热热的，心却一点点沉下去。

苏小寿挣脱，忙道歉："对不起，霍先生。"

然而，霍元泽用力一拽，便把苏小寿牢牢圈在怀里，低声说："想我说对不起吧。"

霍元泽很帅，笑起来更有杀伤力。

可苏小寿只是抿嘴，低下头。

下一瞬间，霍元泽就冷下脸来，在她的耳边吐出两个字："做梦！"他的嘴角依然是弯着的，仿佛还残留着些许温柔。

苏小寿低低地说："滚！"猛一抬眼，就看见霍元泽深邃如墨的眼睛，半弯着，里头透着揶揄的笑意，她愣在了原地。

何总瞧出了端倪，也不戳破，上前来"打哈哈"："霍总，新来的不懂事。您这边请！"

他一边将霍元泽往里让，一边对苏小寿说："你先去楼上会所的520包厢。"

商业写字楼里，何氏设计公司租的是七楼。这栋楼负一楼有大超市和各色各样的小吃店。一楼到三楼是商铺，卖珠宝、玉器、衣服等。四楼是本地几家颇有名气的餐厅，五楼、六楼是会所。再往上是其他几家公司。

公司来了客人，如果到饭点，何总就带人直接去吃饭，边吃边谈；如果时间还早，那就去会所消磨时光。

霍元泽放开了苏小寿，往里头走去。

员工们都散了，可苏小寿却没有回过神来。

陈嫚丽上前拍了她一下，酸溜溜地说："小寿，看不出来啊！你还跟南江地产的霍总熟！"

苏小寿这下子才反应过来，目光落在被太阳烤着的地面上，含糊地说："不，我不认识他。"她又记起何总的吩咐，只当何总好心解围，另外委派了任务，并没有留意到何总其实说的是"先去"。

下午四点多，不是休息日，商场里没什么人。

苏小寿有些心不在焉，磨磨蹭蹭地走进电梯，随手按下了每一层的按钮。电梯开了又关，最终还是到了五楼的会所，她来到走廊。走廊一边是包厢，另一边是没有窗的墙壁。墙壁上的一排壁灯开了，灯光是暗黄色的，如黄昏阑珊的光线，显得十分幽暗。

她穿不惯高跟鞋，慢慢地走过去，却发现那包厢的门已经开了。

公共关系部经理赵洁洁带着另外五个同事在门内一字排开。

对外联络是公共关系部的事，苏小寿是设计部的，一般不会来这种接待场合。但公司制度严格，等级森严，有接待任务时，如果上司比下属到得早，那么下属是要扣奖金的。

苏小寿目光往里一瞧，看见里面已经收拾妥当，便乖乖地低头认错："赵经理，对不起。"

赵洁洁素来对比自己职位低的员工严苛，没想到这会儿居然和颜悦色地笑着说："小寿，你去点几首歌。"

苏小寿心往下一沉，隐隐猜到是怎么回事。她这种新来的员工就算来接待也是做最外层的事儿，规规矩矩端个水果盘、递个热毛巾什么的。至于点歌，有公共关系部几位同事，怎么都轮不到她。

赵洁洁见她发呆，抿嘴微笑："去吧，霍总一会儿就到。"苏小寿脸色唰地就白了。

赵洁洁点到为止，嫣然一笑，不再多话。后面五个同事也是双目平视，嘴角含着温柔的笑。

会所与设计公司有长期合作，为了确保谈话隐秘，每次赵洁洁带人接待，会所的服务人员全程都不参与。

房间里的冷气打得很足，又加了湿，苏小寿觉得浑身冷极了，而且这种冷就跟那年冬天南江市的江风一样，是浸到骨子里的湿冷。

她不可能拒绝。

在公司里，上司的话必须无条件地执行，不然，她就会被立即开除。二十二岁的苏小寿已经不是南江大学里那个小丫头，不知天高地厚，不知世事艰难。她需要这份工作，而且她早在很久以前就知道，有些人是她不能得罪的，比如南江地产的霍总。

点歌机的触屏很灵敏，苏小寿一只手撑在屏幕的边缘上，另一手去点。

但她的手指戳了几次，都没有点中。她下意识地抬头去看赵洁洁她们，发现她们只是站在那里客气地笑着，没有一点过来帮忙的意思。

包厢开了几组灯，五彩斑斓的光忽明忽暗，苏小寿却慢慢地静下心来。

没有多少时间让她自怨自艾，生活总得继续。

她用手指轻轻地点了点，很快就选出了几首时下流行的、霍元泽又会唱的歌。其实，霍元泽会唱的那几首歌，还都是她教会的。不认识她的时候，霍元泽是不听流行歌曲的，他更喜欢古典的钢琴曲，而且会自己弹。

苏小寿把原音都放了出来，歌曲都很热闹，包厢的音响效果又好，气氛在表面上活络起来了。

这是总统包厢，主打唱歌，坐个七八十人都绰绰有余。旁边做了隔断，有棋牌室与卫生间，有一扇暗门可以通往豪华套房。没过几分钟，苏小寿就听到一群女孩子此起彼伏的笑声。然后一群穿着时尚的年轻女子簇拥着两个年轻的男子走了进来，前面一个是常客华蓥集团执行董事叶盛，另外一个才走进来，脚步就停滞了。

他本来搂着一个美艳的女孩子，手顿时就松开了，局促不安地低下头，嗫嚅了三个字。他说得很小声，背景音很吵，但苏小寿却从口型里看到他在喊她。

他说："苏学姐。"

苏小寿瞪大了眼睛，实在是没办法把眼前的纨绔阔少与南江大学里那个阳光少年叶诚联系起来。就隔了十几米远的距离，走个几步就能走到那边去，但苏小寿觉得这是一条天堑，突然割裂了她的人生，颠覆了她所有的认知。

叶盛喝高了，满面红光，并没有留意到苏小寿，只是察觉自己的小堂弟有些反常，嘟嘟囔囔起来："阿诚？怎么不玩了？"

他推开身边的女孩子，踉踉跄跄地扑过去，勾着叶诚的肩膀，"是不是嫌何哥招待不周？等下，你哥我做东，再带你去见识见识！"

苏小寿装着不认识他，低着头，再去选歌。却不想叶诚推开了众人，三步并作两步地走到她身边，猛地抓住了她的手腕，一把将她拽起来："苏小寿，你怎么会在这里！跟我走！"

他吼了一声，像一只愤怒的小兽。

这一闹，叶盛酒醒了大半。他看苏小寿的目光顿时锐利起来，多了几分探究的

4

味道。"阿诚，我差点忘了，明晚老爷子叫你过去吃饭。你到时候可别说我带你来过这儿。"他打了一个酒嗝，"老爷子才下了禁令，让我这段时间老实点。"叶盛口里的老爷子，说的是他的父亲，华崟集团的董事长叶绍宽。豪门家大业大规矩多，虽然公子哥们可以灯红酒绿，但只能逢场作戏。

叶盛看出了堂弟对点歌的那个女孩子不同寻常，不由得出言点醒。叶诚从小耳闻目睹，也听出了叶盛的弦外之音。堂哥很家常的一句话，但话中却抬出来叶绍宽，暗示叶诚，绝不可以来真的。

苏小寿本来就窘迫，今天又接连碰到两个认识的人，更窘了。

她也听懂了叶盛对叶诚的提醒，恨不得地上现在就裂开一条缝，让她能立马钻进去。只可惜，地上不可能裂开缝，而她也不可能躲得开。

这些事情是命里头注定，仿佛是越害怕什么，就越来什么。

趁着叶诚的手松了点，苏小寿挣脱开来，往旁边挪了一步，轻轻地说："对不起，我不认识你。"

这个地方的确不适合说话，叶诚把到嘴边的一连串问题硬生生地憋了回去，极力地控制着自己，彻底松开了手："不好意思，是我认错人了。"但他却是直直地望着苏小寿。

叶盛看叶诚不闹事，就松了一口气。他只当叶诚是年轻不懂事，毕竟年轻的时候，总会有那么一点真心。

过几年，见得多了，也就好了。而且那个苏小寿不过是看着舒服，不算顶尖的美女，举手投足很生嫩，也不像有心计的女人，想必也翻不起多大的事。

他还是有些奇怪。以前来，没有特别吩咐，来接待的都是设计公司公共接待部里最经验老到的。而苏小寿这么一个嫩手，何总怎么会打发她来接待？也不怕她毛手毛脚地做不好事，惹得他们不快？

闹在旁边的女孩了们都是八面玲珑，瞅准了这个时机，连忙涌过来。原先叶诚搂着的那个女孩子，生怕位置被抢，忙拈了一个车厘子，凑了过来，将暗红色的车厘子递到叶诚的唇边，笑嘻嘻地说："诚哥，来尝一个嘛！"

叶诚心里又急又燥，想问苏小寿，但又不能在这里直接问，嘴巴下意识地张开，将车厘子一口吞下，连核都忘了吐。

在一边旁观的叶盛心里叹了口气，这堂弟才二十岁，实在是年轻，太沉不住气了。只不过，再沉不住气，也得沉得住气，毕竟等下霍元泽就要来了。

这一场聚会，说是随便聚聚，其实是由何氏设计公司的何总牵头搭线，华崟集团与南江地产合作前的见面通气。

虽说是私人来往，其实是公事。

5

叶盛在长条沙发上坐定，赵洁洁则走过去，递了条毛巾过去，手很自然地放在桌沿，朝他快速地做了一个手势。

何氏设计公司与华蓥集团有深度合作。

赵洁洁与叶盛认识几年，有些默契，他立即明白赵洁洁的意思，这苏小寿是他今天请的客人霍元泽"钦点"的。

他吩咐："开两瓶皇家礼炮38年。"

这酒是一早就备好的，赵洁洁一气呵成地开了酒瓶，动作麻利又优雅。

叶盛看着赵洁洁，口里连连叫好，但余光却是留意着苏小寿。多看了几眼，他终于放弃了在苏小寿身上找独特之处的想法。

富家公子身边不缺莺莺燕燕，什么款型都有，要才有才，要貌有貌，要气质有气质。叶盛见多识广，苏小寿根本就无法让他觉得惊艳，实在不知道霍元泽为什么会对她另眼相看。

除非……这里面有别的缘故。

叶盛抽出手，拿起托盘里的一个玻璃杯，赵洁洁立即替他倒了大半杯酒。

他却不急着喝，晃了晃杯子，看酒洒了一小半出来，然后哈哈大笑着将酒杯举起来，再晃了晃，然后猛地反扣，往那女孩子身上一浇。

苏小寿看得心惊肉跳。

那女孩子，她模模糊糊认得，叫李茵，是公共关系部的，比她还小，但进入公司已经两年。李茵被酒浇湿了，却还笑得出来，往叶盛身上挤过去，顺手拿过赵洁洁手里的酒瓶，再替叶盛倒了酒："叶董，来喝一杯嘛！"

偶尔公共关系部的人手不够，苏小寿这种刚入职的新人也会被叫过来。这些天她也不过是站在走廊的拐角处，给客人指个路、送个水果盘什么的，没有见到包厢里的事。今天亲眼见到，还是很有冲击力的。

叶诚回过神来，在一边坐立不安的。他知道自己的堂哥素来肆无忌惮，特别怕叶盛在意到苏小寿，便一点点地挪到苏小寿的身边，说："请你去拿一份爆米花。"他低下头，略一迟疑，"我跟你一起去，选点饮料。"

这话说出来，女孩子们大多暧昧地笑了笑。

叶盛了解自己的堂弟只是想让苏小寿离开这个地方。但他不能放走苏小寿。在华蓥集团与南江地产合作的关键时刻，他好不容易发现南江地产霍总喜好的一点线索，可不能错过。但堂弟的感受，他不能不顾及。

叶盛脑筋一转，就中气十足地大笑："阿诚，你还选什么！何哥这点钱还是出得起的！"

他转头吩咐赵洁洁："你们这里所有的饮料，都来一份。再来……一百份爆米

6

花！"他左拥右抱，醉醺醺地笑着，"咱们一人一份！"

叶诚原本已经站了起来，听他那么说，又只好坐回原位。好在他身边的女孩子很识趣，主动把右边的位置空了出来，朝苏小寿丢了一个眼色。

苏小寿"装鸵鸟"，不过去，霸着点歌机，一首首地选歌。

赵洁洁见气氛不对，就给叶诚送上了话筒，那边叶盛已经自己拿起了话筒，对叶诚吼："元哥太不够意思了！这半天还没来！"

他裂开嘴，故意把话说给苏小寿听："不知道又被哪个人勾住了！"

苏小寿听着心像被揪起来一般疼，不过，也就是一瞬间的事情。她很快就不去想了。毕竟，她很早就知道霍元泽是怎么样的人。所以，现在的霍元泽无论怎么样，她都不关心了。或者说，他从一开始，就与她没什么瓜葛，也不应该有瓜葛。

如果人生没有意外，也许，她和霍元泽一辈子都遇不上。毕竟，他们一直是两个世界的人。

包厢里这时候回荡起《我们的爱》的前奏。这歌是 2004 年出的，曾经在大学校园的广播里循环播放。当然，也只是曾经而已。

在这首歌的尾音里，包厢的门被推开了。

先进来的是何总，他眉开眼笑地引着霍元泽往里走。站在门口的女孩子递上热毛巾，霍元泽接过去擦了擦手。

就这会子工夫，叶盛已经站起来，一左一右被两个女孩子扶着，摇摇晃晃地迎上前："元哥，你总算来了！"

叶诚也跟着站了起来，有些拘谨地笑着："元哥。"

霍元泽目光深邃，嘴角微微含笑，略点了点头。

早有机灵的女孩子看出来这位才是今天的正主，几个大胆的就挨了上去。却不想霍元泽不动声色地避开了她们，半眯着眼，目光越过叶诚，落在了点歌机边的苏小寿身上。

苏小寿还没有反应过来，叶诚就着急了。

如果只有他堂哥一个人在，他能保证苏小寿全身而退，但现在多了一个霍元泽，他还真是什么都不能保证了。

何总目光闪烁，混迹多年，他当然看出来叶诚也对苏小寿有意。在明面上，他得左右逢源，一个都不得罪。他朝众人使了一个眼色，公共关系部的女孩子找旁边的人玩骰子的玩骰子，划拳喝酒的喝酒，拍手说笑的说话，立即让气氛活络起来了。他知道他在，这些人不会多说什么，就随便找了个借口："玩得尽兴哈！我还有点急事，先去处理一下。"说着一边欠着身子，一边往后退，闪到门外去了。

等何总走了，叶诚终于横下一条心，说出口来："好久没见元哥了，怎么不见诗成嫂子？"他极力装成很老到的样子，往苏小寿身边一坐。他觉得霍元泽应该不屑于抢他叶诚旁边的人。毕竟苏小寿又不是什么绝色，霍元泽让给他叶诚，反而显出了做大哥的气度。

叶盛不由得抬起眼皮去看了一眼叶诚。叶家枝叶不茂，到他这一辈，只有他跟叶诚两个男丁而已。家族企业里注重传承，要倚仗兄弟联手同仇敌忾。叶盛一直注重对这个堂弟的栽培。

可惜，叶诚与他的父亲叶绍骞一样，人不算复杂，又喜欢文学，有时候会有一些天真和浪漫。不是说这样的人不好。只是，在生意场上，最要不得的就是天真与浪漫。

如今见叶诚为了一个女孩子忖度霍元泽的心思，叶盛暗自满意，幸好叶诚不是朽木，还是可以雕琢的，也许，只要逼到一定的份上，叶诚会迅速地成长起来，成为将来他执掌华錾集团时的左膀右臂。

霍元泽半眯着眼，神色慵懒，只是那眼神很锐利。他笑了笑，说："阿诚，现在可没有什么诗成嫂子。"这话一出，连叶盛都有一秒钟的愣神。

霍元泽出生于南方经商多年的霍家，很小就跟他的远房表妹，穆家的四小姐穆诗成订了婚。这位穆诗成比霍元泽小五岁，现如今在英国留学。

众人都清楚，只等穆诗成学成归来，两人就正式结婚。

人前人后，霍元泽一直大大方方地承认自己有个未婚妻，无论大小场合，他都给足了穆诗成面子。

早几年，虽然霍元泽身边人不断，但是从没有一个长久的，甚至没人能以霍元泽的女朋友自居。而这几年更是，霍元泽在圈子里是有名的洁身自好，再没有听说他和哪个女孩子走得很近。

叶盛觉得，霍元泽这句明着是半开玩笑地回答了他的话，其实是在暗示他，现在这个场合只是私底下的聚聚。

既然是私底下的聚聚，那么就莫谈公事。而且，这话也不算唐突了穆诗成，毕竟霍元泽说的是现在没有，而不是将来没有。

叶诚没有琢磨霍元泽的话，将苏小寿挡在了自己的身后，笑着说："不会吧！前几天，元哥不是还说打算今年秋天结婚吗？"躲在叶诚旁边的苏小寿又往后缩了缩。周围的女孩子们全部笑语晏晏，可她想笑却笑不出来。她几年前就知道霍元泽有个未婚妻叫穆诗成。

叶盛豪气冲天地一拍桌子："好啊！元哥，你真要结啊！"他笑了几声，"秋天结，你可没几天快乐了，将来老弟喊你，嫂子会放行吗？"

霍元泽慢慢地走到叶诚的身边，居高临下地看着几乎要蜷缩成一团的苏小寿，口气淡淡："问她。"

所有人都惊诧了。

这句话很短，只有两个字而已，但是背后的信息量却可以洋洋洒洒写部言情小说，而且还是上下几十万字的两卷本！

还是叶盛最先反应过来，瞠目结舌："元哥，不会是……你要跟她结婚吧！"

所有人的目光都落在了苏小寿身上。

她低垂着眼，感觉心跳个不停，但依然团在角落里。苏小寿的睫毛很长，就像两排浓密的小扇子，遮住了眼底所有的情绪。

对于霍元泽，她早没有了期待。

这样的场合，让这样的暗示，听上去比当初那荒诞的玩笑更像是玩笑。时隔那么多岁月，他依然是富家公子光芒万丈，而她依旧是平凡的小人物，连灰姑娘的梦都做不起。要不是霍元泽，也许她现在还不至于对爱情那么绝望。这一次的相逢，两人之间如此悬殊的距离提醒着她，当初的伤口实在太深，深得也许她这一辈子都愈合不起来了。

苏小寿慢慢地抬起头来，眉眼弯弯，尽量自然一些，说："霍总，您最会开玩笑！"

叶诚本要帮腔，却收到叶盛富有警告意味的眼神，迟疑了几秒钟。

就这一下子，霍元泽往前走了一步，眼睛半眯着，笑了笑："你是我妻子。"

顿时包厢里静得只有歌曲的背景音。

这下子连观望的叶盛都震惊得说不出话来。豪门的婚姻，绝大多数是门当户对，没那么自由。霍元泽如果悔了和穆诗成的婚约，那么就等于伤了霍家与穆家的商业合作。虽然这两家一直都是暗地里较劲，尤其在霍家九少爷霍云泽掌权霍氏集团后，斗争更是频繁，但在明面上，这两家还维持着友好。

以霍元泽的精明，不可能没想到这一点。他没必要为了一个女人，去伤了多年的商业合作。

看苏小寿的气质，就是普通人家的女孩子。霍元泽喜欢，大可以好吃好喝好玩地供着，不需要以婚姻为代价。当然，如果霍元泽真的犯了糊涂，他不介意推波助澜，毕竟霍家、穆家要是真因此斗了起来，对他们华蓥集团的南方拓展计划有益无害。

包厢里的事，都是隐秘。

如果不是事前安排，里头不会开启摄像头，公共关系部的同事们身上也不会带手机。叶盛看了一眼赵洁洁，她立即悄悄地走了出去。

他大笑，估计时间足够赵洁洁在后台开启好了摄像头，这才笑着说："元哥，这怎么可能，你别逗了。"

霍元泽知道叶盛在背后弄小动作，朝着苏小寿，淡淡地笑了笑，用不容置疑的口气说："小寿，我们回家。"

苏小寿没有动。

叶诚站了起来："元哥，你是不是弄……"那个"错"字还在舌尖打转，便对上了霍元泽锐利的眼神，感到强大的压迫感，叶诚说不下去了。

霍元泽很快就收敛了锋芒，嘴角带着慵懒的笑，走到了苏小寿的身边，俯下来，盯着她的眼睛，轻轻地说了三个字："敢不走？"

对上那深不可测的眼神，苏小寿没来由地一阵心慌，硬着头皮："霍总，我不懂您的意思。"

霍元泽余光瞥了一眼叶诚，直起了身，嘴角的笑变得有几分温柔："走吧，我的霍太太！"

叶诚很想留下苏小寿，又不敢当众跟霍元泽叫板，只好用求救的眼神看着叶盛。

叶盛看到自家堂弟的眼神实在是可怜，心里也想试探一下，就醉醺醺地笑着说："元哥，你真会开玩笑！可不能让小美女就这样被你带走。我们玩个飞镖，谁投中，小美女就归谁？"

玩飞镖，叶盛是高手。这样一来，他就是借着酒劲儿去抢苏小寿。

没听到过一点霍元泽结婚的风声，叶盛是打心眼里不信真有其事。

在商场上，谁都会装醉。叶盛也知道这瞒不过霍元泽。几年前，他和霍元泽是一起荒唐过的，隔了几年再相见，总是要熟稔些的。

这是他第一次开口问霍元泽要人，再加上他是华銮集团未来掌权人，这点面子，霍元泽不会不给他。除非霍元泽真的很在乎苏小寿。

叶诚心领神会，立即吩咐："去拿飞镖。"

"不用。"霍元泽不留余地地拒绝了，眯眼笑了笑，"我太太会跟我走。"

苏小寿手握成拳头，指甲紧紧地掐进肉里，猛地抬起头，挤出一丝笑容："霍总，您这话未免说得太自信了。"

到了这步田地，她也顾不得许多，直接把旧事拎了出来："您当初说得很清楚。我是您随意找来的。虽然我只是一个平凡的人，但我也有自尊，我不会死皮赖脸地缠着您。您已经离开了，所以，也希望您能自重。"

霍元泽微微一笑，只是掏出了手机，在苏小寿的眼前晃了一下："忘了？"

苏小寿的脸顿时一点血色都没有了。那是一张照片，内容是结婚证，落款日期是 2006 年 7 月 22 日。

当初霍元泽拖着苏小寿去婚姻登记处时，她二十岁，已经达到登记年龄。后来他们没有办理离婚的手续，所以他们的婚姻是合法有效的。

领结婚证那个时候，没有戒指，没有婚纱，可那一刻，苏小寿觉得十分开心。

她反反复复地看着那薄薄的红本子，甜蜜的笑容绽放在嘴边，如夏夜最美的烟花。

只可惜，烟花再绚烂，都会消散在夜空。

苏小寿不明白霍元泽为什么要旧事重提。既然当时要她离开，现在何必要找她？时间是治疗伤痕的最好良药。她不想再结婚了。等再过三年五年，生活的琐碎会把她磨得没有棱角，没有太多时间去想与霍元泽那一段年少时不知世事深浅的轻狂。

想到这里，苏小寿故作淡定地笑起来："都是过去的事了。"她的声音微微有些颤抖："霍先生，我答应过。您尽管放心。我不会再出现在您的面前，绝对不会对您的生活造成困扰。"她慢慢地站了起来，"霍先生，明天我就会辞职。"

设计部的新人工资在同批员工中不算低的。毕竟是技术岗，她走很容易，只是，眼下不是招工的旺季。没了这份工作，要再找一份有同等收入的工作实在是太难了。没有收入，她根本负担不起苏晓秀高额的医疗费。可苏小寿也顾不得许多了，她只想离霍元泽越远越好。

话说到这里，这两人的关系很明显了。高富帅渣男与傻白甜小姑娘重逢，想再续前缘，但小姑娘拒绝了。

五彩斑斓的射灯轮流在苏小寿脸上划过，遮掩不住她倔强的神色。叶诚看了，没来由地一阵钻心疼，笨拙地去解围："元哥，算了吧！"

霍元泽不置可否，笑了笑，眼睛眯了眯，对着苏小寿，话只说半句："你不为那个谁想想？"苏小寿一个激灵，顿时明白霍元泽是拿苏晓秀来威胁她。无论如何，她都不敢拿苏晓秀的生命来开玩笑。她很愤怒地看着霍元泽。

偏偏，霍元泽温柔地笑了笑，很绅士地欠欠身："亲爱的霍太太，今晚，我是否有幸能邀请您共进晚餐呢？"

她怒火中烧，咬牙切齿地说："霍元泽！"

霍元泽随手摸了一把苏小寿的头发，说："跟上吧。"他往外走去，到了门口，发现苏小寿还站着不动，停下了步子，回头看着她，笑容温柔，说："乖，别闹了。"

苏小寿犹豫了一下，无数个念头在心头翻滚，最后，她还是跟了上去。

叶诚的目光一直追随着苏小寿，但并没有去叫住她，等她走出了门，才朝叶盛叹了一口气。

叶盛一只手搂着一个女孩子："别看了，那两人有故事。"他嘴边挂着玩世不恭的笑，"我们今天先放松！明天起，就有事要忙了。"

叶诚反应了过来："哥，你是说……山雨欲来风满楼？"

叶盛哈哈大笑，抑扬顿挫地念了一句："再休夸桀纣起刀兵，谩说吴越相吞并，也不似这一场虎斗龙争。"

第二章　取舍

外头下起了雨，砸在地上，噼里啪啦地响。

北锦市夏天的傍晚常有雷阵雨，天上乌云密布，雷雨交加。一路过去，城市路灯璀璨，在雨幕里模糊成一片光影，晃得车里的苏小寿眼花缭乱。

她终于一点点冷静下来，侧过脸，去看坐在她身边的霍元泽，声音发颤："霍先生，您到底找我有什么事？"

霍元泽连眼皮都不抬一下，只是笑了笑。

苏小寿问不出来什么，又扭头去看窗外，声音很生冷："霍先生，我就是一个普通人而已。从前的事，就当我年轻糊涂，您大人大量，不要再来招惹我。我现在过得很好，也不想有什么变化。我就想踏踏实实找一份工作，照顾好晓秀，安安稳稳地把这辈子过完。运气不好，遇不到合适的，那我就一个人过。遇到合适的，那我就和那个人结婚，然后好好过。"

霍元泽脸色没有一点变化，淡淡地说："你已经结婚了。"

苏小寿的手握成拳头，指甲死死地往肉里掐，深吸一口气，努力使自己的语气显得不那么激动："霍先生，您说过不想再见到我的。我一直牢牢记得您的吩咐。我们可以办理分开的手续。"她的声音拔得极高，"您到底还想怎么样？"

司机不等霍元泽吩咐，就开了音响，舒缓的轻音乐便在车里回旋。

苏小寿吵了几句，见霍元泽不回应，也觉得没意思，闷闷地去看窗外。

车子开得很稳，但速度绝对不慢。这一带高层住宅建得很密，从车上看去，一幢接着一幢地闪了过去，就像深圳街边的广告牌，一个连着一个地扑面而来。

霍元泽见苏小寿安静了，就从口袋里掏出一个小盒子，打开了，递到了苏小寿的面前。

那里头是一对铂金钻石对戒。

女款的样式是新近流行的，镶嵌的钻石个头跟鹌鹑蛋一样大。

苏小寿只瞥了一眼，问："什么意思？"

霍元泽笑了笑，说："我们当初没有办理离婚手续，我们的婚姻是合法有效的，你是我霍元泽的合法妻子。"

苏小寿嗤之以鼻，冷笑，说："霍先生，您还当我是三岁的孩子吗？当初是您说不想见到我了，现在又来找我，到底是什么意思？我是很笨，但是笨不代表傻。您不是早就有未婚妻了吗？她不是已经嚷嚷得到处都知道了！我不想再见到您了！"

霍元泽哈哈大笑，说："这么久没见，小寿，你伶牙俐齿多了嘛！"他将男款的戒指取出来，戴在了自己左手的无名指上，眯着眼睛看着，说："婚礼，定在今年十月份。"

苏小寿满脸不可思议，问："您疯了？"下一句霍元泽可别一下子偶像剧男主附体，对她一通表白。说实话，就算是他表白，苏小寿也不可能信！要是传说中的真爱，早跑来找她了，还至于等这么久再来找？

他就是披着人皮的禽兽，渣男嘴脸早在当初就暴露无遗。

霍元泽的手指很修长，轻轻地取出女款的钻戒，笑了笑，说："反正我说我心里有你，你也不信。你已经是我的妻子了。"

苏小寿只差冷笑了。很久以前，她就知道豪门恩怨多。

霍家与穆家表面上一团和气，暗地里水火不容，有愈演愈烈之势。一直以来，霍元泽需要一个妻子。但是，她不姓穆。

记得那时候，霍家里头小一辈折腾得不行，最后掌权的是九少爷霍云泽。据说那人对外人不心慈，对付有异心的自家人更不会手软！

霍元泽要是与穆家联姻，难保霍云泽不会起疑再下狠招，更何况穆家未必没存了利用他与霍云泽斗上一斗的心思。

与其到时候两面为难，霍元泽不如选一个不相干的人做妻子，专心将事业的重心放在经营南江地产上。

毕竟，他姓霍，打断骨头连着筋，就算当初和霍云泽为争继承权争得头破血流，也不会为了外人去伤害霍家的核心利益。

在妻子的人选上，霍元泽很慎重，不选家世好的，是怕会引起霍云泽的猜忌；不选太精明的，妻子要是太聪明，有了别的想法，他再去处理会很麻烦；而那些花枝招展的交际花，他一个也不想娶，他很介意他的妻子有太多的过去。

于是，他打算选一个姑娘，学历、容貌说得过去，而且他可以控制，改装一下又能撑撑场面，大部分时间能安安稳稳地守在家里，再给他生几个孩子。

符合这几个条件的女人满大街都是，可霍元泽偏偏就在茫茫人海之中，选中了她苏小寿。

再后来，他们办理了结婚手续。

霍元泽大概是喜欢她的，但也就是喜欢而已吧。真要喜欢她，怎么舍得让她那么难做呢？

她愤怒地像一只小兽在叫嚷着："您都是大人物！您爱找谁就找谁！干吗拉上我？"

霍元泽眼睛眯了眯，嘴角扬着笑，说："刚刚说了原因了，我也说了，就算解释了，你肯定不会信。真的，苏小寿，我是真的爱你。"他微微抬着头，眼神里是脉脉柔情。

苏小寿愣住了，强迫自己镇静。她停顿了一下，愤怒地说："霍先生，您会爱我？您说您爱我，为什么一早不来找我？别告诉我您突然脑子一抽，突然发现了对我的爱！好！就算您脑子抽风！可您要真爱我，怎么会舍得威胁我？还拿晓秀来威胁！晓秀是我的谁！"

她一口气说了一堆话，看霍元泽的眼神跟刀子一样，又冰冷又锋利，说："火坑，跳一次就够了！"

霍元泽不做无准备的事。他一直留意着苏小寿的情况，包括她来这里上班，包括这次重逢，都在他的计划之内。

霍元泽沉默了一小会儿，嘴唇微微地颤抖，说："对不起。"他的口气很诚恳，也很无力，说："当时我是真想和你结婚的，想和你好好过。要不然，我也不会去和你登记结婚。你可以去查，我们的婚姻合法有效的。我怎么会拿自己的婚姻开玩笑。真的。我是真想和你好好地过一辈子，想跟你白头偕老。可穆家当时对我施压。还有，那时候我爷爷是董事长，一定要我去跟穆家道歉，还要我接受联姻。我被盯得紧紧的，根本没办法来南江，连一个电话都打不出去，没办法去找你。我本想和你暂时分开，等事情过去了，然后再去找你，但是当时的情形不允许我这么做。对不起！我来晚了！"

这话说得真中有假，假中有真。

霍元泽顺势抓住了苏小寿的手，目光直直地看着她的眼睛，说："小寿，看着我！你再相信我一次吧！"

他们一直没有去离婚。法律上，她和霍元泽的婚姻是合法有效的。

这一点是毋庸置疑的。

这一瞬间，苏小寿的心有些动摇。她也不是没有做过梦，想着有一天霍元泽会突然出现，向她解释他是有苦衷的，可残酷的事实证明她那些想法是多么可笑。这么久了，霍元泽都杳无音信。她等啊等，希望霍元泽能再度出现。她从满怀希望等到满心凄凉，再等到心生绝望、不再幻想。后面的很多风霜，都是她一个人面对的。

苏小寿很快就敛了神色，冷笑一声，说："信您？我敢吗？"

她甩开了霍元泽的手，说："霍先生，我不知道您为什么来找我，也不想知道为什么！您的几句话，就能改变您当初渣的事实？是！您是大人物！您可以威胁！是，我虽然很普通，但是我也可以不受威胁！这里这么大，我就不相信您可以只手遮天！"

霍元泽没想到苏小寿会如此强硬，他取出了那枚女款钻戒，眯着眼睛看着戒指，眼眶里隐隐有泪花："我好像除了对不起，其他什么话都说不了。"

他轻轻地叹了一口气，说："刚才在会所，我不过是想让你跟我出来，没别的意思。现在霍氏集团的掌权人是我弟弟，我这才可以自由地来找你。我找你找了好几个月，你以前的电话打不通。我还去你家看过。你以前住的地方拆了，问附近的人，都不知道你搬到哪里去了。还好发现了你的实习档案，这才找到你。小寿，我不会威胁你，更不舍得威胁你，我只想和你好好地过下去。我以后的每一天都想和你一起分享。你一直在我的人生规划里。"

他不介意再去追求一次苏小寿。苏小寿在法律上就是他实实在在的妻子。

"不过我的人生计划里，可没有您的位置。如果方便，我们办理离婚手续吧！"苏小寿毫不客气地说，"您不威胁我，那就最好了。我觉得我们最好不要再见面了。您有您的生活，我也是。"她停顿了一下，"在附近的地铁站口把我放下来吧！"说出这番话，她是鼓起勇气的。开罪霍元泽，让他动怒，很可能让她现在的处境雪上加霜，但一腔怒火涌了上来，苏小寿也管不了这么多了。

人，活着总要争一口气。

霍元泽只当苏小寿这是屈服前的骄傲，毕竟她一直都很倔强。霍元泽说："外头下雨，你没有伞回去不方便。晚上又没吃东西。不如，先跟我回酒店吃点东西。我明天送你回去。"他补充了一句，"我会再订一个房间。"

苏小寿才不会相信霍元泽真会那么君子地再开一个房间。

她冷着脸说："霍先生，记着您的承诺，不威胁我！"

雨更大了，车子走得慢，她瞅准机会，就去拉车门，想要跳下车，只可惜车门根本拉不开。通常豪车一开动，就自动落锁。苏小寿拉了一下，才想起来这一点，就收了手。

霍元泽以为苏小寿做出拉车门的举动，不过是因为她憋了几年的气，后来放弃去拉，是在等他去哄。他立即一把把苏小寿搂进怀里，口气里透着焦急，说："不要命啦！你不知道很危险啊？边上都是车！"

苏小寿想挣脱，但霍元泽的力气更大，圈得她几乎不能动弹。

苏小寿口气冰冷："放开！"她的脸绷得紧紧的，"霍先生，不要欺人太甚！"

霍元泽恋恋不舍地收了手："跟我回酒店！你要是不放心，等下前台没有额外房间，我让司机送你走。你不相信我，可以相信酒店，那里有监控的，人又多，我不可能做什么。小寿，别离开我。"他停顿了一下，"再说，我们住一个房间，完全可以。不管你认不认，我们现在都是合法夫妻！谁来问，我都可以把结婚证掏出来！"话说到这个份上，霍元泽摆明了就是不放她走。苏小寿想不跟着走，也不可能。她知道他们的婚姻是有效力的。除了言语上，她能对霍元泽吼两声外，她也根本没有别的反抗措施。

水龙头拧到最大，花洒喷出水，猛地打在苏小寿的背上，生生地疼。她扬起头，水砸在她的脸上，溅开散去，呛得她直咳嗽。

起先出来的是冷水，不过几秒钟，水便热起来，滚滚地浇下来，她白皙的皮肤顿时被烫成了红色。浴室里到处是热腾腾的水汽，苏小寿低下了头，脚趾甲涂着廉价的指甲油，妖娆的紫色在水汽里模糊成淡淡的影，她的脸上全是水珠子，尤其是眼角往下滴着水。

苏小寿愣了一秒钟，伸手一摸。

原来，她哭了。

这个澡，苏小寿洗了很长的时间，等到手指、脚趾、皮肤烫得全是褶皱，她才慢慢地关了水，拿着浴巾将身上每一寸肌肤都擦了个遍，然后才慢吞吞地走到衣帽间换上睡衣。

这套睡衣，一看就是霍元泽定做的，上面还有动漫图案。只不过，他不知道，她已经不那么喜欢动漫了。

生活逼得她在几年时间里，完成了从呆萌妹子到"打不死的小强"的翻转。

苏小寿穿着睡衣，只想冷笑。

好巧不巧，其他五星级大酒店都客满，只有这家还有个商务套间！用脚趾头想一想，都知道是霍元泽捣的鬼！这世上没那么多巧合，说不定今天的再见面也是他一手安排的。

衣帽间有两扇门，一扇暗门连着起居室的卫生间，另一扇连着卧室。

苏小寿将起居室卫生间的暗门反锁门之后，开了去卧室的门。

那卧室很大，装修是霍元泽一贯喜欢的风格。

一张双人床占据了房间的中央位置，壁灯开着，光线有些暗，把雪白的床单照得极暧昧。一枝玫瑰正搁在被子上，艳丽的红色，与红色的地毯相映，只是玫瑰花最外层的花瓣边有些枯，好像放了有些时间了。

卧室跟外头起居室有门接通，苏小寿走过去，首先将门反锁了，这才稍稍放心，却不想听到身后有一声轻笑。

苏小寿一回头，却见霍元泽坐在了床边。他的眼睛半眯着，眉梢眼角三分慵懒，三分风流，三分温柔，还剩下的一分，里面是说不清的感觉。

苏小寿倒还镇静，问："您怎么进来的？"

霍元泽似笑非笑，拈起那枝玫瑰花，放在鼻尖嗅了一下，答非所问："我记得你喜欢玫瑰。"他的声音刻意带了一丝的沙哑，说到最后一个字，他抬起眼，看着苏小寿，手上却是一动，将那枝玫瑰花往地上一掷。

这个动作，他做起来一点儿都不做作，反倒有些风流倜傥，像极了偶像剧里的男主。

苏小寿看着他足足有几分钟，突然笑出了声，说："霍先生，您为什么要找我呢？为什么一定要回头找呢？"她笑得眼泪直往下掉，"我不想跟您继续！真的。我本来都忘了。我本来过得很好！过去就过去了，我不想想起来！一点都不想！真不想！"她微微抬起头，极力忍住眼泪，可是话说到后头却成了呜呜咽咽的哭声。

人生太难了，日子已经不顺畅，苏小寿不想让日子过得再不顺畅。有些人，是她招惹不起的。有些事，真的是她单薄的肩膀所不能承受的。

霍元泽很想把人揽入怀中，手往前伸了伸，怕又被拒绝，就只是做了个摊开的手势。他直视着她的眼睛，似笑非笑，说："真忘了？"他的口气很淡，提起来，就好像是一件不值得放在心上的事。

苏小寿被他的这个语气刺激到了，狠狠地盯着他，气得脸都涨红了，过了一会儿，才缓过劲儿来："我忘不忘，跟您有关系？"她擦去眼角的泪，冷笑道："我把以前的事忘了，不想再记起来。现在，您除了威胁，还会什么？"

霍元泽慢慢收起了笑，问："你以为我真在威胁你？"在苏小寿心中，他一直就是这个样子吗？

苏小寿回答："难道不是吗？在会所里，在车上，您知道我已经不愿意了！您还逼着我跟您走，逼着我跟您来到这里！"

霍元泽的目光挪开，眼神有些空，有一小会儿没有说话。他的神情有些怅然，说："我解释了两遍了，若我是威胁，何须自己出面呢？"

苏小寿心里感觉被几支细小的针轻轻地刺了一下，心软了几分，嘴硬着说："我不管！您就是威胁我。"

霍元泽很熟悉苏小寿，知道有回旋的余地，就漫不经心地笑笑，说："行！威胁就威胁吧！管用就行！"他直视着苏小寿的眼睛，微微挑眉，"听说，你在苏晓秀的嫂嫂面前发了誓，有你一条命在，你就不会不管她？"

"你！"苏小寿顿时气得直发抖。

一生气，她就喊霍元泽"你"了。

她当然不可能不管苏晓秀，那是她最好的朋友。车子撞过来的时候，是苏晓秀一把推开了她，可是车子撞到了苏晓秀的双腿，她再也站不起来了。在医院里，苏晓秀嫂嫂各种嫌弃苏晓秀，苏小寿就发誓，有她一口饭吃，她就绝对不能让苏晓秀饿着。

跟霍元泽闹，苏小寿吵架是吵不赢的，最后思路还会被带偏，不会有她想要的结果。深吸一口气，苏小寿勉强镇定一些，说："霍先生，我不想跟您吵，更不想想起来以前，让我们都忘了吧。就算是我不忘，我也无法心平气和地面对您。覆水难收的，我们去办理离婚手续吧！桥归桥，路归路，不好吗？"

霍元泽上下打量着她，嘴角微微往上扬，手轻轻地拍了下床单，说："小寿，你父母最近可好？"

苏小寿的父母双双下岗后，在一所学校门口摊鸡蛋煎饼。虽然日子过得紧巴巴的，但是他们一直以女儿为傲。苏小寿从小读书就好，后来考取了赫赫有名的南江大学，上了大学后，父母遭遇意外，不能再去摆摊，但还能生存得下去。她打工赚学费，现在跑到北锦市来工作。她每周跟父母打一通电话，告诉他们，她的工作不错，在外头过得很好，还定时往家里寄钱。

苏小寿目不转睛地盯着霍元泽，紧紧地咬着嘴唇，心不断地往下沉，她隐隐猜到他要做什么，声音有点发颤，说："您太过分了！"

霍元泽笑得很淡，说："你很介意他们知道你的真实情况？除了何氏设计公司外，你还在网上做网站编辑，当写手吧。一个人干了三份工作，每天忙到凌晨一两点，第二天五六点接着起来工作。你还接了私单吧。何总如果知道你压了技术，又会有什么想法？"

他的普通话是下了苦功夫学的，学得有模有样，但是多少还带着粤语的腔。这一句里头，"情况"两个字，他是粤语发音，拉长了说去，显得更加意味深长。

苏小寿身体微微有点颤抖。苏晓秀医药费不少，她只有拼命打工，才能凑齐！对家里，她是报喜不报忧的，告诉他们她是写字楼里的白领，工作轻松自在。她真不敢想象，要是有一天，她的爸爸妈妈知道了她真正的生存状态之后，会是什么样子。她一点也不敢去想象！她觉得自己的眼角有点湿润，微微抬起头，将眼角的泪点压了回去。

她冷笑一声，说："霍先生，您算定我在乎！"

霍元泽慢慢地站起来，说："这几天，我有空，我陪你去选婚纱。婚礼就照着你以前想象的那样办，有鲜花，有海浪，有蓝天，有乐队。"他的口气很温和。

苏小寿手握得紧紧的，咬牙切齿地说："您还是威胁我！"她气得坐了下来。

这个样子，已经比他预料得好多了。至少苏小寿愿意和他吵架。毕竟吵架也算是一种交流。真要是不在乎了，那就是冷漠的，根本看都不会去看他一眼。

霍元泽心情大好，眯着眼，看着苏小寿，嘴角的笑似有似无，说："管用就行。"他口气温柔一些，"我最最亲爱的霍太太，你逃不掉的！"苏小寿没吹头发，长发湿漉漉地披散着，睡衣濡湿了，贴在她身上，隐隐勾勒出她精致的曲线。

霍元泽真想把她拉入怀里，可现在还没彻底和好，他再走近些，怕会挨上一巴掌。他说："小寿，你大四在南江地产旗下的项目公司实习，后来调到总公司设计部当职员。这个履历表怎么样？"

苏小寿咬着嘴唇，问："广宇是南江旗下的？"

霍元泽笑了笑，说："一个项目公司。"

苏小寿说："以后工作都是朝九晚五？"

霍元泽笑了笑，说："南江地产从不养闲人。我知道你并不喜欢总在家里。写小说是你的爱好，我也不拦着。要是想出版，我可以帮忙联系。"

去年的实习单位是学校安排的，好单位少，同学们使出浑身解数，争得跟乌眼鸡似的。苏小寿倒没去争，却没想到分到了大家都想去的广宇公司，搞得那段时间，同学们都不待见她。和她关系好的舍友们，一个已经出国了，一个回老家工作，还有一个躺在医院里，也没有人帮忙说两句公道话。

实习是没有多少工资的。在那里两个月，她只顾着打零工挣钱，没做什么事，但是实习鉴定表却被主管填得十分漂亮，还因此被评为优秀毕业生，又惹得同学们不高兴。在她毕业没找到好工作时，她有几个同学在同情她之余，还说了不少酸话。

这人啊，就是那么奇怪。过得好了，别人就看着不爽，横眉瞪眼地挑刺儿；要是过得不好了，别人却又瞧不起，一边同情，一边鄙夷。她们说，都是当初运气好，把运气用光了，到最后结果才不好。

苏小寿直接问："我去广宇实习的事是您安排的吗？"

当然是霍元泽的手笔。只不过他不会承认。霍元泽说："不是。要不是我最近无意中发现去年实习生档案里有个叫苏小寿的，我可能还真找不到你。"

苏小寿觉得蹊跷，霍元泽是大老板，怎么会关注实习生的事儿呢？再者，他是生意人，不会做亏本的买卖。刚才他提出继续这段婚姻，现在又提出给她一份体面的工作，肯定要苏小寿付出更多的东西。

这年头娱记很强大，这些有钱人的婚姻都是热门的八卦。而他们的太太们一般都在家里相夫教子。霍元泽提出给她一份工作并且要求她认真工作，也就是说，霍元泽是把她丢出去，又不护着，是不是摆明了就是让人整的？

苏小寿冷着脸，问："霍先生，您不会是想学罗密欧吧！我不想当垫背。"

那些富商之间的争斗，她不懂，但是苏小寿相信，她就是那个垫背，来保护霍元泽想保护的人。

霍元泽笑了笑，说："你想多了。"他的神色很认真，"我三十多了。"他停顿了一下，"也许你不信，我想一觉醒来看到旁边的人还是你。"他认真地看着苏小寿，口气非常诚恳，"小寿，我一直想要一个家，一个和你共同的家。"

苏小寿当然不信："非得是我？"

霍元泽看她的眼神很温柔，慢慢地说："你不信吗？我自己也不信。"他微微抬起头，"那年，看你在厨房里忙来忙去的时候，我也是突然起了念头，想找你这样的，成一个家，养两个小孩。想定下来，跟你一起有个自己的家。"他嘴角弯起，"小寿，你很好的，我信你不会害我。"

娶妻，霍元泽自然要娶一个他可以信的人。

说心里没感触，那是骗人的。苏小寿心里清楚，这些软话虽然霍元泽说得声情并茂，但真实度却是很低的。苏小寿别过脸，冷冷地说："我不过是没能力去害您。"她的声音发冷，"霍先生，要我说多少遍，您才明白？我们之间早就结束了！我们去办手续吧！就算您逼得了我的人，也留不住我的心。"最后一句话，很小声。

霍元泽笑了笑，看她的目光越发温柔，说："没有人，心再近，又有什么用呢？小寿，我是真的很爱你。我相信你也是爱着我的。我感觉得到，你是真心的。我知道你还在生我的气。但我相信，你慢慢就不会生气了。"

苏小寿白了他一眼，说："在您眼里，我就那么傻？我会再信你吗？不，不会了！那样的信任就只有一次！"她停顿了一下，"霍元泽，我讨厌你！"

苏小寿还是老样子，平时一口一个"您"，一着急就是"你"。

霍元泽面不改色，嘴角依然带笑："就算你讨厌死了我，等你脾气发了之后，就会跟我乖乖地去举行婚礼。"他看着苏小寿不断变化的脸色，笑容慢慢地消失，口气骤然转冷，"你不能拒绝。"

"你！"苏小寿气得浑身直哆嗦，"欺人太甚！"

霍元泽笑容里带了几分苦涩的自嘲，说："真的解释了好多遍了。真的，我是真心的。可你说的，威胁你管用！小寿，乖一点！"

苏小寿气得不行，说："乖一点？您什么意思？跟着您，然后被您像宠物狗一样对待？高兴了，您就逗两下子，不高兴了，就被丢在一边。霍先生，我是个人！我也有尊严！"她眼角含着泪，"您只会逼我！"苏小寿颠过来倒过去，也就是那么几句话。

霍元泽依然好脾气地哄着，说："小寿，别闹了。我们好好过吧！"

苏小寿大哭，说："霍先生，您放过我吧！"

霍元泽摸了摸她的头，温柔地哄着说："我们已经是夫妻了！"见小寿哭得上气不接下气，霍元泽递过去纸巾，"等下再去洗个脸，今晚你好好休息，明天随我一块回南江吧！"陪了一会儿，见苏小寿的情绪稳定了一些，他适时收手，"乖！"

苏小寿抽噎着说："我就不乖！您走！我不要见到您！"

这话听着倒像是赌气。霍元泽站了起来，走到门口，手搭在门把上，停下了脚步，轻描淡写地说："既然你说威胁有用，那么你替其他人想想。你当然可以一直拒绝。不过——"

他拉长了声音，后头的话，他没有说，但苏小寿听懂了，霍元泽还是在威胁她。要是她不同意，霍元泽绝对会让她不好过的。苏小寿心里转过无数个念头，在霍元泽拧开房门的那一瞬间，做出了判断，开了口："如果是契约夫妻，我可以答应。"她的口气里充满了犹豫，拿出了在电视剧里学到的全部招数，抬起头，楚楚可怜地看着霍元泽。

霍元泽余光瞥过，便猜透了苏小寿的心思，嘴角微微上弯，勾出一抹笑。

明明就是一只小白兔，装什么狐狸呀！

他带上门直接走了。

等了一会儿，苏小寿确认霍元泽不会回来后，这才抬起手，若无其事地擦掉了泪水。想来有钱男人都一个样子，追着不待见自己的那个，挑战高难度，一旦没有征服感，他的兴趣肯定少很多。

只是，以后怎么办呢？

苏小寿心烦意乱起来，苏晓秀那边的医疗费，过些日子要交了，那是一大笔钱。写手的收入不稳定，私单也不是天天能接到。如果从何氏设计公司那边辞了职，她得迅速找工作，不然赚不到钱，她无法支付苏晓秀的医药费。她深深地叹了一口气。

突然，床头柜上的电话响了起来。苏小寿本不想搭理，但那电话却一直响着。她犹犹豫豫地走了过去，只看了一眼，便愣住了。那个号码，化成灰，她都认识。是霍元泽曾经的电话号码，曾经苏小寿打了无数次，都没有打通。

她没有犹豫，直接走过，拔掉了电话线。房间里终于安静了下来。苏小寿静静地站了一会儿，一直绷着的那根弦猛地断了，她顿时瘫软在床上。

今天发生的事是真的，几年前发生的事，也是真的。只是她一直在自欺欺人。如果知道后来，她肯定不会选择开始。

可她到底错在哪里了？苏小寿凄凉地笑了笑。她不过是错爱了一个人。

房间里静得可怕。苏小寿打开了电视机。这里的电视机是壁挂的，液晶显示屏画面很清晰。苏小寿换了几个台都播着奥运，比赛热热闹闹的，而苏小寿看着欢腾的赛场，只觉得自己一个人待着难受得很，便又接着换台。不断地按着换台键，一个画面接着一个画面往后跳着，苏小寿突然手一抖，往前调了一个台。

　　里头正播着一部电视剧。女主角一身新娘嫁衣，手里托着一个木瓜，笑得极其灿烂。而旁边一个长衫男子接过木瓜，递给身旁另一个人，说："投我以木瓜，报之以琼琚，匪报也，永以为好也。"他的话语里透着温柔，就跟霍元泽对她最好时说话的腔调一样。

　　回忆如疯长的水草蔓延……

第三章　接近

2004 年的秋天，苏小寿大一，军训刚结束。

大学比中学上课自由许多。课表是自己登录教务系统选的，必修课可以选不同的老师教，选修课只规定了大体的方向，连学什么都是自己挑。寝室四个人，课表都不一样。

那天，苏小寿跟平常一样下课，慢吞吞地收拾了书包，下了教学楼，打算去食堂。却不想，教学楼的大门外，响起了一个慵懒的声音："苏小秀——寿小姐！"这人的普通话不太标准，带着浓厚的粤语味儿。

苏晓秀是她的大学舍友，公认的校花，从小到大，身边都"环绕"着"雄性动物"。苏小寿跟她很投缘，常常在一起。所以，刚进学校没多久，就有男生跑过来，拐弯抹角地跟苏小寿套近乎，想曲线救国，在苏晓秀面前献好。

苏小寿只当又是一个无聊的男生，拿腔拿调的，没当回事，就直接往前走，却不想身后又传来一句话："苏小姐，我是南江电台的创意总监水风。"

她猛然停住了脚，一回头，就看见一个男子摘下了墨镜。他倚着一辆法拉利，似笑非笑。一款样式简单的休闲风衣，硬是让他穿出了偶像男主的气质。

苏小寿不由得眼前一亮，乍一看去，这个男子长得很养眼，二十多岁的样子，高富帅的气场，眉宇间是肆意的张扬。

他微微一笑："我本名是霍元泽。你可以喊我霍先生。苏小姐，我可以请你去喝一杯咖啡吗？"

普通话不是很流畅，但苏小寿好歹能听得明白，他是有话想跟自己谈。她没有跟高富帅打过交道，但也知道，她跟高富帅不是一类人，谈不到一块儿去。而且这年头陌生人不靠谱的太多，她也不敢随随便便坐别人的车，便打定主意不跟着走。苏小寿很生硬地说："霍先生，不好意思，我不想喝咖啡。"

"苏小姐，你的声线很不错，有没有兴趣做我们电台的特邀DJ呢？"霍元泽的话语里头是浅浅的温柔，"晚上十一点到十一点半，《风的悦台》。"

这档节目里男主持人一边放着流行音乐，一边穿插点小感伤的句子，再接热线，听听少男少女感情上那点烦心事，疏导疏导，做了两年，便在学生里头博出了名气。苏小寿听过，还常为节目里头那些悲剧结局的爱情故事伤感，只是，让她去信任眼前这个男人是电台的创意总监，却还是很有难度的。

她问："为什么找到我？"

霍元泽答得很坦然，说："节目想请一位大学生过来做几期。而且还想做一款专门针对女生的节目，接档《风的悦台》。"

南江市大学多，在校的大学生更多。苏小寿又不是美名在外的校花，真不知道为什么霍元泽会找上她，这件事透着诡异。苏小寿满脸不信任，说："霍先生，我觉得我不太合适。"

霍元泽笑了笑，说："本来跟你们学校的学生会接洽，打算海选'悦台新星'，可后来台里没批下来。那天我路过大学生活动中心，听到你在唱歌，觉得不错，正好旁边有人认识你，就把你的名字告诉我了。"

苏小寿不是个招摇的人，认得她的，也就是班上的同学。她追问："谁说的啊？"

霍元泽却是笑得很温和，说："是叶妗如。"

苏小寿这才信了几分。叶妗如是她隔壁班的，家境一看就很好，为人八面玲珑，在学生会里混得如鱼得水。只是，她平常跟叶妗如也不熟悉，在电台露脸的机会，没道理会拱手送到她苏小寿手里。苏小寿打定主意不去，摇摇头，说："我不行。"

霍元泽笑了笑，说："你不试，怎么知道不行？还有其他同学去试。人是学生会推荐的，要从里面选一个。"他的粤语口语很浓，好在语速慢，苏小寿能听得明白。

原来不是就定下她，而是把大规模的海选变成内部的推荐！苏小寿没听进去，她也就是个路人甲，有工夫去陪太子读书，还不如去图书馆温习功课。苏小寿低眉顺眼的，口里却是很坚持的："霍先生，谢谢您的好意。不过我不想去。如果没有别的事，我就先走了。"不等霍元泽回答，她就迈开步子走了。

霍元泽倒没有去拦，等她走了三米远，眯了眯眼，慢慢地说："电台会奖笔记本电脑。"

那时候，大学生有笔记本电脑的很少。大家想上网，不是去机房，就是去外头网吧。苏小寿脚步不由得一顿，下意识地回头去看霍元泽。

霍元泽看着她慢慢地笑了起来，笑容表现出奸计得逞的模样："苏小姐，那下次见了。"他拉开车门，上了车，又关了车门，动作很潇洒。苏小寿听见发动机轰地响了起来，法拉利冲上路，不过几秒钟，就消失在她的视野里。

没过两天，有一家旗舰店主动联系了苏小寿，说是做周年店庆活动，喊她周六在市中心一家商场的大门口，穿着可爱的制服，蹦蹦跳跳一天。工作时间从早上八点半到晚上九点半，日薪开到了两百元一天。不过，制度比较严格，一是她不得找人去替，二是中途不做得付上四百元的违约金。

苏小寿立即答应下来。

星期六是个阴天，她六点半坐地铁赶了过去，到的时候快七点半了，活动的布置已经弄得差不多了。有一个身材高挑的女的，绷着一张化妆精致的脸，站在那里训着几个穿着制服的年轻女孩子。

苏小寿走了过去，插话："我是苏小寿。"

话说到这里，就被那个高挑的女子截住了话头。她阴阳怪气地来了一顿："你就是苏小寿？有没有时间观念，这都几点了啊？我们活动八点半开始，你不知道要早点过来准备啊？"话里头转着弯儿，语调居高临下，还透着对苏小寿的鄙视。

讲好是八点半，明明苏小寿已经提前一个小时到了，但别人更早，所以她就挨骂了。苏小寿听得很不舒服，但花钱雇人的是大爷，所以只能忍了。苏小寿忙不迭地点头："对不起，是我不好。"

那个女子火气特别大，不依不饶地说："就你！大学生啊！还南江大学？哼，就这点素质啊？还站着这里干什么，滚过去给我买早点！"

苏小寿当然不会笨到听从命令，问："什么？"

一个跟苏小寿差不多大的女孩子冷笑，道："郑姐叫你去，你就去啊！"

她旁边一个女孩子接腔："就是，郑姐叫你做事，那是看得起你！"

几个人联合起来挤对，还做得那么明显，实在是少见。不过，这年头，欺软怕硬的人太多。苏小寿刚才一服软，这些人就蹬鼻子上脸地来整她了。今天的活动，要是管早饭，活动前肯定就准备好了。店里指望不上，大约是自己出钱。这个郑姐一开始就武断地指使苏小寿去买，说不定，还存了买了来就推说不想要再赖掉钱的小心思。莫非是在其他地方很失败，所以郑姐要到她这个临工身上找存在感？

苏小寿慢吞吞地说："我是外地人，路都不知道走，迷路了怎么办？"她朝最后说话的那个女孩子，笑了起来："既然你觉得做事是让郑姐看得起，那你就去好了。"她声音几次拔高，语调几次加快，逼得那个女孩子没有抢到话头。

这种口舌之快，没意思，但要是不尖锐，等下还得被整。反正苏小寿就做这一天，谁怕谁啊！

那个女孩子反倒笑了，阴阳怪气地说："不就南江大学的大学生嘛！"她长长地拉了一个"嘛"字，笑容越发灿烂了，"跩个什么跩！就你这个态度，出来也是找不着工作！"

　　苏小寿也跟着笑了："我就做一天！可不打算跟你一样，做一辈子。"

　　那女孩子脸色顿时很不好看，直接用南江话开骂。

　　苏小寿很淡定："不好意思，我听不懂南江话。"

　　话音刚落，那女孩子就冲过来，伸手就去揪苏小寿的头发，却被旁边的人拦住了。

　　郑姐冷眼看着苏小寿，说："大清早就出来做事，大家很辛苦。本来我想请你吃早点。不过，现在看来你是不需要了。"她又对刚才那个女孩子说："小王，你去买，快去快回！也让人看看，什么是素质！"

　　去早点摊儿必经的道路边，停着一辆法拉利。那车的发动机一直发动着，在轰鸣声里，霍元泽一身纯手工制作的休闲衣服，漫不经心地问："情况有变？"

　　蓝牙耳机那头传来一个女声："霍总，苏小姐拒绝去买早点，态度强硬。"

　　戴着墨镜，霍元泽的眼神更加晦暗不清。他嘴角微微弯了，猛地一脚油门下去。车子轰的一声，就开出了老远。

　　到了中午，郑姐招呼其他女孩子分两批，换着去吃午饭，直接把苏小寿当空气。苏小寿心里有数，也不发话。但那个小王还要落井下石，捧着盒饭，故意走到苏小寿的身边，用筷子夹起一块红烧肉，晃了晃，嘚瑟地说："好香啊！"瞟了一眼郑姐，见她不置可否，小王便伸出舌头，把红烧肉上下左右舔了一圈，硬是递到了苏小寿的嘴边："那个谁啊，看你饿坏了，这块就给你吃了！"

　　摆明是羞辱，苏小寿手正要一挥。小王却抢先一步，松开了筷子，大呼小叫："你干什么！干吗推开！我好心好意！你脑子进水了啊！"

　　苏小寿更气了："我根本没碰到你！"

　　小王把饭盒往边上一个女孩子手里一递，不依不饶，大声说："就是你推的！大家都看到了！你赔我！"她冲过去，直接去扯苏小寿的头发。

　　苏小寿一时没躲开，长发就被小王揪住了，只觉头上是针猛扎一般的疼。郑姐这才慢悠悠地喊："都住手吧！"有两个女孩子过去，却将苏小寿拉开了。

　　小王对郑姐说："郑姐，我实在是气不过！"

　　郑姐朝她点点头，又转向苏小寿："好了，看你也不是有意的，盒饭钱就从你今天的工资里扣吧！"她和颜悦色，"本来我们店里，出了这样的事，都是赔十倍的。你不是我们正式员工，就算了。"

　　这话里是满满的威胁，要是苏小寿不认，那么都得赔十倍。苏小寿气得脸发白："欺人太甚！"

26

郑姐笑容越发温和："如果你不满，可以走！"她停顿了一下，笑着说："不过，按照约定你得付两倍的违约金，也就是四百元。"

苏小寿想起当初的约定，气得脸色发白。她不能潇洒地一走了之，要不然，她赔了半天的工夫不说，还得贴进去四百元。她几乎是咬牙切齿："好啊！你们！够狠！"

郑姐双手抱肩，微笑："现在，你向小王道歉！"

苏小寿狠狠地瞪着郑姐。

郑姐骤然冷下脸，疾言厉色："你这是什么态度！你看看，大家为你的事，耽误了多少工夫，这得损失多少，你赔得起吗？"

苏小寿气得肺都要炸了，但是又有什么办法呢！人在屋檐下，不得不低头。她强压下怒火，转向小王，生硬地说："对不起。"

小王掏了掏耳朵："什么？"她嘚瑟地笑着，"大声点！"

苏小寿"哼"了一声，直接不理，往边上走。却听见郑姐说："我们店里的盒饭是很贵的，十五元。"苏小寿的脚步一顿，十五元，都够她吃三天了。

而那份盒饭，她不是没见过，也就是普通的菜，根本就要不了那么多钱。这群人摆明了就是欺负她，在她身上找存在感！

她很生气，但是只能忍下去。

偏偏那个小王还不消停，再次快步走来，一把抓住苏小寿的头发，使劲地一扯："去给老娘重新买一份去！"

这回没等苏小寿反抗，那两个女孩子就一左一右架住了她，直接把她扭到了店后头的员工间。

郑姐冷着一张粉脸，带着小王几个跟了上去。到了后，她堵住门，对着苏小寿吼："竟然敢在这里动手！打翻了别人的饭，不仅不赔，还动手打人！什么素质啊！"

苏小寿气得脸色发白："你胡说！"

这群人明摆着睁着眼说瞎话，来诬陷她！可恨这里没有监控视频，没办法证明她说的是真话，只能由着她们上嘴唇搭着下嘴唇乱讲一气！

郑姐微微一笑："你说我胡说？有证据吗？"她看了眼旁边的女孩子们，下巴抬起，"我这里可有的是人证！去，买一份新的饭来吧！这事就算过去了，要不然，今天你一分钱都拿不到！"

小王在旁边帮腔："就是啊！你什么人啊！抬起手就打人！"她"啧啧"两声。

苏小寿气得青筋暴起，真想抬脚走人，一想到如果走了，还得交违约金，只能把这口气硬生生地憋下去。

郑姐欣赏着她铁青的脸色，得意地说："还不快去！哦，差点忘了，你不认得路。

这样好了，你去前头的店里去点十份冰淇淋好了。"口气好像要她这么做还是便宜她了！

苏小寿气得浑身发抖！什么叫欺人太甚，这就叫欺人太甚，这简直是不给人活路！不仅要从她工资里扣饭钱，还得让她额外去买吃的。这钱都抵得上她半个月的生活费了！

苏小寿盯着郑姐看，梗着脖子说："要钱没有！随你怎么样！"

小王嬉皮笑脸的，重重地拍了拍苏小寿的脸："怎么，还不肯认啊！"

这个时候，苏小寿反倒平静下来："报警吧！"

郑姐对上苏小寿那双黑白分明的眼睛，没来由地一阵心慌。她走到外头，打了电话："霍总，苏小姐态度还是很强硬。还要继续吗？"

霍元泽还是一身休闲服，戴着墨镜，懒洋洋地靠在老板椅上，看着面前电脑传输的隐秘摄像头拍的实时监控视频，眼睛不由得眯了眯。

竟然还没有求饶？这会子，他才真正对苏小寿有了点兴趣。不错，骨头还是挺硬的嘛！不过，他就喜欢挑战高难度，这样才有征服的快感。

他说："人没事吧？"

郑姐赔着笑："您放心。我觉得再压一压，就差不多了。一个外来妹，没见过多少世面，再吓唬吓唬，肯定会求饶。"

其实她话是这样说，但心里却是没底，那个苏小寿好像是个硬茬。

霍元泽的手指轻轻地在桌上敲了敲："收工。"说完，他干脆地挂了电话。

所谓英雄救美，时机一定要对。不早不晚，恰好在女孩子最绝望的时候出现，这样效果才能达到最佳。

可现在，时机未成熟。从监控视频上看，苏小寿胸有成竹，显然是想到了对策。而这出戏越往下唱，纰漏只会越来越多。难不成真要闹到警察那儿去？要是让苏小寿察觉到是有人专门做局，可就不好了。

那头，郑姐也犯了难。好不容易有了一个在大老板跟前刷好感的机会，好像她没有把握住。可现在，看苏小寿那个倔强的样子，似乎想要快速收场好像也很难了。她略微思考了一小会儿，踩着高跟鞋走了进去，居高临下地说："你们放她走！"

小王觉得不可思议："郑姐！"

郑姐冷冷地说："你们事情还要不要做了。外头的活动还在进行呢！上头都催了！"她横了苏小寿一眼："算你走运！你走吧！"

听到这句话，苏小寿知道事情算过去了。虽然不知道为什么方才还不依不饶的郑姐突然改了主意，但能少一事总是好的。

她从地上爬了起来，拍了拍灰尘，若无其事地说："盒饭的钱，还要从我工资里扣吗？"

郑姐皱眉，道："不是叫你走吗？"

苏小寿也不想留在这里受虐，很顺利地接下话："那你先把一百块给我。不是我自己要走的，我干了半天，你得给我半天的工资。"她一边说，一边扎着自己的头发，神色要多淡定有多淡定。

而楼上，电脑的那头，霍元泽看着监控，不由得"咦"了一声。原想着不过是个小地方来的软妹子，一吓就会软，没想到竟然还有几分血性！

小王还要说什么，郑姐一个眼色丢过去，就乖乖地闭了嘴。郑姐说："我开张条子，你去十六楼拿钱。"说完这句，她绷着脸，"拿完钱就快滚，我可不想再看见你！"

她抄起桌上的笔，拿过一个空白表格，快速地签了字。

辛苦半天，又受了这样的气，这钱一定要拿。苏小寿迅速冲过去，把纸揣在了怀里，嘴上再丢下一句："我更不想看见你！"

十六楼？

那边，霍元泽立即站了起来。郑姐做事还算不错，还记得给他留机会。他现在坐的办公室，不就是在十六楼嘛。他大可以跟苏小寿来一个偶遇。

只不过，这样的相见，也太寻常了，根本就没有震撼力，只能说是聊胜于无。他理了理头发，估摸着时间，走出了门去。

果然，在楼道里遇到了苏小寿。当然是他先打了招呼："苏小寿？"

苏小寿倒是认出来是霍元泽，摆出一个客气的笑容："霍先生。"她显然连寒暄下去的想法都没有，略一点头，径直往里头走。她现在只想快些拿到钱，快点离开这个地方。

霍元泽心里有些不舒服。他肯先去打招呼，就已经是"屈尊纡贵"了，再让他叫住苏小寿说几句，那是不可能的。一来是他面子上过不去，二来也显得突兀了些，就由着苏小寿跟他擦肩而过。

好一个苏小寿！霍元泽的心里再起一丝的波澜。

第四章 弄错

这次事后，苏小寿心有余悸，校外那些来钱多的兼职都不做了。好在她成功申请了学校的勤工助学岗，又接了一份就在附近的家教活儿，再把每一分钱掰成两半花，每个月的生活费才够用。

忙碌的时间总是过得飞快，一转眼就到了中秋节。

这天早上，苏小寿跟苏晓秀结伴去吃早饭，到了楼下，果然又见到那一大捧鲜红的玫瑰花束，上面照旧夹着一张精致的卡片，但是没有落款，只龙飞飞舞地写着"给吾爱"。

三个字里头倒有两个是繁体字。玫瑰花瓣上带着水珠，一看就很新鲜，上头还喷着香水，还没走近就闻到浓郁的香气。已经连着七天送了。

算下来，那位送花人可烧了不少钱。

苏小寿忍不住走上去摸了摸娇艳的花瓣，心里很是羡慕，对宿管阿姨笑笑："又是给晓秀的？阿姨知道是谁送的吗？"

她说着话时，苏晓秀矜持地在一边微笑着。她化着淡妆，披着过肩长直发，穿着白色飘逸长裙，踩着高跟鞋，手里捧着两本书，一副女神范儿。她轻轻地撩了一下耳边的头发："今天的花就送给阿姨吧！"

宿管阿姨也没客气，笑着说："那谢谢啦。哦，还是鲜花店代送的。除了巧克力，今天还多了一盒月饼。"阿姨递过来两个盒子。

苏晓秀把书放在宿管阿姨的窗台前，大大方方地拿了过来。看了一下，就先把那盒巧克力递给苏小寿了："你过两天要回家了吧，这盒送给你了。"

苏小寿高兴地说："谢谢！"

巧克力的牌子很好，她去机房上网搜过，那一盒可就够她两个月的生活费。她的爸爸妈妈辛苦了一辈子，根本没吃过这么好的巧克力，正好带回去给他们尝尝。

月饼盒子很精美，但是没写明是什么牌子的。苏晓秀拆开外包装后，里头的盒子里放着八个小月饼。

宿管阿姨探出头："哟，是真老大方的！还是鲜肉月饼！他家现做这个，可好吃了。我去年买过，还排了两个多小时的队。"

苏晓秀立即递了过去："阿姨，你拿四个去尝尝吧！"

宿管阿姨推辞道："这怎么行呢！人家送给你的！"

苏晓秀笑靥如花："我哪里吃得下这么多。我们宿舍四个一人一个就够了。阿姨上回不是说你家里有四口人吗，正好给阿姨拿回家过节。"

这三样礼物虽然稀奇些，但还不足以让苏晓秀另眼相看，毕竟，自打她上幼儿园起，就不断地收到男生送的各种各样的礼物，早就见怪不怪了。

宿管阿姨推了几句就收下了，将剩下的月饼还了回去："晓秀啊，除了这个送，今天还有其他人送，是个一人多高的毛绒玩具熊，还是上回法学专业的那个男孩子送的。你抽空搬走吧！"

在学校里，追苏晓秀的人有一个加强连，玩具公仔算是很常见的礼物了。现在宿舍里就已经有六个了。

苏晓秀没放在心上："阿姨，那个也送给你吧！"

苏小寿听着微微皱眉。她为了生活费去辛苦打工，而这些男生明明不用为生计发愁，可以把时间都放在学习上，却花大把的钱和精力去追女生！那些钱可不是大风刮过来的，也是他们父母辛苦赚的，就这样被他们白白浪费了，而且还有宝贵的时间，也被他们虚耗了，真是的……不过，这到底是别人的事，她管不着。她对苏晓秀说："你等我下，我先把东西送上楼。月饼要带上去吗？"

苏晓秀说："好啊！"

苏小寿跑上了楼，几分钟后下来，喘着气对苏晓秀说："陆雅和杨容说谢谢你。"

苏晓秀听了，只是笑笑，陆雅她们那两个人也是顺嘴说一句而已，未必是真心去谢。

女孩子多的地方，小心思就多，宿舍也就四个人，这才上学一个多月的时间，就分成两派，苏晓秀和苏小寿玩得好些，陆雅和杨容更投缘。四个人只是维持着大体上的和睦。那两个人看不爽苏晓秀的原因，就是凡是她们有好感的男生，认识了苏晓秀后，就通通对苏晓秀献殷勤去了，心里未免有些嫉妒。

从小到大，都是这样。长得漂亮，吸引男生又不是她的错，她一没主动招惹谁，二没跟哪个男生正式谈恋爱，可惜还是有人源源不断地贴上来，她真是躺着也中枪，也只有一边打工一边学习的苏小寿才肯把她当朋友。

两人手拉着手往食堂走去。学校的食堂有几个，她们去的是离教学楼最近的。那里的饭菜价格最便宜，味道却是最好的。

苏晓秀看苏小寿的眼神更温柔："我请你吧！"

苏小寿忙拒绝："你昨天已经请过我了。"

苏晓秀笑了："也不是白请你的。上回吴教授不是打招呼了，这次《管锥编精读》他要布置论文，十一后交，这事儿就交给你。作为报酬，这几天你的饭钱，我都包了。"

开课一个多星期，苏小寿就已经替苏晓秀做了三回作业。多做一份倒是无所谓，只是这样下去苏晓秀学不到东西了。她就劝："不用请了。你自己写一写吧。要不然，考试那关怎么过呢！"

南江大学有期中、期末考试，考题以难度大著称，教授讲过的地方都是重点，要门门都是随便学学，就总会挂科。苏晓秀叹口气，很无辜地说："我知道啊！可是……好多课，我真的听不懂啊！实话告诉你吧，我是运动员，高考加了五十分。"

苏小寿噎住了。苏晓秀是本地人，录取分数线本来就比她们这种外省学生低几十分，再加上又是加了五十分进来的，那水平的确是不足以听懂所有的课程。她不由得问："你真是运动员？"

苏晓秀白了她一眼："如假包换！我三岁就开始练了，参加过大赛，只不过名次靠后。我家里还有证书跟照片呢！可惜大家就认得冠军。我们这些都是背景、浮云！"她有些骄傲，"下次，我把证书跟照片带过来给你看？"

苏小寿看苏晓秀的眼神多了一点崇敬，看不出来，苏晓秀还真是运动员啊！她问："那你练什么的？"

苏晓秀说："跳水啊！不过，我跑步也跑得快。虽然好久没练了，但底子好得很。就是车子撞过来，我先把你一推，再跑都来得及！"说着，她就放开苏小寿的手，往前跑去，果然快得跟一阵风似的。

苏小寿是背着书包的，里头全是厚厚的书，本身又跑不快，气喘吁吁地跟在后头跑："慢点！慢点啊！"

风撩起苏晓秀的长发。她跑了很远，才停下来，转过身，远远朝着苏小寿笑："我跑得快吧！"

苏小寿跑了十几步，就喘得厉害，她弓着身子，手按着膝盖："我不行了！你跑得太快了！"

苏晓秀大笑，笑声如银铃般悦耳。她又跑了回来，气都不喘一下。

苏小寿朝她竖起大拇指："厉害！"

苏晓秀扶起苏小寿："不是我厉害，是你太差了。以后别只顾着打工和学习，有点时间跟我跑步吧！身体可是本钱！再提醒你一句，你想要拿奖学金，门门都要好，这门门里可是包括体育的！唉，我看你这速度，八百米能跑进五分钟吗？要不，你从今天开始，晚自习后跟我去夜跑吧！"

苏小寿总算把气喘匀了："好吧！"

小地方，只重视学习。音乐美术体育课那是煮熟的菜上撒的葱花——点缀而已。在学习上苏小寿算是学霸，但在其他方面可就是学渣了，尤其是体育，没一个项目能看得过眼。

苏晓秀说："那就这样说定了。晚上九点，操场上见，你可别看书又看入迷了！"

苏小寿一口答应下来。

到了晚上九点钟，苏晓秀果然打电话过来。苏小寿忙收拾东西出了图书馆，便见苏晓秀一身休闲装等在外头。

女神就是女神，即便是化着淡妆，穿着休闲装，也是一道风景。从图书馆出来的男生很少有人不瞄苏晓秀几眼的。苏晓秀习以为常，丝毫不在意那些火热的眼神，对苏小寿笑笑："小寿，我们先从图书馆跑到操场吧！"

苏小寿"啊"了一声："我从图书馆里多借了几本书。书包太重了。"

苏晓秀直接上手揉了一把苏小寿乱蓬蓬的头发："就当是负重跑了。还有啊，你是不是午睡起来，又乱扎头发啊！你看你，头发乱成什么样子！"说着，她便拆了苏小寿扎得很糟糕的马尾辫，伸出手理顺了她的头发，重新替她扎了一个丸子头。

苏晓秀说："你看，这样不就好看多了！"

苏小寿不是很在意自己的外表："随便弄弄就好了。这个不要紧吧！"

"要紧！"苏晓秀认真地说，"难不成你以后面试找工作，也顶着一头乱发去？女孩子可以不喜欢化妆，但起码要把自己弄得干净整洁，让人看着舒服吧！你看看你，十天有八天都是穿以前的中学校服！里面衣服上还有补丁！又常常连头发都不好好梳。不认识你的人，还以为你在高三呢！"

苏小寿知道苏晓秀说得在理，可是，她连吃饭的钱都要自己赚，哪有钱去买新衣服打扮自己！她岔开了话题："晓秀，我们赶紧跑吧！"

苏晓秀"嗯"了一声，口气里多了几分小心翼翼："小寿，其实，我的衣服挺多的。有好些我买来就不喜欢了。你个子比我矮一点，胖瘦差不多。你要是不介意的话，我一件二十便宜卖给你！"为了照顾苏小寿的速度，她特意放慢了步伐去跑。

苏小寿心里暖暖的。知道苏晓秀是好意，顾及了她的自尊，才说要卖给她的。但是她不能占这个便宜。

她边跑边喘着气："谢谢你啊！衣服，我以后慢慢自己买！"

苏晓秀猜到苏小寿心里过意不去："又来了！咱们不是朋友嘛！都说了那些衣

服是我不喜欢的。你也是帮我啊，省得那么多衣服占着衣柜，我新的衣服塞不进去。再说了，你买衣服的眼光，还有待提高！上回你陪我去逛的时候，眼睛瞟过的那几件，实在是不适合你。况且，我便宜卖给你也是要你帮忙的，你上课可得好好地听、好好地记笔记，我考试可就全靠你辅导了！"这一大段话说下来，苏晓秀气息一点都不乱。

再拒绝就显得矫情了。苏小寿说："那好！"她有些羡慕，"晓秀，你体育那么好，怎么不一直练下去呢？"

苏晓秀笑笑："我韧带有伤，就算一门心思去练，出头也很难。再说，就算练出来，我不可能一辈子做运动员呀！将来总得自己找条出路。这不，就下苦功夫来考南江中文系，毕业后好找一份工作！"她问，"你呢？学习那么好，要考研吗？"

苏小寿犹豫了一下，还是坚定地说："我得找工作。"父母下岗后，起早贪黑地出来摆摊子，风里来雨里去，都落了一身病，能供她读书已经很不容易了。她得早点出来工作，好减轻家里的负担。

苏晓秀有些惋惜："好可惜！你学习那么好。"

说心里没有遗憾，那是嘴巴说给耳朵听的，但人活在世上，不光是为了自己，还得顾及家人。苏小寿反倒笑了："我都没觉得可惜！对了，那论文，我写好了。你到时候自己打出来吧！"

苏晓秀一脸崇拜地看着苏小寿："你跟我的两篇，都写完了？"

苏小寿笑了："齐教授选角度不限，字数不限，大概想要摸我们的底。你那篇，我就写得比较粗糙了，免得露陷。我问过周学长了，去年期中是让人当场写论文的。"说了一大串话，她的气息就喘不匀了，"你真得看看书。齐教授去年的期末考卷可是考得上一届'哀鸿遍野'，一堆挂科！"

苏晓秀没放在心上："知道了！"她的八卦之心熊熊燃起，"你跟那个周学长关系很不错嘛！是不是，嗯？"

苏小寿摇摇头："只是认识而已。再说了，他有女朋友！"

苏晓秀满不在乎地说："那有什么要紧。你要看上，把他抢过来就是了！反正他们又没有结婚！"

苏小寿正色："那也不行！只要是有主的草，我都绕道而行！"

苏晓秀不由得笑起来："行啊！这年头，你这样的人，少了！嗯，没了一个周学长，还会有千万个周学长站起来！你底子不错，好好打扮，也是美女一枚啊！保证到时候会有男的来追！"

苏小寿没好气地看了她一眼，说："我只想好好学习。"

苏晓秀笑起来："学习要学，可恋爱还是要谈啊，我遇到合适的也会谈。很多人不是都说吗，大学里不谈一场至死不渝的恋爱，四年就白上了。"

苏小寿不由得问："那你打算找什么样的？"追苏晓秀的男生各种款型都有，难道在那么多人里，苏晓秀没一个看得过眼的？

苏晓秀撩了一下耳边的长发，头微微抬起："要有钱的，起码资产上亿，而且全世界各地都有房产，我想去哪里度假，他就陪我去哪里。人要长得帅，起码要一米八。而且要痴情专一，对我好得不得了……"

苏小寿听着嘴角抽了又抽，忍不住去打断她的话："我不得不提醒你。你的理想型，只会在小说或者偶像剧里有。"

苏晓秀丢过来一个嗔怪的眼神，捧着自己的脸，嗲嗲地说："小寿啊，你还让不让我愉快地做梦了！"

苏小寿两眼望天，无力吐槽："你继续……"

唉，这个苏晓秀，正经的学术书看不进去，反倒是毫无营养的言情小说，一本接着一本看，尤其还喜欢去追网上的连载，而且看的全是一水的'霸道总裁爱上我'！

跑完步，两人回宿舍，远远地就听到一阵管弦乐声，演奏的是《献给爱丽丝》。

苏晓秀觉得十分奇怪："音乐学院的人发什么疯，大半夜练习？"

再往前走，就看见前面围着不少人，还有人往这边走，而附近宿舍楼的走道栏杆上也趴着很多人往下看。

苏晓秀要挤过去看热闹，但被苏小寿拉住了："晓秀，前头人太多了，你别去了。遇乱则离，没有错！热闹没有什么看头，反正发生什么事等下上学校的网站论坛就知道了。"

苏晓秀听不进去，拍了拍苏小寿的手："好像是在我们宿舍那边耶！你替我去打瓶水吧！我等下就上楼哈！"说着，她就往那边挤过去了。

苏小寿看着她的身影很快就消失在人群里，叹了一口气，就绕到另一边去了。学校的道路四通八达，现在南边人多，她就从北边走，反正都是可以走到，不过是多走几步路。

才进宿管站，宿管阿姨就叫住了她："你没过去看啊？"她迫不及待地分享八卦，"有人请了乐队来，在南边的草地上铺了一地的红玫瑰花。每隔一下，还有人在大声喊，唉呀，说不出口。"她的眼神都燃着异样的光，"我还看到一辆法拉利等在那里呢！喂，你跟苏晓秀整天在一块，你可知道那男的是谁啊？"

原来是有人向苏晓秀表白！

苏小寿摇摇头："真不太清楚！"喜欢苏晓秀的人那么多，她平时又没留心，当然不知道是谁了。

每个宿舍楼都有开水房，放着大型开水机，好多人都是早上把热水瓶拎下来，放到开水房，回宿舍时再打了热水拿上去。

这个点本来是开水房最热闹的时候，打水要排队。今天大约人都去看热闹了，只有苏小寿一个人。她从一堆五颜六色的热水瓶中找到自己跟苏晓秀的，打了水，一手一个，慢慢地走上楼。

进了门，她发现宿舍里没有人，大概陆雅跟杨容也去看热闹了。她先去洗个澡，再把衣服洗了，然后看看才过十点，便又翻出来英语四级的模拟卷，戴上耳机，专心致志地做起听力来。

过了好一会儿，她被人重重地拍了肩膀，这才回过神来，忙摘下耳机，回头一看，是杨容。她问："什么事啊？"

对学霸，普通学生多少有点尊重。杨容虽然不喜欢苏晓秀，但不讨厌苏小寿，就说："你厉害了，这时候都能听得进去！楼下刚才都疯狂了！"她其实一进来就看到了苏晓秀的热水瓶，"她的水，是你打的吧！白瞎了你的劳动力了，她用不上咯！"

这时，穿着睡衣的陆雅，一边啃着苹果，一边走进来，正好听到这一句："苏小寿，你还不知道吧！刚才苏晓秀上了那辆法拉利！"

什么！

苏小寿震惊了，下一秒钟，她一口断言："这不可能！"

陆雅冷笑："有什么不可能的！我在楼上亲眼看到的！"她摇摇头，"不是我说你，也就你把那种人当朋友，还掏心掏肺的！说不定，哪一天，她把你卖了，你还屁颠屁颠地替她数钱呢！"

苏小寿忙说："她不是那样的人。"

杨容摊手，说："你看，我早跟你说了吧！苏小寿是不会信的！"

陆雅继续啃着苹果，脆生生地说："我就是看不惯！苏小寿，我告诉你，苏晓秀她就是拿你作陪衬，当小跟班使唤呢！你想想看，你那么不打扮，她那么爱打扮，你往她身边一站，她可不就显得更漂亮了！她随便给你点东西，你就那么为她卖力，又是做枪手又是跑腿的！我都替你累得慌！"

苏小寿皱起眉，道："不是你想得那样！"

陆雅翻了个白眼："你看看，我好心，你还当驴肝肺！你要不信，我也懒得说。反正苏晓秀可比你复杂多了。她今晚不会回来！"

苏小寿一脸不信，说："不会吧！"

夜不归宿，要是被学校抓住，那是要被处分的。再说了，以前追苏晓秀的人那么多，可是她一个都没有答应呀！

陆雅已经啃完了苹果，把苹果核丢进垃圾桶里，撇撇嘴，说："她以前是没挑好人，到处撩拨。现在高富帅都送上门了，她还不赶紧收下，过了这个村可就没这个店了！"

苏小寿听得一愣一愣的。

杨容再度拍了拍苏小寿的肩，笑着说："你太单纯了，傻白甜！"

苏晓秀一个晚上都没有回来。不仅如此，等到后天，苏小寿坐上回家的火车时，苏晓秀依然没有出现。

大概苏晓秀正忙着跟新上岗的高富帅男朋友联络感情吧！真是的，一有男朋友就把她这个朋友丢到爪哇岛上去了！苏小寿心里闷闷的。不过，她也没有闷多久。在火车上，她遇到了好几个中学同学。

进大学来的头一个十一长假，大部分大一学生都选择回家，再加上老生。挤得满满当当的车厢里倒有一半是年轻的面容。一路上叽叽喳喳地说着大学里的见闻，你一言我一语的，热闹非凡。

沈言的位置正巧在苏小寿的旁边。她高中跟苏小寿是同班，考入了东政大学，学法学，兴奋地说："我参加了法律协会。上回，我们协会带着我们去旁听庭审，可带劲了！那公诉人特牛，律师说一条，他驳一条，最后驳得律师都无话可说！听说，我们将来有模拟法庭，我去申请做公诉人，到时候大辩特辩、大杀四方！"

苏小寿便说："那你课业挺重的吧！"

沈言狂点头，说："一个星期有五十多节课。最多的一天有十一节课，从早上到晚，那天连吃饭都吃不清闲。而且要看的书一大堆，要背的法条一箩筐。我们将来还要考司法考试，听学姐说，司考超难的！你怎么样呢？课多不多呀？参加社团了没有？"

苏小寿笑着说："课还好，但是课后要看的书太多。每个教授都开了最低阅读书目。尤其是古文那块，重点篇目基本要背。我总感觉时间不够用，就没参加社团。"她长长地叹了口气，"我听说，我们学校的考试非常非常变态，要不认真学，就等着挂科吧！而且挂科了不给补考！得额外交钱去重修！最最要命的是，学校硬性规定了最低挂科率，肯定有人不通过啊！而且那挂科率是上不封顶的！"

沈言就说："你还怕考试？"

苏小寿歪着头，叹了口气，慢慢地说："怕啊，有个齐教授，人称大杀器，手狠。考前一节课划重点，结果划出来的重点一个没考！就连教材上的也没考！直接考教材外的！题目出得特刁钻，稍不留神就掉他挖的坑里去了！结果，班上只有一小撮人过了。没辙，还是认真学吧！"

沈言很诧异地说："他就不怕民意测评？要是我们学校老师敢这么嚣张，我们保管全部给差评，让他直接下岗！"

苏小寿摇头，说："有测评。但没一个人给差评。这好像是默契吧！一届届地下来，学生不能因为老师出难题而打低分。"

能考进南江的学生，都有点水平。但凡有些本事的，多少都有点傲骨，自己做不出来题目，那就憋足了劲，下回再做出来，最多是边学边骂几声，不会真正记恨老师的。齐教授出手虽然重，但课讲得是真好，本身学术能力又强，当然人也长得相当养眼，所以，到了她们这一届，选他课的人依然很多。

沈言拆了一包瓜子，嗑着，非常不理解，说："还有这规矩？"她上下打量着苏小寿，不由得问："你不会就选了他的课吧！"这是自己找虐的节奏啊！

苏小寿坦然地点点头，说："是啊！还是好不容易才抢到的。这次十一，他布置了一篇论文作业，要求五千字以上，至少引用十本以上的学术专著。所以，我五号就得回校了。"她打算专门留出两天的时间来写作业。

沈言用脚踢了下座位底下的行李箱，惊讶地问："你箱子里不会装着书吧？"

苏小寿"嗯"了一声："太重了。我弄上火车太费劲了！齐教授也是为我们好，没有压力就没有动力嘛！"

学中文的，本来就需要广泛地阅读，为了写作业，她就得去啃图书馆的那些大部头，这样一来，她的阅读量就上去了。所以，只要不敷衍，齐教授的课学下来，她能学到不少东西。

沈言摸着额头，感叹道："果然，学霸的世界，我不能理解！"

火车到站的时候是凌晨四点多，天还是黑的。

苏小寿一出出站口，就看见爸爸等在那里。他也看见苏小寿了，忙一路小跑过来，喊着："小寿！"

她跟沈言挥挥手，便拉着行李箱，跑了过来，露出了一个大大的笑容，不断地挥舞手臂，大喊："爸爸！"

苏爸爸跑过来，接过行李箱，兴奋地说："走！你妈包了你最爱吃的馄饨，还煎了一大锅韭菜锅贴饺！"他是骑平板三轮车过来的，便把行李放在车子上，"你带书回来了吧！别太用功了！"

"知道！"苏小寿看着三轮车上没煎饼的工具，"今天不开摊吗？"

苏爸爸笑了，说："今天你回家，就不摆了。想吃什么菜？等下去菜市场，你自己看！你妈妈昨天买了排骨来，今天我做糖醋排骨给你吃！你还想吃什么？"

清晨的风有些许的凉，苏爸爸呛了一口风，咳嗽了起来！

苏小寿急了，赶紧去拍苏爸爸的后背，替他顺了一会儿气后，说："爸爸，还是我来骑车吧！"她立即抓住车龙头，麻溜地爬了上去。

苏爸爸拗不过她，只好由着她去了，说："你啊！爸爸没事儿。说吧，想吃什么菜？要不要再买条鱼回去？"

"不用！"苏小寿态度坚决，她两脚用力地蹬着三轮车，往前骑去，"有排骨吃就已经很好了。爸爸，你平时要按时吃药，千万不能再累着了！下一回啊，你不用来接我了，我自己能回家！"

苏爸爸笑眯眯地说："还是来接一下吧！你一个女孩子，天又黑。我跟你妈妈在家等，不会放心的。还是来接的好！"

苏小寿心里暖暖的。

四百公里外，南江的一处江景房里，霍元泽穿着灰色的睡袍，端着玻璃酒杯，站在落地的玻璃窗前。

杯中是红酒，红艳如火。

他轻轻地晃了晃杯子，抿了一小口，看着窗外。

外头天还是很黑，对岸那一片林立的高楼，灯火璀璨。

这就是城市，白天车水马龙，夜晚灯火辉煌。

来来往往是那样多的人，是那么喧嚣，又是那么凄凉浸骨的寂寞。

在他的身后，有脚步声自远而近。一双柔若无骨的手环上了他的腰，温柔似水的女声响了起来："怎么不多睡一会儿？时间还早呢！"

霍元泽拨开了那双手，嘴角带着一抹似有似无的笑，口气淡淡地说："游戏结束了，苏晓秀。"

苏晓秀本来就白的脸刹那间变得更白了，手僵在了半空中。很快，她就镇定了一点，又伸手过去，小心地赔笑，嗲声嗲气地说："霍总，今天我们还去吃法国菜好不好？人家好想再吃一回香煎鹅肝呢！"

这回，霍元泽不再客气，一把用力地推开，转过身，慵懒地靠在玻璃上，居高临下地看着她，微微一笑，说："你是个聪明人。"

既然是聪明人，苏晓秀就应该识趣，别做傻事。

苏晓秀跌坐在地上。

这是一场豪赌。赢了，她能钓到金龟婿，下半生富贵荣华。可惜，她终是输了。她自恃美貌，总以为她会是例外，没想到在霍元泽这儿，她就不是例外。

不过，她心里也清楚，跟霍元泽这样有钱有势的大老板杠上，吃亏的只会是她。她脸色惨白，说："霍总，你不能这样！"

她紧紧地抓着身上那件轻薄的真丝睡袍的下摆，就像是溺水的人抓住的那根救命稻草，怎么也不肯放手。她的声音是颤颤巍巍的，整个人如飘飘摇摇的秋叶一般。

她带着哭腔地说："是你先招惹我的！"

霍元泽微微眯了眯眼，懒洋洋地伸出手，将酒杯里的酒从苏晓秀的头上浇下来，不紧不慢地说："哦？"

起先也许是误会。可等苏晓秀上了车，对上他的眼神时，她就该知道，他要找的人，根本不是她。但是，苏晓秀还是主动地贴了上来。这样自命不凡的美女，他见得多了。她们总以为有了上佳的姿色，就能圈住他。

冰冷的酒沿着苏晓秀的脸颊流了下来，一滴滴，滴在米色地毯上，很快地毯上就有一小块红了。

她的心在滴血，声音颤抖着说："你不能这样待我！"她忍不住嘤嘤地哭起来，"我之前没有跟过别人，你知道的，霍总，我可把什么都给你了。明明我们是好好的。这几天，我们不是好好的吗？"

就算开头是误会，但霍元泽也没有拒绝她，反而风度翩翩地接受了。

大美人哭得梨花带雨，果然是楚楚可怜。

霍元泽眯眼欣赏了一会儿，嘴角衔着抹满不在乎的笑，说："我不会亏待你的！条件是……"他停顿了一会儿，嘴角的笑容越发迷离如雾，"帮我得到她！"

"谁？"苏晓秀不死心，问出了声。

其实，她隐隐猜到他说的是谁，但是不等霍元泽亲口说出来，她根本就不会，也不愿意去相信！

霍元泽笑着："苏小寿！"他的话带着浓浓的粤语口音，乍一听过去，真的很像是苏晓秀三个字。

苏晓秀仰起脸，眼睛瞪得大大的，眼角沁出大颗晶莹的泪珠。她浑身在颤抖，声音更在颤抖，歇斯底里地说："为什么是她？为什么？"明知道她不该问，但她还是忍不住问出来！为什么不是其他人，偏偏是她的好朋友苏小寿，偏偏是那个不修边幅傻傻的苏小寿！从小到大，也只有这一个傻乎乎的苏小寿是真的跟她关系好！

霍元泽的手指弹了弹空了的酒杯，口气淡淡的，说："我的耐心有限。"他可没工夫跟她慢慢耗，反正，没有苏晓秀的协助，他笃定自己也能把苏小寿搞上手，就是麻烦点！不过，猎物越难得到，征服起来就越有成就感！

苏晓秀一口拒绝，说："我不答应。那是我朋友。她不是那种人。"

霍元泽微微抬脸，看她一眼，说："十万！"他笑了笑，"如何？"他看过苏晓秀的资料，这个女孩子父母早亡，依附兄嫂过日子，嫂嫂又不是个好相处的，并没有表面上看起来那么有钱。

十万元，对苏晓秀来说，可不是一笔小钱！她有一瞬间的动摇，但很快就摇头，说："不行！"

霍元泽笑笑，说："再加一套郊区的商品房！"

苏晓秀神色顿时复杂起来！房子呀！她把头埋得低低的，默默地流着泪，浑身哆嗦，过了一会儿，她低声说："你要是这样砸钱是追不到苏小寿的。反而……会把她越推越远。她骨子里很倔强，而且认得清自己，很实际的。她讨厌花钱如流水的有钱人！"她抬起眼，见霍元泽不置可否，便接着说了下去，"要追苏小寿，只能用情！用真情！"她越说，心里就越是难受。

十万元再加一套房子，就让她把好朋友给卖了！

霍元泽点点头，说："两周以内，我要能跟她独处。"

苏晓秀说："她回家了。是昨晚的火车票。"她见霍元泽在听，便继续往下说，"她爸爸妈妈在徽元卫校门口摆摊。她有时候会去帮忙。她跟我说过，她跟同学约好十一回母校去看老师，好像是约在二号的下午。"说到后头，苏晓秀的声音抖得厉害。她的眼泪流了下来，嘴唇发白。她这是在做什么！自己已经掉进了火坑了，却还亲手把自己的好朋友往火坑里推！明知道霍元泽不是个好东西！她还……她这是助纣为虐！要遭报应的！

霍元泽略一点头，口气很冷漠，说："九点，司机会送你走。"说完，他扬长而去。

偌大的房子里便只剩下苏晓秀一个人。她慢慢地爬起来，站在了落地玻璃窗前，外头天渐渐地亮了，可以看见滚滚滔滔的江水。苏晓秀盯着黄色的江水看，手颤抖地探过去，扶在玻璃窗上，然后，号啕大哭。

第五章　损招

晚上的时候，苏家一家三口围在一张四方的小桌子吃饭。桌上摆了四个菜，辣椒炒豆腐干、红烧丝瓜、炒青菜，还有一大盘糖醋排骨。

苏妈妈自己就吃点青菜，说："小寿啊，排骨自己夹啊！"

苏小寿夹了一块排骨给妈妈，又夹了一块给爸爸，笑眯眯地说："你们别舍不得吃啊！我一个人又吃不掉！等下凉掉了，就不好吃了。"

苏爸爸忙说："我们吃的。你别给我们夹了，自己吃吧！"

苏妈妈也说："是啊！在学校里别亏待自己，钱不够跟家里说！我听袁晨妈妈说，袁晨一个月要用六百多块呢！"

袁晨家就住在这附近，两个妈妈以前是一个厂的，十分要好，而袁晨跟苏小寿小时候一起玩过泥巴，很铁；两人一路同学上来，但到了高中，关系反倒没有小时候那么好了。现在袁晨考到了蜀州学院，跟苏小寿一东一西，两个人都有一个多月没联系了。

苏小寿笑嘻嘻地说："他是男生嘛！吃得多！我吃一点就饱了。还有啊，妈妈，我们学校可以勤工助学，有很高的补贴，所以呀，一个月三百块，我都用不掉呢！而且，我只要好好学习，还可以拿到奖学金！我们学校奖学金很高的，最多有一万二。我要是能拿到，连学费都能省下来！"她没敢跟家里说，她在外头打工。

父母省吃俭用，从牙齿缝里抠出钱来，就是希望她过得好点，要是知道她在外头辛苦打工、受闲气，心里肯定不是滋味。

她一向不撒谎，学习又好，所以，这一番说辞，苏爸爸跟苏妈妈都信了。

苏妈妈说："在外头别太省了。"

苏小寿答应得很畅快，说："知道啦，知道啦！妈妈，今天你从早上开始都不知道说了多少遍了！你们也是啊！钱要赚，身体更要好。对啦，这次我带过来的巧克力，你们可别舍不得吃啊！"

苏妈妈说："好好好！你也带点东西给你那同学吧！"

苏小寿说："我打算带烧饼过去。"

本地茶叶倒是出名，可惜好一点的都太贵了，她根本买不起，思来想去，本地的烧饼做得好，又脆又香，一块钱四个，她就买点烧饼回去给苏晓秀尝尝，算是回礼了。

门这时候被敲响了。

苏妈妈离门口最近，站起来一伸手就开了门，门口站着的是袁晨。他探进来半个身子，手里端着个盘子，里头全是板栗，说："阿姨，我妈妈今天捡板栗，炒了一锅，叫我拿一盘送过来。"

苏妈妈很热情地把他拉进来，说："袁晨啊，快进来坐坐！"

苏爸爸也招呼："快，坐下来一起吃饭！小寿，去拿副碗筷来！"

他说最后一句时，苏小寿已经拿过来了，麻利地摆上了碗筷。那一边，苏妈妈也手脚利索地开了巧克力盒，倒了一半巧克力出来，抓在手里，走过去递给袁晨，说："这是小寿从南江带回来的。你带给你妈妈尝尝看。"

袁晨把盘子摆在桌上，跟苏爸爸、苏小寿打了招呼。他没有坐下来，接过巧克力，笑得阳光灿烂，说："不了，我妈还等我回家吃饭呢！这巧克力，我带回去了。谢谢啊！"说"谢谢"的时候，他悄悄地瞧了苏小寿一眼，脸微微一红，嘴巴咧开得更大，笑容更加灿烂。

苏妈妈说："替我谢谢你妈啊！"

袁晨答应了一声，就跑了。苏妈妈笑眯眯地看着他的背影，心里模模糊糊有个念头，再转过身，看着苏小寿，笑开了花，说："小寿，你明天把盘子给袁晨妈妈送回去！"

苏小寿倒没多想，说："上午送吧！下午我跟沈言她们约好了，一起回母校看老师。"

苏妈妈说："你怎么没问袁晨去不去？"

那也是袁晨的母校，也是他的老师。苏小寿说："我忘了，那我明天问一句。我们约好了，去了母校之后，在外头吃饭，晚上迟点回来！"

下午两点多，阳光正好。

一中的大门口前驶过一辆法拉利，然后，停在了前面的拐角处。

但没有人从车上下来。

苏小寿几个到了校门口。

沈言眼尖，说："咦，那有辆法拉利！"

小地方车少，豪车就更少。在这里看到这样的豪车，是十分稀奇的。

在本地上大学的张澜就说："走！我们过去看看！"

苏小寿觉得很无聊，这有什么好看的嘛！但又碍着好几个人都跃跃欲试，就没拒绝，便走在了最后头。

袁晨虽然也好奇车，但看苏小寿不太感兴趣，也就放慢了步伐，说："小寿，你南江的号码是什么呀？南江好玩吗？我准备去看看。我去的话，你可得尽地主之谊啊！"

沈言走在前面一点的地方，听到后，抿嘴一笑，回过头，学着袁晨熟稔的口气，开起了玩笑，说："小寿哟，袁晨，你叫得好亲热啊！看不出来嘛！快！老实交代，你是不是对我们小寿有企图呀！"

袁晨被戳破了心思，脸热起来，支支吾吾地说："你说什么啊！"

法拉利里，霍元泽戴着墨镜，靠在椅子上，正守株待兔，余光突然瞥见并排一起走的苏小寿跟袁晨，再看袁晨的神情，不觉眉头微微皱起来。

这不是跟苏小寿"偶遇"的好时机了！

他坐直了身子，一踩油门。只听轰的一声，他就把车开得老远！

下午两三点的时候，来摊子上买鸡蛋煎饼的人最少。苏爸爸跟苏妈妈去准备第二天要用的食材，苏小寿便捧本书来守摊子，她正看得津津有味。冷不丁有个人蹿到她跟前，说："小寿！"

她抬起头，只见袁晨站在一边，手里拿着水杯，笑起来，问："什么事啊？"

袁晨笑着说："没事就不能来了吗？"他递过水杯，"我妈今早做了酸梅汁，冰镇在冰箱里，想着你下午肯定在外头摆摊，就叫我拿杯过来给你。"

这几天，袁晨来苏小寿跟前好多次，苏小寿便慢慢地找回了小时候跟他的默契，眉眼一弯，甜甜笑起来，说："你等会儿！"她娴熟地摊了个鸡蛋煎饼，特意在里头多加了一个鸡蛋，多刷了点辣酱，包好递过去，"你尝尝看！"

袁晨接过，咬了一大口，他没觉得烫，也没吃出辣味，倒是觉得这鸡蛋煎饼是甜到了他心窝里去了。

对面楼上的商品房里，霍元泽一只手插在裤袋里，另一只手端着高脚玻璃杯，站在窗前。看到这一幕，他眼神眯了眯，一仰头，将高脚酒杯里的半杯红酒一饮而尽。

这苏小寿过得也太死板了，除了那天去母校，其余时间，不是在家里待着，就是在摊子上干活。她的边上要么是她爸爸妈妈，要么就是袁晨！他在这个破地方泡了几天了，愣是没找到下手的好机会！

不过，有时候，机会不是等来的，而是自己创造的。

霍元泽遥遥地看着街道的另一头，一个穿着黄色连衣裙背着书包的年轻女孩子慢慢地向袁晨走近。

霍元泽的嘴角慢慢上扬，勾起一抹冷笑。

煎饼摊边，袁晨狼吞虎咽地吃完鸡蛋煎饼，才要说话，冷不防，有个怯怯的声音从他身后冒了出来，说："袁晨哥哥！"

袁晨回了头，那女孩猛地扑到他怀里，哭得死去活来，说："袁晨哥哥，我打电话你不接，发短信你不回，你是不是不要我了？"

这都哪跟哪儿啊！

袁晨一把推开那女孩，急忙对苏小寿解释，说："小寿，我根本不认识她！"他是真的不认识！但他这样的辩解好苍白。一着急，他对着那女孩吼起来："我不认识你！你别乱说啊！"

那女孩被推开后，继续过来，去扯袁晨的衣服，哭诉："袁晨哥哥，你不能这样！我都怀孕了！你不能不要我啊！"她"扑通"一声跪下来，"才一个多月，是我们的小孩呀！你前几天还跟我说，要跟我好一辈子，要跟我结婚的！"她大哭起来，哭得肝肠寸断。

周围的人便聚集了过来。有好些人对着袁晨跟这个女孩指指点点的。袁晨涨红了脸。

小地方熟人多嘴杂，被这女孩这么一闹，他是跳进黄河都洗不清了。可他的确不明白是怎么回事！

他急得满头大汗，不由得去看苏小寿，反反复复地说："小寿，我真不认识她！真不认识！"

苏小寿真的挺想相信袁晨的，但这女孩子的表现，看起来一点也不像是装的！

那女孩猛地抬起头，眼神里透着刻骨的恨意，说："你就是苏小寿！我打死你这狐狸精！"

说着，她跳了起来，直接抄起摊子上放辣酱的小圆桶就往苏小寿身上倒去。她出手太快了，苏小寿根本就来不及躲，只好抱着头，痛苦地闭上了眼睛。

然而，那些辣酱根本就没有倒在她的身上。苏小寿睁开了眼，只见袁晨挡在她前面，被浇了一身的辣酱。他的脸色很难看，说："我不打女的，走！去派出所，让警察评评理！"

那个女孩突然捂住嘴，干呕起来，哭喊着："袁晨哥哥，你怎么能这样！我都怀孕了呀！你让我怎么活呀！我不活了！"

袁晨僵在了原地，拉也不是，不拉也不是。看她哭得实在可怜，但是这跟他一点关系也没有！他根本就不认得这女孩！这人怎么就突然赖上他了呢！

这一犹豫落在了苏小寿眼里，就成了他默认这桩事的铁证。

周围的人越聚越多。苏小寿走过去捡起掉在地上的小圆桶，说："袁晨，要不，你带她回去吧！"她顿了顿，"阿姨人很好，她不会骂你的。"

袁晨抬眼，瞧见苏小寿脸上一点笑影都没有，一颗心不由得往下一沉。而那个女孩却瞅准机会，一把抱住了他的腰……

同一时刻，一对夫妻模样的中年人敲开了苏家的门。

苏妈妈开了门，问："你们是……"

中年女子上下打量了一番苏妈妈，露出一个鄙夷的神色，冷笑一声，说："你就是苏小寿的妈妈？快叫你女儿滚出来！"

见来者不善，苏妈妈也拉下脸，说："你怎么说话的！"苏爸爸听到响动，也阴沉着脸，走了过来。

中年女子继续冷笑，说："你还不知道吧！你家苏小寿，勾引我女儿的男朋友！"她扯开了嗓子，吼起来："喂，都快过来看看！快来看看狐狸精的爸妈！"

有邻居们探头探脑的，往这边看。

苏爸爸也吼起来："你们胡说什么！"

中年男子重重地"哼"了一声，说："我们胡说！要不是苏小寿，我女儿还跟袁晨好好地谈朋友！"

中年女子撒起泼来，在地上打滚，干号："我可怜的女儿啊！真是命苦啊！好好地跟人谈恋爱，就有狐狸精不要脸地贴过来啊！明知道人家有女朋友，还要来抢啊！"她的嗓门越来越大，到后头，什么脏的臭的字眼，都往苏小寿身上砸。

苏妈妈脸色气得发白。苏爸爸涨红了脸。他们一辈子老实人，从来没有被人这样指着鼻子破口大骂！苏爸爸大吼："你胡说什么！"他冲过去，拉中年女子，但他很快就被那男的一拳掀翻在地。

苏妈妈惊呼："建军！"她冲过去扶苏爸爸。

中年女子骂得更带劲了，指着苏妈妈，又是一通脏话，这回事连苏妈妈都骂上了，怎么难听怎么骂，而且每一句还不重样！

苏爸爸站起来才要反击，扭头一看身边的苏妈妈，脸色大变，喊出的声音都颤抖了："晓燕！"

苏妈妈脸色惨白，直冒冷汗。她已经说不出来话了，捂着心口，往身侧一栽！而那对中年人一看苗头不对，立即脚底板抹油溜了。

等苏小寿赶到医院时，苏妈妈已经送进了急诊室抢救。而苏爸爸双手抱头坐在走廊的椅子上，神色颓然。

看到她，苏爸爸的眼睛里才有点光泽，说："小寿！你妈妈还在里头！是急性心肌梗死！"

苏小寿脸色顿时就不好了，问："怎么回事？下午还好好的。"

苏爸爸把事情说了一遍，深深地叹气，说："我跟你妈都信你！可恨，没抓到他们！"

这事，就算苏小寿没有做，但那对中年人那么一闹，周围那么多邻居都听到了！没有也会给别人当成有了！小地方，女孩子的名声要紧。苏爸爸想：小寿的名声算是完了，以后还怎么处对象！

袁晨的爸爸妈妈也可恶，平时走动挺多的，关键时候，却不站出来说一句话。到这个地步了，他们连面都没有露一下，搞得好像真是苏小寿死乞白赖地缠住袁晨一样！还有袁晨那小子，更是可恶，明明有女朋友，却还来招惹苏小寿。被人闹出来，他们居然把责任都往苏小寿身上推！

苏小寿咬着嘴唇，问："医药费还够不够？"

苏爸爸说："够！你大伯、二伯、小姑、大姨、大舅、小舅都来过了，送了钱。医院也给我们几天宽限的时间，让我们家去筹款。"

苏小寿"嗯"了声，挨着苏爸爸坐下了，目光紧紧地锁在了急诊室那扇关着的门上，心里七上八下的。

袁晨家里，袁妈妈坐在沙发上，局促不安的。她盯着茶几上的房门钥匙，很不自然地挪了一下身体。

袁爸爸阴沉着脸，重重地拍了一下茶几，高声说："还回去！"

袁妈妈忙说："你轻点声！"她很犹豫，"你疯了！这可是卫校边的房子，有一百三十五平方米。家里的情形你又不是不知道，我们哪有钱给晨晨买房子啊！眼看他还有几年就要毕业了。没房子，我们怎么给他找个好对象啊？"

袁爸爸提高了嗓音，说："你才疯了吧！小寿妈妈现在还在医院里躺着！还不知道救不救得过来！"

他抓起钥匙，重重地往地上一摔："就这个玩意，就让你把良心卖了？我都替你害臊！是，咱们家是缺钱，但也不能卖了自己的良心！你把钥匙还回去！我们一家上医院去，给老苏他们家道歉，现在就去！"

袁妈妈脸色也不好，说："还回去？你让我怎么还回去！钥匙是邮寄的，没落款。

打过来的电话号码，又没记录！你让我找谁还回去？"

她站起来，喋喋不休："再说了，能怪我们家吗？是小寿自己不检点！明知道我们家晨晨有女朋友，还没事儿送个盘子，一起吃个饭什么的！使劲地贴过来！不是什么好鸟！"

听到袁妈妈这一番颠倒黑白的话，袁爸爸气得又重重地拍了好几下茶几，痛心疾首地说："常慧明，你说够了没有！明明是我们家晨晨去追他家小寿！要有错，也是晨晨的错！是晨晨脚踏两只船！"他深吸一口气，平缓一下情绪，"你真不认识那对夫妻？钥匙不是他们送的吗？"

袁妈妈冷着脸说："我不知道！"

袁爸爸连说了三个"好"字，猛地站了起来，高声说："问你，你不知道！拿钥匙的时候，倒是爽快！好！你不去是吧！你不去，我去！"

袁妈妈霍然起身，说："站住！"

她定定地看着袁爸爸几秒，放声痛哭起来："老袁，你别说了！我心里也不好受！我真没想到会这样！送钥匙的那人打电话，只让我们不要出头，一旁看着就行！我真不知道那对天杀的狗男女，能把晓燕骂进医院去！老袁，老苏一定会恼了我们的，我们现在去，是火上浇油！过几天，我们再过去吧！等晓燕病情稳定了一些……"

门外，袁晨站了很久很久，久得他的神色由震惊变成了麻木。

他抬起头，黄昏，绯红的云盛开在天际，如火烧一般；而他心里有一块，仿佛也被火烧着了，在这短短的一个下午里，成了飘散在风里的灰烬。

房间里，霍元泽听到私人助理范杰的汇报，不由得眉头微皱。苏家的亲戚不是都穷得叮当响吗？明知道苏小寿他们也许这几年都还不起钱，竟然还倾其所有地借钱给他们！还有医院，又不是慈善机构，居然先救人，再让苏家交钱，还给了宽限的日子！

事情比他想象中要棘手，但更挑起了他的兴致。毕竟，太过容易到手的东西，不会让人有太多的快感。

范杰说："霍总，真要把房子过户给……"

霍元泽看了范杰一眼，似笑非笑。

范杰会意，说："我立即让人去换了门钥匙。"

霍元泽站了起来，说："走吧！"

本来他想在苏小寿最绝望的时候出现，摆出大恩人的姿态，但可惜计划赶不上变化。不过，见面的事，他不能再拖下去，一则他时间有限，跑一趟徽州已是破天荒；二则他可不想再费心思去收拾袁晨这类不相干的人。

到了晚上，亲戚们又陆续赶了过来，得知苏妈妈救了回来，都松了一口气。苏小寿的大伯母又包了一千块，说："钱够不够，不够，我们再去想办法。"

苏家的亲戚们日子过得紧巴巴的，手头上也没有多少钱，但却都义不容辞地伸出了援手。苏小寿跟爸爸十分感激。

苏爸爸觉得那十张红彤彤的百元大钞，是亲戚们的一片好心，都是热乎乎、滚滚烫的。他说："够了。我让小寿把定期都取出来了。"再加上亲戚之前借给他的钱，够付医药费了！

苏大伯说："要不够就张嘴。自家人，甭客气！"

苏小寿的大舅也接话："就是！你们晚饭吃了没？春兰做了饭，你们先吃吧！"他把两个保温饭盒放在苏爸爸的旁边，"今晚我跟你一起守着吧！让小寿回去睡觉。"

苏小寿立即说："大舅，你明天要做事。我放假，还是我来守吧！"

大舅说："晚上我跟你爸爸在，你回去熬粥。我刚才问了医生了，你妈妈明天可以喝点米汤。"

苏大伯说："明晚我来。家里人多，换着来，不吃力的。"

大舅附和着说："就是。你们赶紧先吃饭啊！"他走过去，开了饭盒，"你们吃啊！"

苏小寿接过一看，只见里头的菜有炒青菜、有炒鸡蛋，还有红烧肉！她吃了几口饭，又咬了一块红烧肉。

他们一家是穷，但是感情是真好。亲人们互相拉扯着，帮着，好好地把日子过下去。

出了医院，苏小寿就听到一个低低的声音在叫她。她侧过头一看，只见医院的墙根下站着袁晨。

他低着头，一步一步地挪过来，小声说："对不起！"

这一声对不起，可真是轻飘飘啊！难不成只是道一句歉就能抹掉袁晨造成的伤害吗？犯错的是他，但是后果却要苏小寿一家来承担！

苏小寿的眼神很冷，声音也很冷，说："对不起有用吗？事情是你做的，但你这头缩得比乌龟都要快，出来解释一句有那么困难吗？怎么了？敢做不敢当了？你算是男的吗！躺在医院的是我妈！被你害得名声扫地的是我！以后拜托你别来我面前晃，我不想再看到你！"

男孩子脚踏两只船，将来改了，倒也没什么，浪子回头金不换嘛！但女孩子面皮薄，名声容不得一点污点。她在当地算是完了，任何时候，她的事都可能被认识的人翻出来当茶余饭后的谈资。她的妈妈被气得进了医院，那对中年夫妻则逃之夭夭，而始作俑者的袁晨，却这样平平安安地站在那里！

袁晨艰难地动了动嘴皮子，想要解释，却发现自己根本就无从解释。说那个女孩跟自己没关系，恐怕连他的亲父母都不相信；又不能说是他妈妈故意不露面，为了套房子把自己的良心给卖了。毕竟，妈再不对，但也是他的亲妈呀！说什么，别人都不会信。开不开口，都是错。最终，他低头沉默着。

苏小寿当他认了，更生气了，冷冷地看他一眼，抬腿就走。从今往后，她就只当不认识这个人！袁晨整个人都恍惚了，过了一会儿，才抬起脸来，发现苏小寿已经走远了。

医院门口的这条路很僻静，路灯一盏连着一盏，一直绵延到浓郁的夜色里，而他就只能远远地看着苏小寿投射在地上的影子长长短短，然后渐渐模糊到无。

再然后，他听到了刹车声。

那刺耳的声音，钻进他的耳朵里，就像是电锯切割木头那样尖锐。

袁晨微微一颤，抬起头，看着路灯。

那路灯的光是挺亮的，但他总觉得这灯光跟十月的夜一般，带着些许的凉。

意外来得太突然。

苏小寿刚转了弯，就见一辆法拉利冲了过来。苏小寿避之不及，反而摔了一跤，跌坐在地上，浑身顿时冰冷。好在那辆法拉利在她面前一点点的地方停了下来。她绷紧的神经这才松了，长舒了一口气。

幸好，幸好自己没有事。

车门打开，下来一个穿着休闲衬衫的年轻男子，说："苏小寿？"他的口音不太标准，带着粤语的味道，快步上前，一把拉起苏小寿，上下打量着，温和地说，"没事吧？"

苏小寿认了一会儿，才模模糊糊地想起来她在南江见过此人，好像是姓霍。她说："没事，霍先生。"

霍元泽握了握苏小寿的手，说："你的手好冰。我送你去医院吧，检查一下。"

苏小寿抽出自己的手，说："真没事。"是她自己在想心事，没有注意到周围。

霍元泽很有君子风度，没有纠缠，点点头，说："那就好。对不起，刚才我车开快了。"他仔细地看着苏小寿，"真没事吧！你家在什么地方，我送你回去。"

小地方不大，走半个小时就能到。而且大晚上的，坐一位只见过两面的男人的车，不安全。苏小寿下意识地拒绝，说："不用了。我自己能走。您停车及时，没有撞上我，所以我真的没有事。"

霍元泽不由得高看了苏小寿一眼。主动想钻进他豪车的女人多的是，换了别人早就顺杆子爬了，难得有一个女人一点也不动心。他瞧得出来，苏小寿不是欲迎还拒。

霍元泽态度很坚决，说："那我把车停在一边，送你回去好了。"他补充一句，

"我不放心你一个人走。总归是我差点撞了你，不把你安全送到家，我过意不去。"

他把话说到这个份上，再拒绝，就不近人情了。况且走过这段路，人就会多起来，不怕会有危险。

苏小寿笑笑，说："那好。"

霍元泽把车停在了马路边，然后跟着苏小寿走，说："可惜上次你没来。我们台做的'花季絮语'反响不错。是小叶主持。"

这事，苏小寿有所耳闻。南江电台最后挑出来是叶妗如。她跟着陆雅听过两期，叶妗如的主持不能说不好，但也不能说好。陆雅边听边吐槽，说早就内定了人，何必假意推选！

苏小寿倒是没抱怨。毕竟，她早早地就明白，抱怨是没有用的。条条大路通罗马，有些人就出生在罗马。她这种普通人，将来的日子，只要努力比父母这一辈过得稍微好点，就心满意足了。

她说："我听过一点。节目不错。是蛮多人听的。"

霍元泽听了后，眼睛眯了眯。苏小寿是顺着他的话说，并没有找新话题，显然是不太想跟他交谈。他笑了笑，说："你是本地人吧。我来这儿自驾游。除了那些出名的景点，还有什么地方好玩的？"说这些，比较安全，苏小寿的戒心不会那么重。看样子得一点点跟她磨了。霍元泽拿出商业谈判的耐心来。

苏小寿不想多说，便敷衍道："除了那些出名的地方，我就不知道了。要不，你去旅行社问问，他们应该清楚。"

竟然把皮球踢出去了。霍元泽觉得不悦。他都主动开口，但苏小寿却在敷衍！

他温柔地笑着说："本来还想请你去当我的导游呢！"他摸出早就准备好的假名片，递过去："你要是回家后觉得哪里不舒服，就打我电话。"

苏小寿接过后，说："好。"这位霍先生倒是有担当的人，没有千方百计地推卸责任，反而一口认了下来。她对霍元泽生出了一丝的好感。

霍元泽侧过脸，去看苏小寿。灯光不甚明亮，苏小寿的面容轮廓却更显柔和，尤其是那一双眼睛，格外好看，像是两颗星子，熠熠有光彩。苏小寿身上最能看的就是这张纯天然的脸了。就为了这，多费了心就费些心吧！他笑着说："有事就说，别硬扛！"

苏小寿"嗯"了一声。

在不算熟悉的人面前，她的话是不多的。

霍元泽笑笑，不再多话。毕竟，要是一直找话题说下去，就显得刻意了。他得把刻意的事情做得自然而然，让苏小寿在不知不觉中顺着他走。

他不说话，苏小寿也不开口。两人静静地走了一路。

等快到苏小寿家时，她停下了，说："霍先生，不用送了，前面就到了。"

霍元泽说："嗯，你把手机号给我吧！"就目前来看，苏小寿还真跟苏晓秀说的一样，是个有原则的人。所以纵使拿了名片，苏小寿也不会去打他的电话。

她不动，他就主动出击！不过是个小姑娘，他就不信了，她那颗心，他还摘不过来！

苏小寿迟疑了一会儿，还是报了出来。

霍元泽记在了心里，笑笑，说："嗯，以后常联系。"

苏小寿也笑起来，说："好。"

第六章　陷阱

苏小寿又请了一个星期的假，才回到学校。苏晓秀乍一见到她，心思百转千回，眼神不免闪了闪，透着几分复杂。不过一瞬间，她就压下了心绪，笑靥如花，说："小寿，你妈妈好点了没有？"

苏小寿在整理行李，没看出来苏晓秀的异样。她说："我妈好多了，再好好养一养，就能恢复了。以后不能太激动，也不能干重活，再按时吃药，定期检查，就没什么问题了。"

苏晓秀眉毛微蹙，娇柔地说："那你家的负担岂不是都压在你爸爸一个人的身上了！那压力好大啊！"

苏小寿面露愁色，叹口气，说："只要妈妈身体好起来，就行了。我再去接几份活，把学费、生活费赚出来！"家里借了亲戚们四万多，爸爸身体也不好，家里的日子越发困难了。虽然她不想接校外的活，但为了多赚钱，也就顾不得许多了。不过，困难总是暂时的，她再努力一把，能帮着家里应付过去。

苏晓秀不免起了怜悯之心，犹豫了，话在舌尖滚了滚，咽了下去，勉强笑笑，说："我把课都录了下来，你听听看。"她递过来一个小巧的录音笔。

苏小寿接过一看，录音笔簇新的，是个大牌子的最新款，价格可不便宜，从前可没见苏晓秀用过。

她笑着问："是你男朋友送的吗？"

被戳到痛处，苏晓秀脸色顿时白了。明知道苏小寿是无意的，但她还是忍不住去怨，下巴一抬，脸上却满是骄矜，笑起来，得意地说："是啊！他待我可好了。对了，小寿啊，你刚才不是说你想打工吗？我男朋友有个朋友，现在正想找一个家政助理，月工资一万。试用一个月，以后按月结算工资！做得好，额外会有奖金！"她的语速快急了，生怕她说得慢一点，就把这些准备好的话给吞了回去。说到最后一句时，她的语调微微上扬，强调一下，生怕苏小寿不信。

苏小寿咂舌，说："一万？真的假的？"

看苏小寿一点点掉进陷阱，苏晓秀又是难受，又是莫名地快意。她笑得如和煦春风，说："我什么时候骗过你啊！要不，我让我男朋友去说说看，能不能让你过去试试。这个机会挺难得的，我也不能保证他会给你这个机会。"

苏小寿有些迟疑，那是一万块啊！她只要工作五个月，就能帮家里还清外债，还能有结余！可一万块不是个小数目，往桌上一摆，不知多少人会挤破头去争，怎么可能会轮到她！她想了想，说："不知道我行不行。"

苏晓秀笑容可掬，说："家政助理嘛，很简单的，不就是做做饭打扫卫生之类的。咱们试试看啦！这样吧，如果对方说给你这个机会，我带你过去！"她走过来，轻轻地拍了拍苏小寿的肩膀，笑容里多了几分意味不明的东西，"这个机会，我会全力帮你去争取，你可要好好表现哟！"

苏小寿感激地说："谢谢你！"

对上那双黑漆漆的眼眸，苏晓秀一怔，不免有些心虚，忙移开了目光，伸手撩起耳边的长发，温柔地笑着说："我相信你一定行。"

星期六上午，秋日的阳光正好。

一辆宝马直接开到了宿舍楼下，苏晓秀便招呼苏小寿上车。头一回坐豪车，苏小寿很不自在，扯一扯宽大的中学旧校服，抱着书包，正襟危坐。

苏晓秀"扑哧"笑出声，说："小寿呀，不用不自在。多坐几回就习惯了。"她问前头的司机，口气有浓烈的优越感，"他怎么没来？"

司机彬彬有礼地回答："老板在开会。让我把苏小姐送到后，就立即送您过去。"

苏晓秀听明白了，脸上的笑顿时挂不住，纤纤手指一弯，紧紧地抓住手里的包。霍元泽就这样迫不及待吗，一脚踹开她，去跟苏小寿独处！她瞥了眼身侧的苏小寿，那一瞬间，目光毒辣。

苏小寿抬眼，对上苏晓秀的视线，不觉一愣，再一看，苏晓秀仍是笑吟吟的样子，只当是自己多心了。

她问："那你晚上回宿舍吗？如果回去，我帮你打瓶水。"虽然知道苏晓秀回去的概率不高，但她还是问了一句。

做戏要做全套。苏晓秀娇柔地笑着说："我也不清楚啊，要看他忙不忙。这样吧，你先帮我打瓶水，要是我不回去，你自己用好了。还有啊，这次大杀器的作业……"

苏小寿答得很爽快，说："包在我身上。"她有些紧张，"晓秀，你男朋友那个朋友到底要个什么样的家政助理？"

这个问题，苏小寿已经问了好多遍了。有霍云泽的司机在，苏晓秀的态度不敢不好，依旧温柔地笑着说："我也不太清楚。只听我男朋友说他比较好相处，他人我没见过。你今天去了不就知道了。反正这事不成也不要紧呀！"

车子驶进了市中心高档小区，停在了地下停车场。司机先下了车，开了苏小寿这边的车门，做了一个请的手势。

苏小寿下意识地去看苏晓秀，余光瞥见她竟然咬着嘴唇，一脸忌恨，不由得大吃一惊。而苏晓秀似乎感到她的目光，神色瞬间就变得十分柔和，就像杂志上的封面女郎，摆出了最动人的神情。

苏晓秀细声细气地说："哦，他家在十六楼。往前直走再右拐，就是电梯，你自己上去吧！我就不陪你了。"她莞尔一笑，做出了一个加油的手势，"相信你！小寿！"

苏小寿侧着脸去看苏晓秀，失神了几秒钟。她总觉得苏晓秀跟往常不太一样，但具体哪里不对劲，却又说不上来。最后，她还是将疑惑压下，说："那我先去了。"她抓起书包，抬脚就要下车，书包碰到了车座，挂在书包带上的卡通挂坠掉了下来。

苏晓秀看到了，没有弯腰去捡，等苏小寿下了车走了两步后才开口，语气依旧温柔，说："小寿，你的东西掉了。"

苏小寿回过头，忙捡起来，重新挂在了书包带上，露出灿烂的笑容，说："谢谢！"

苏晓秀看得一阵刺心，脸上还挂着笑，等苏小寿的身影消失在转弯处，她眼神顿时晦暗起来。

一直在旁边充当背景墙的司机这时候才关上车门，客气地说："苏小姐，请问您想去哪里？"

苏晓秀"哼"了一声，闭上眼睛，说："随便！"

这一带都是江景房，风景很好。

苏小寿上了楼。门是虚掩着的，她推门进去，只见这是复式楼，装修得很漂亮。玄关处铺着米色的地毯，中间放着一双粉红色的拖鞋，鞋子上是卡通图像。地毯十分干净，一点灰尘都没有。

她不由得低头看看自己的脚，脚上穿着一双旧的运动鞋。鞋底很脏，踩到地毯上只怕是一个黑印。

"怎么不进来？"一个熟悉的男声从不远处传来。

苏小寿探进去半个身子，不觉微愣，就看见霍元泽扶着楼梯扶手，一步一步地从楼上走下来。他的头发半湿，身上穿着白色的居家长袍，腰带松松地系着，露出大片雪白的肌肤，神色有几分慵懒。

伴随着下楼，他腰带一松，长袍就散开了，露出了他的上半身。他这么白，竟然还有六块腹肌！以前没仔细看，今天这么一瞧，她才发现霍元泽很帅，脸好看，个子高，身材棒，比偶像剧里的男主角还要养眼！

她的呼吸一下子急促起来，忙低下头，但脸已经不由自主地红起来。过了一会儿，她镇定了下来。今天她是来面试的，一定得冷静！

霍元泽将苏小寿的神色尽收眼底，心里暗自满意。他停住脚步，优雅地捡起来腰带，慢慢地系好，再倚在栏杆上，弓着手指轻轻地弹了弹扶手，眼睛半眯着，嘴角上扬，说："刚才在监控视频里看到是你，就开了门禁。鞋子是江嫂给你准备的。不知道合不合你的脚。"他的声音越发温和，"到南江怎么也不给我个电话？"

他的这段话解开了苏小寿的疑惑。她抱着书包进来换上了鞋子，站在了玄关的地毯上，低眉顺眼地说："霍先生，我没什么事，所以就没有打电话。"

霍元泽轻轻一笑，说："没事就不能给我打电话吗？苏小寿，来客厅坐吧！"他走到真皮沙发上坐下，"你喝点什么？"

苏小寿抱着书包走到霍元泽的对面，挨着沙发的边沿坐下，说："我喝白开水就好了。霍先生，您对家政助理有什么要求？"她有些奇怪，南江电台的创意总监，就算收入再高，在霍元泽这个年纪上，不可能请得起一个月一万的家政助理，住得了这个地段的房子。除非这房子是他租的。

这时候，一个四十来岁的女的，端了个托盘进来。她先在苏小寿面前的茶几上放了杯白开水，又在霍元泽的面前放了杯咖啡，然后就离开了。她来去一趟，几乎没有声响，仿佛这屋子里根本就没有这个人。

苏小寿看得一愣一愣的。

霍元泽抿了一口咖啡，说："她就是江嫂，我的家政助理。是我从南方带过来的。不过她的儿媳妇要生孩子了，她再做一个礼拜就不做了。"他朝苏小寿举起杯子，微微一笑，"你可以跟她先做做看。她那里有我的行程表。哦，每天晚上九点，我的私人助理会把我第二天的行程表发给她，方便她来安排。"

苏小寿眨了眨眼，问："霍先生，电台总监很忙吗？"

霍元泽微微抬脸，露出新刮过胡须的下巴，笑着说："电台总监当然不忙，但南江地产的霍总很忙。"

苏小寿不看财经新闻，虽然不知道南江地产在业内的地位，但也晓得房地产公司的老板是个大忙人。

她问："那霍先生为什么要身兼数职呢？"

霍元泽嘴角高高扬起，说："兴趣。不舍得放手，有点时间就忍不住去想，去做。"他意有所指，抬眼去看苏小寿，见她还十分懵懂，便话锋一转，"小寿，你的兴趣是什么呢？"他很自然地，把对苏小寿的称呼变成了更亲密些的小寿。

苏小寿是浑然不觉的。她被霍元泽这一问给问住了，从小到大，她就知道学习。上了大学，才知道有言情小说、偶像剧、动漫，开始追动漫。可她向来都有克制力，就是再喜欢，该学习的时候去学习，该打工的时候去打工，从不会为了动漫而耽误正事。

霍元泽似乎读出了她的心声，往沙发上一歪，眼神里透着甜腻的温柔，说："我有时候觉得，所谓正事，其实是自己给自己做的框框。人这一生，说短也不短，说长也不长，要是天天做自己不喜欢做的事，哪怕那是所谓的正事，也会觉得倦怠。我的兴趣就是音乐，有空的时候，去电台转转，挑几首歌放放，那感觉……"他顿了顿，凝视着苏小寿的眼睛，"就像是跟最爱的人在一起，真好。"

他的粤语口音很浓，苏小寿大部分没有听懂，只能连蒙带猜，但他那起伏的调子听上去就像是首歌，如秋日私语般轻柔和缓，娓娓动听。苏小寿一时停住了，过了一会儿才回过神来。

她眼睛生得很美，长长的睫毛扇了扇，问："电台可以不天天上班吗？电台不考勤吗？好像是要全勤的吧！"

霍元泽笑笑，耐心地解释，说："普通员工当然不行。其实……我不拿薪水的，每年还得给电台一大笔钱。"

苏小寿恍然大悟。难怪电台的考勤制度在霍元泽面前就是个摆设。他就是传说中的赞助商，挂一个总监的头衔！

霍元泽眯了眯眼。

苏小寿就是个情窦未开的小女孩。追苏小寿，似乎最大的难度就是她跟他不在一个频道上。他很明显的暗示，苏小寿却领会不到。既如此，那他就尽量直白地表达。不过，他还不能早早地露了意。得挑个恰当的时机。苏小寿胆子不大，倔强十足。露得太早，会把她吓跑；露得不巧，一击不中，那再击就难了。

他说："你会做杌果班戟跟西多士吗？下午茶，我配咖啡奶茶吃。"

苏小寿茫然了，照实说："霍先生，我没有听说过。"

这两样是南方的常见小吃，霍元泽小的时候，生母常给他做。后来生母被打发走了，他搬进霍家大宅，每隔一段时间，他都会点这两样甜点。

他笑了笑，说："江嫂会教你。还有我常吃的那些菜，你也学一学。家政助理的事情很简单，就是在我回家前到，做好饭菜，放好洗澡水。在我离开之后离开，把家里东西整理好，打扫干净，类似……"他微微抬头，似乎在想措辞，"类似临时全职太太。"见苏小寿抬眼看自己，他说，"开个玩笑。你可以在这里留宿。住在江嫂现在住的地方。当然，如果不住也是可以的。"

听上去霍元泽像是一个不错的雇主。

苏小寿答应得很畅快，说："好。"

霍元泽站了起来，看了看手腕上的表，说："那好！我十点钟有个会。中午不回来吃饭。下午两点回来。"他再抬头看着苏小寿，嘴上含着笑，"你把你银行卡号发给我吧！到时候我会让人把你薪水打到你卡上。"他停顿了一下，笑容里多了几分揶揄，"别告诉我，你把我的名片给扔了。"

苏小寿尴尬地笑了笑。

她当初没打算去找霍元泽，就随手把他的名片扔在家里，压根没带到学校来。现在让她去给他发信息，她根本就不记得号码了！

霍元泽瞧苏小寿这样子，就猜到她没留意，隐隐有些不快，脸上却不显一点，只是用略带了点失望的口气，说："看样子，还真扔了！"他笑眯眯地报了一串数字，"记住了？这回可不能忘了。"

老板的电话必须记得牢牢的！苏小寿忙点头不止，说："记住了。霍先生，您放心，我一定好好干！"

霍元泽往前走了两步，停住了，说："不跟我去卧室？"

苏小寿愣了，眼神顿时警惕起来。

霍元泽笑了笑，温和地说："帮我换衣服。总不能让我穿家居袍去开会吧！"

苏小寿灿然一笑，摸了摸头，很不好意思。是她多想了，老板虽然年轻，但是看起来挺正派的。

到了下午两点，霍元泽准时出现。苏小寿一早就拿着他的拖鞋等在玄关处，门一开，摆出一个大大的笑脸，然后弯下腰，替霍元泽换上。

这位可是她的衣食父母，而且目前看上去人很好相处。照顾好他的生活起居，那可是她的本职工作。

霍元泽低头去看苏小寿，只见她弯下腰时，露出白皙的颈部，没有一点颈纹，当真是肤如凝脂。

果然，年轻就是好，花朵刚开的年纪。

换好了鞋，苏小寿便麻利地将霍元泽的鞋收进鞋柜里，说："霍先生，下午茶已经摆在卧室里了。"

主卧是一个大套间，临窗有一张小茶几跟两把小椅子。江嫂吩咐了，如果霍元泽没有特别招呼，那么下午茶跟夜宵一般就摆在那儿。

霍元泽点一点头，上楼进了卧室的衣帽间。苏小寿跟了上去，先替他脱了西装外套，突然觉得有些心虚，觉得这种工作应该不值一万块，便主动说话："霍先生，江嫂说她要去买给家人的礼物，大概晚上十点回来。让我替她向您请个假。额……我今天还做了玛格丽特小饼。样子不太好看，我尝了一下，味道还好。不知道霍先生你要不要尝尝？"

霍元泽欣赏着苏小寿神色的变化，嘴角勾着笑，说："我试试。"

苏小寿替他换上家居的袍子，再去帮他系腰带，手却猛地被霍元泽抓住了。苏小寿吓了一大跳，连躲闪都忘了。

霍元泽却很君子地放开了她的手，皱皱眉，说："你的手怎么了？"口气里满是关切。

苏小寿低下头，说："削柠檬时，不小心碰到刀尖了。不要紧的，就是破了点皮，贴了创可贴，几天就会好。"

霍元泽缓和了口气，关切地说："别什么都不要紧。"他顿了顿，笑了起来，"是江嫂说我喜欢吃柠檬皮酱吧！你不要心急，慢慢学。我去你老家玩过，觉得当地的美食味道不错。不如你晚上做几样你家乡的菜吧！"

做甜点，苏小寿是初学者，但家常小炒，她绝对不成问题。她点点头，说："好啊！"

她笑起来，眸光盈盈，清清如水。

霍元泽有一瞬间的失神。苏小寿的眼睛生得太美，再打扮一下……要是到手后，她不反对，他不介意与她保持亲密关系！

他眯眯眼，嘴角高高地扬起。

冰箱里的菜品种又多又新鲜。得了霍元泽那句话，苏小寿放开手脚去做，在厨房里忙了不到半个小时，就端出了四菜一汤。菜是秋葵炒牛肉、木须肉、手撕包菜、红烧茄子，汤是丝瓜蛋汤，看起来清清爽爽的。

霍元泽笑了，说："怎么不是你老家的特色菜啊？"

苏小寿生怕让霍元泽不快，双手搓着围裙的下摆，腼腆地笑着说："听江嫂说，您不喜欢口味太重的。我们当地的菜重油重盐，怕您吃不惯。"

霍元泽坐了下来，拿起筷子，夹了木须肉，吃了一口，点点头，嘴角微扬，似乎是在开玩笑，说："只要是你做的，我都喜欢吃！"

苏小寿没听懂言下之意，以为霍元泽只是单单满意她的厨艺，心里松了一口气，满脸堆笑，说："您喜欢就好！需要现在给您盛饭吗？"

霍元泽点点头，说："你也一块吃吧！"

苏小寿轻轻地摇摇头，说："这不好吧！"

霍元泽很绅士地微笑着说："以前江嫂也是陪我一起吃的。你也知道，家里就我一个，桌子这么长，我单独坐着没意思。两个人一起，才有家的感觉。"

苏小寿听着心里暖洋洋的，真没想到霍元泽不仅人顶顶温和，而且还没有一点看不起她的意思。她立即去盛饭，先给霍元泽端了满满一碗上来，然后再自己去舀了碗饭，挑了离霍元泽最远的座位，挨着椅子边沿坐下来。

霍元泽微微抬头，说："你坐的那么远，怎么夹菜？"

苏小寿还是有些局促，说："我随便吃点就好。"

霍元泽含笑看着苏小寿，说："小寿，又不是吃西餐。"见苏小寿神色中带了一丝迷茫，他温和地解释："正式的西餐是分餐的。而且你那个位置是女主人的位置！我们今天是中餐，还是聚在一起有感觉些。中餐的时候，江嫂一般都是坐在我旁边的。你坐近一点，可好？"

最后一句话里是隐隐约约的暧昧，可偏偏他的神色是一本正经的，没有一点冒犯苏小寿的意思。

对上霍元泽的视线，苏小寿呆了呆，心里仿佛揣着一只跳来跳去的小兔子，下意识就去拒绝，说："这不太好吧！"

"这没什么。"霍元泽嘴角微勾，"要是不肯过来，我就只好过去了！总不能让你光吃饭吧！"

苏小寿这才别别扭扭地挪过来。

霍元泽哄女孩子很有一套，目光专注，话语温和，说："小寿，你别紧张。日子久了，你就知道，我不算一个很难相处的人。我不在的时候，你也可以过来住。我书房里的电脑没秘密，随便用。还有那些书，你也可以随便看！"

提起书，苏小寿的眼睛亮了，说："霍先生，您那些书都看过吗？"

这里的书房跟一个小型的图书馆似的，书架上全是书，好多都是大块头的经典名著，大部分还是文学著作！

霍元泽笑起来，说："我哪里看得完？都是装点门面用的！小寿，你的专业是什么？"他是明知故问。其实，他早就把她的底摸清了。

苏小寿说："汉语言文学。"她顿了顿，小心翼翼地问，"我真的可以看那些书吗？"图书馆里是有很多书，但是大家都在借，有一些要预约很久才能轮得到。

霍元泽微笑着说："当然可以。要是你有想看的，开个书单给我，我让人去买，反正我买来就是填空用的，买这本和买那本没区别！"

其实，这些书是霍元泽最近叫人专门买的，绝大部分都是苏小寿很感兴趣的。为了把有意的事情做得无意，有些是新书，有些是旧书，看上去绝对像是陆陆续续买来的。

苏小寿可以自由地看这些书，已经觉得很高兴了，说："不用了！书那么多。

我可能要好久才能看完呢！谢谢霍先生的好意了！"

霍元泽也不强求。他慢条斯理地吃着，动作很优雅，说："小寿，别光顾着说话，你吃一点吧！我一个人也吃不完。"

苏小寿以为霍元泽说她太浪费了，有些不好意思，说："霍先生，对不起啊！我下次一定注意，不做那么多了！"

霍元泽再一次觉得自己跟苏小寿不在一个频道上。明明他只是想表示一下关心，可苏小寿却以为他在挑剔她工作上的错误。他笑出来，说："我不是那个意思。以后你也这样做。你不是要在书房看书吗？我不在的时候，你也可以吃啊！"

工作福利实在是太好了，好得让苏小寿觉得特别不真实，好像对方有什么企图似的。不过，她转念一想，也许真是霍元泽人好呢！她什么都没有，没什么让人可以图的！她笑着点点头，说："好的。霍先生，您喜欢吃什么，尽管说！"

霍元泽轻轻点头，说："我周一早上七点二十的飞机，飞深圳，来不及在家里吃饭了。"他看过苏小寿的课表，周一上午八点就有课。

为了追到苏小寿，他还真花了点心思。现在他的日程都是参照苏小寿的课表排的。她忙的时候，他正好也去工作，绝对不会对她的正常生活造成困扰。

苏小寿没有一丝犹豫，说："来得及。我四点半起来做饭。煎两个鸡蛋，再烤几片面包，不费时间的，霍先生，早饭还是要吃的。不吃对胃不好。您肯定很忙，但是再忙再累，也得注意身体啊！"

霍元泽心里一动，抬起眼，只见苏小寿目光清澈，一脸真挚。有多久，没有人这样真正关心过他这个人了！很纯粹的关心，没有掺杂一点杂质！但这点感动很快就消散了，他说："好啊！那就辛苦你了！"

于霍元泽，这不过是一场逢场作戏。苏小寿是他忙碌紧张的生活调料品，用来寻个乐子的。他不该对一个调料品起任何异样的心思。

苏小寿露出大大的笑容，说："不辛苦的。霍先生，照顾您的起居，是我的工作！我会努力做好的！"

霍元泽轻轻地颔首。

第七章　攻心

到了十月底，苏小寿的甜点有几样已做得有模有样了。

阳光正好的午后，霍元泽坐在主卧窗边的椅子上，看一份英文财经报纸。

茶几上摆着玫瑰花边的骨瓷盘子，上面放着七个马卡龙，五颜六色，看着特别艳丽。马卡龙旁边是一杯加了牛奶的现磨咖啡。拉花没做好，看起来就是一团灰色的泡沫。

霍元泽微微皱眉，勉强喝了一口，咖啡味道不错。他又拿了一块马卡龙咬了一小口，甜味从舌尖慢慢地蔓延到心头。他说："以后一次别做太多马卡龙。"

苏小寿说："是不是太甜了？"她按照方子来做的，做好自己尝了一个，确实太甜了。

霍元泽哑然失笑，说："马克龙本来就甜，这是法国那边流行的。聊一个下午的天，一个人也就吃一个吧！"他眼睛半眯着，看着苏小寿的眼睛，"马卡龙还有个名字，叫少女的酥胸。"

苏小寿脸红了，害羞地半低着头，嘴唇微微一弯。

霍元泽只觉得苏小寿神色很柔，他心一动，鬼使神差地来一句说："小寿，想不想去看雪？"

苏小寿愣了一秒，说："现在没有雪吧！"

霍元泽笑笑，说："有啊，北边有。"

苏小寿懵懵懂懂的，问："啊？"

霍元泽挺有兴致的，说："前几天看新闻，贝加尔湖下雪了。我们可以去奥利洪岛度假。南江可以直飞伊尔库茨克。"

苏小寿地理学得不错，很快就想起来这一串地名都在俄罗斯的西伯利亚。这么远，旅游的钱肯定很贵，她去不起。

苏小寿一口拒绝，说："霍先生，我就不去了。我没办签证，最近也没有长的假期，出不了国的。而且不能让您破费。反正想看雪，过几个月，我们这边应该也可以看到。"

真是没情趣。霍元泽才起的一点心情，瞬间就没了。抬头看着苏小寿安安静静地站在那里，他想了想，说："今天，我们出去吃吧！就吃俄餐。附近有家挺不错的。"

老板是个好人，会经常请她吃饭。苏小寿挺不好意思的，说："霍先生，你都请我吃了十一顿饭了。"

霍元泽放下报纸，温和地笑着说："都说了，我一个人多没意思啊！你就陪着我吃吧！那里的烤肉串，你到时候尝尝看，蛮好吃的。"

这苏小寿的脑袋简直是榆木疙瘩，到现在还没有察觉到异样，还真就很单纯地跟着他吃饭。一个月都快过去了，他居然连抱都没有抱到苏小寿，进度太慢。

苏小寿手来回地摩挲着衣角。她打扮还是很质朴。外头是洗得发白的校服，里面半旧的白色薄毛衣上一点花纹都没有。她很为难，说："霍先生，我知道你是好意，可我吃你的吃得太多了。"她停顿了一下，鼓足了勇气，"要不，我请你吧！"她紧张地舔了舔嘴唇，"我就请你吃碗面吧！我们学校门口就有家，生意很好的，到晚上九点都有很多人去吃。"

霍元泽只是看着苏小寿笑。

苏小寿更紧张了，悄悄地抬起脸，飞快地看了霍元泽一眼，然后眼神飘忽，说："我早就想回请霍先生了，可实在是，我知道的店都是小店，怕您看不上。"

这是苏小寿第一次邀请。霍元泽当然会答应，说："行啊！我们先去吃顿俄餐，然后去逛一逛，再去你说的那个小店。"他半眯着眼，"不会耽误你看书吧！"

苏小寿如释重负地笑了，说："不会，不会。我会安排好时间的。"霍元泽在家的时候，正好都是她没课的时间。她还可以在这里看书。这份工作工资高，待遇好，老板和气，一点儿都不耽误她念书，好到打着灯笼都难找。

霍元泽微微点头，拈起一个马卡龙，然后站起来，走过去，递到苏小寿的唇边，说："你也吃啊！我吃不完的。"他另一只手顺势揉了一把苏小寿滑顺的长发，眼神里满是柔情："乖！"

苏小寿愣了几秒，还是咬住了。

马卡龙的甜味在唇齿间弥漫开去。她只觉得脸瞬间就烫了起来，只觉得好像有数不清的细毛在挠着她的心口，又好像是秋天午后的轻风贴着湖面吹上了她的脸颊，没来由地一阵心慌意乱。

餐厅里，乐队奏乐，金发碧眼的俄罗斯女郎用俄语轻柔地唱着小调，歌声如暖暖柔柔的夜风，飘在灯火辉煌的大厅里。

这里除了霍元泽和苏小寿外，没有其他人。苏小寿一开始没在意，认真地听着歌，笑着说："真好听。我有空去自学俄语。"

霍元泽慢条斯理地喝了几口红菜汤，优雅地擦了擦嘴，说："好啊！我给你请个外教。"他介绍，"冷菜后，正宗的俄餐第一道菜是汤。这是红菜汤。里面有牛肉、土豆、西红柿、胡萝卜、大白菜、红甜菜，等等。"

红菜汤看着红红的，很黏稠。苏小寿细细地吃了几口，味道不太习惯。她放下调羹，说："色彩漂亮。"她看了看周围，反应过来，"霍先生，你又包场了？太浪费了吧！"

霍元泽说："是啊，这样清静些。"他叫来侍者，低声耳语两句，然后对苏小寿笑笑，"我让他们先上烤肉串和大列巴。"

很快，西装革履的侍者就端上来几个盘子。一盘是烤肉串。每串都有四个拳头大的肉块，肉块半肥半瘦的，冒着油。另外一盘是大列巴，切成了十来块，像极了吐司。旁边有番茄酱，还有一个小碗里，铺了很多冰块，中间挖了一个洞，里头放着一个米白色小碟子，盛着像小小的黑珍珠模样的东西。

苏小寿很好奇地拿叉子叉了一颗，放进嘴里，然后立即吐了出来，忍不住咳嗽几声，赶紧去喝高脚玻璃杯里的橙黄色饮料。她以为那是杧果汁，可一入口，就是陈醋一样浓烈的酸味，她没忍住，吐了一大口出来，弄脏了簇新的白色印花桌布。苏小寿很窘，赶紧抽出餐巾纸去擦，说："霍先生，对不起！"

霍元泽说："没事。是我考虑不周全。黑鱼子酱和沙棘汁，不是所有人都喜欢。"他招手侍者，又吩咐了几句。

不一会儿，侍者端来了一个托盘，上面是玻璃罐子和一个大盘子。玻璃罐里面是酒红色的液体，盘子里是两个菱形的小面包。

苏小寿不敢动了，就看着霍元泽。

霍元泽笑着说："蓝莓汁和涂了蜂蜜的面包。"他慢慢地切了几块烤肉，然后将烤肉放到苏小寿面前的盘子里，"这是用炭火烤的，特别香，要趁热吃。"

苏小寿自学过西餐礼仪，但也只是知道一般该怎么做而已，不能熟练运用刀叉。她用叉子去叉烤肉，叉子一滑，在盘子上碰出清越的声音，越发窘迫，忍不住去看霍元泽，眼神里透着胆怯。

霍元泽的世界离她太远。不是一个世界的人，坐在一张桌子上吃饭，实在是双方都不自在。

带苏小寿来吃俄餐不是一个正确的决定，不利于拉近两人的距离。霍元泽眨眨眼睛，尽力笑得温和，说："就我们两个人，随意些。"他切了一块肉，索性用手拿起来，晃了一下，然后送进嘴吃了，"这样吃好了！"

苏小寿愣了一下，心里一阵暖："好啊！"

霍元泽拿叉子轻轻地敲了一下盘子，转头对侍者说："给我们拿两双筷子来。"

侍者愣了几秒，不过，他是受过专业培训的，面不改色地欠身，然后去拿来了筷子。

苏小寿有些不好意思，问："霍先生，这样好吗？"

霍元泽带头用筷子夹了一片大列巴，蘸了番茄酱，说："为什么不好？我们两个吃饭是为了开心。要是弄得诚惶诚恐的，多没劲。小寿，说了，在我这儿，你永远不用拘束。"他停顿了一下，无限温柔地凝视着苏小寿的眼眸，"小寿，你笑起来很漂亮，真的。我希望我能让你快乐。"

苏小寿怔住了。她怀疑自己的耳朵出了差错。她心跳得快极了，脸比红菜汤还要红。过了好一会儿，她才能强迫自己平静了下来。一直以来，她感到霍元泽的异样，但她不敢多想，毕竟他们真的不是一路人。

对，一定是她想多了。霍元泽不过是绅士了些。

苏小寿低垂下眼，客客气气地笑着说："谢谢！"

霍元泽看出来苏小寿有些察觉了，不打算立即捅破那层窗户纸，很满意地笑了一下，说："我们暂时吃一点。等下去逛逛吧！要不然，吃不下你说的面条啊！"

苏小寿点点头，说："好！"

霍元泽说："这应该是你第一次吃俄餐吧！我当年第一回吃，也这样。切三分熟的牛排时，刀叉碰到了一起。老爷子看了我一眼，有人当场就笑了。"

他晃了一下酒杯，将里头的红酒喝光了，"我很小，我生母就被打发走了，连一张照片都没有给我留下。老宅子里人多，是非多，小时候，我日子过得并不轻松，说一句话都要想了又想才敢说，想笑呢，也要想一想该怎样笑。所以看到你谨小慎微又倔强骄傲的样子，就不自觉想起我以前。小寿，做人不要想太多，也不要自己看不起自己，那样会很辛苦的。"说到最后，他的眼神有隐隐的闪光。

既然要攻心，那就要把有意的事做得无意，不经意流露出他的脆弱，才能引起苏小寿情感上的共鸣。

果然，苏小寿有些动容，说："霍先生！"

用情打动苏小寿是一个过程，一次肯定是不会成功的。霍元泽立即收了泪，仿佛那一瞬间的失态是苏小寿的错觉。他笑笑，说："小寿，无论在什么样的情况下，都不要妄自菲薄。你就是你，独一无二的你。你是很优秀的。"他抓起一个小面包，吃了一个，"这个不错，你吃这个。不过……"他停顿了一下，伸出一根手指晃了晃，"你只准吃一个哟！等下我还想吃你说的面呢！"

苏小寿眉眼笑得弯弯的，说："好啊！我最喜欢吃那家的番茄牛腩面了！面是手擀的，汤可好喝了，分量足，价格便宜。小份的三块，大份的五块！辣油随便加，还有小菜！小菜也很好吃呢！有腌羊角、腌萝卜干，还有腌辣椒皮。我特别喜欢！"

在霍元泽家，苏小寿做西餐或者粤菜比较多。菜虽然好，但她一直都吃不惯，有时候吃不了几口。下班后很饿，她就去那家店铺吃碗面。

霍元泽即便是最落魄的时候，也没吃过路边摊。他觉得那种地方特别不卫生，可看到苏小寿说得高兴，就很配合地追问："那你一般是吃小份吗？"

苏小寿笑着说："对啊！小份就很多了。我每次都要倒很多辣油。他家辣油加了芝麻，可香了！"她想起来霍元泽不怎么吃辣，就笑着说，"也可以不加辣油的。霍先生，您等下吃了就知道了！"

霍元泽说："好！不过，我们刚吃好，再吃也吃不下。不如，你陪我去我一个朋友办的聚会吧！"

苏小寿说："啊？霍先生的朋友那儿，我去不太合适吧？"

霍元泽说："没什么不合适的。哦，也就是一群人坐在一起，喝喝茶，朗诵诗歌。你也可以朗诵一下你喜欢的诗歌。"他笑起来，"我原先想去电台当DJ，可平时太忙，就只好有空的时候去参加这样的活动过过瘾。一起吧，小寿。"

苏小寿点点头，说："好。"

坐上副驾驶，苏小寿就立即去摸安全带。霍元泽比她动作还要快，说："我来。"他紧紧地挨着她，然后替她扣上了带子。他没有立即回到自己位子上，而是侧过脸，笑容里带着几分暧昧："小寿，以后都我来。"

苏小寿笑容有些尴尬，往后缩了缩，说："不用了，我自己可以的。"

霍元泽若无其事地坐回去，扣好安全带，说："小寿，今天是周六，你不回去，可以吗？"

苏小寿心怦怦地跳着，脑子空白了一会儿，才回过神，说："不能。"她补充了一句，"再晚也得回去。我答应帮我舍友写一篇期中论文，明天就要交了，本来今晚想早点回，去图书馆找点资料的。"

霍元泽问："多少字的论文？"

苏小寿说："要三千字以上。不需要写得太好。我今晚赶一赶应该能写出来。"

霍元泽发动了车子，说："我送你回去。"

苏小寿有点愣，问："啊？"

霍元泽笑着说："总不能让你熬夜吧！女孩子尽可能别熬夜，对身体不好。现在七点多一点，我送你回去，不堵车，很快就能到。"

苏小寿忙说："霍先生，我自己回去就好。这里离地铁站不远，很方便的。您平时那么忙，难得可以休息。"

车子缓缓地驶进了车流。霍元泽说："你也说了，难得的。平时，我也没办法这样静静地跟你坐在一起。"

车里打了暖气，苏小寿觉得好热。她知道自己该拒绝的，可她突然不想说出那些斩钉截铁拒绝的话。可让她兴高采烈地答应，似乎她又做不到。这个时候，她知道，即便是出于礼貌也是该接话的，可她真不知道该说些什么，就只好抿着嘴唇，局促不安地坐着。

霍元泽很自然地往下说："累久了，就想找个人说说话，说说心里话。尤其是夜里，这样的感觉就格外强烈。小寿，你也这样觉得吗？"

苏小寿侧过脸去看。这时候的霍元泽跟以前给她的感觉不一样。在她原本的印象里，霍元泽是标准的成功人士，举手投足都透着优雅与优越，而现在，他却显得有那么一点孤独，就像是草原上望月的孤狼，再强也只是孤身一人而已。她说："霍先生，您挺不容易的。"在高处，自然有不一样的风景，但同样地，也会有更多的压力。要不然，怎么说高处不胜寒呢！

霍元泽眨眨眼，说："谁又容易呢？小寿，你也不容易。"

苏小寿点点头。

确实，在这个世上讨生活，没有人能真正轻松，没有一点点压力是不可能的。天下就没有谁可以不劳而获，多的是努力了很久，却还是在困境里挣扎的人。

有的时候，苏小寿会觉得命运很不公平，凭什么让她遇到那些糟心的事。后来，她发现怪这个，怪那个，没有任何意义。有时间埋怨，还不如努力去改变。也许有些挣扎是徒劳无益的，但至少她会拼命，想方设法让日子过得舒坦一些。

霍元泽说："我以前看过一部电影。名字忘了，大体上是一位单亲妈妈上了一艘船。在船上还有她的很多位好友，但是呢，有神秘人告诉她，她必须杀死其他人，才能顺利离开。于是，她就这样做了。可影片到最后，回到了最初，她又上了那艘船。大概就是这样。我形容得不是很好。"

苏小寿听明白了，问："死循环？"

霍元泽说："对！在计算机程序里，死循环是可以破解的。影片里也是一样，如果那位单亲妈妈没有走上那艘船，这个循环就会被打破。可她还是一而再，再而三地走上去，所以她就永远存在于循环之中了。我觉得这是某种隐喻。也许，人都走不出死循环的原因，就在于选择的错误。不过，身处其中，谁又知道自己的选择是对是错？每天，我都要做很多决定。在做那些决定的时候，我都认为自己是对的。过些日子，回头去看，有些决定其实是错的。在那些错误的决定中，有些可以纠正，有些就只能是遗憾。"他停顿了一下，"其实，今天下午我本来有一场很重要的会议，可我突然不想去了，觉得留在家里，看着你，真的很好。是真的很好，看着你，我就很高兴、很轻松。"

　　苏小寿越听，就越觉得车子的空调温度实在是太高了。她再不懂，也听出来霍元泽是在表示好感。

　　她的呼吸很急促，眼睛眨了又眨，心慌意乱。她把目光转向车窗外。路上车多，车速不快，可以清晰地看见路边有很多人在散步。对面，高楼如林，闪耀着斑斓的光带，晃得她神色都恍惚了。

　　原来，霍元泽对她真有好感，甚至喜欢上了她！这太不真实了，就好像是偶像剧的情节突然真的摆在了她的眼前，如晴天炸了个大雷，把她震得都迷糊了。她突然很茫然，不知道该怎么办。本来她就想踏踏实实地工作，赚些钱，减轻家里的负担，没想到却遇到这样复杂的局面。本来日子就不够平顺。她不想折腾，却偏偏遇上了绝对会折腾的人生选择，可此时此刻，她脸红心跳，无法回绝。

　　其实，她从心底就不想拒绝。

第八章 表白

南江的初冬，已经有些冷了。

开着中央空调的复式楼里，还是二十多摄氏度。近两千平方米的房子里，各处都点缀着大红玫瑰。而这里的红玫瑰，每隔两三天就会有人过来换，永远都是新鲜娇嫩的，仿佛永远不会凋零。

看到艳丽的红玫瑰，脱了薄羽绒服，穿着针织衫的苏小寿会有种错觉，仿佛无论外头如何四季轮回，屋里都是世外桃源，温暖和煦，如梦似幻。

她的工作现在很轻松了。

不知道从什么时候起，卫生每日就会有专门的保洁人员上门来做。霍元泽的衣服大部分都只穿一两次，送去专门的店里清洁后，再送回来，然后被束之高阁。食材、水果、零食之类，每天也会有人送。而且霍元泽不是天天回来吃饭，即便回来，最近也总是以各种理由，带她出去吃。不做饭就不需要洗碗，就算偶尔吃一顿，她洗碗也有洗碗机！

有时候苏小寿会觉得她这个家政助理，越来越不像是家政助理。她以前还需要做饭、烧菜、洗碗、烘焙，现在倒好，只需要洗一下霍元泽的内衣就行。她每个月一万的工资，拿着实在烫手。

楼上楼下转了几圈，苏小寿实在是找不到可以做的事，便烧了一壶红茶，然后捧着骨瓷茶杯，走到霍元泽的书房去看书。这里有很多她最需要的书。电脑又是最新的，速度快。她在这里学习，效果比在图书馆里还好。

文学院学生需要广泛阅读。苏小寿只要有一丁点时间，就去看书。她今天看的是《德伯家的苔丝》。她看书的速度很快，一页页地往下翻。几个小时后，她就看到了结局，没来由地打了一个寒战。

被有钱的少爷玩后毫不留情地丢下，苔丝珠胎暗结，孩子早夭。她凭借着自己的劳动自食其力，好不容易遇上一个不错的结婚对象，可却因为从前的经历，被丈夫在新婚之夜抛弃。苔丝孤零零的一个人，再次被少爷拐回去，而她的丈夫又回来了……最后，苔丝杀了少爷，然后走上了绞刑架。

明明是别人错的多，最后承担最后果的却是苔丝。

茶剩下了半杯，早就凉透了。

苏小寿舔了舔嘴唇，这才想起来，自己有段时间没有喝水了。看一看时间，已经中午一点多。她站了起来，把书放回原位，然后准备去做点吃的。看了日程，霍元泽今天应该不回家，她就简单地做点吃的。

一级一级，慢慢地下了楼梯，苏小寿只听见自己轻轻的脚步声。楼梯的拐角处放了后现代的白色陶瓷工艺品，工艺品上面放了一个很漂亮的欧式花瓶。花瓶里插着半开的红玫瑰。花瓣上还带着露水，这是今早刚送来的。

房子虽然大，装修虽然好，卫生虽然纤尘不染，老板人虽然很好相处，但她总觉这里就是个空壳子，少了点人间烟火的味道，跟五星级的大宾馆一样，服务是一流，但就是不像个家。

绝大部分时候，霍元泽就像是一件精致的工艺品，永远彬彬有礼的。虽然他一直在对她温和地笑，但苏小寿敏感地觉得在他眼里，她也许就像是这瓶子里的玫瑰花，或者是别的什么东西。这也正常。她就是一个路人，而霍元泽则是高高在上的天之骄子，被命运眷顾。她跟霍元泽不在一个维度上。就像人不会在意地上爬来爬去的蝼蚁。霍元泽肯定不会真的在意过她吧！虽然对于蝼蚁来说，每一只都是不一样的。霍元泽能对她态度友善，是他有修养，真是她的幸运了。

这样想着，苏小寿前几日在心底最隐秘的地方翻滚起的那点旖旎小心思，就彻底烟消云散了。

手机响了，苏小寿一看来电显示，赶紧接电话，问："霍先生？"

电话那头传来霍元泽隐隐的笑声，说："你在做什么呢？"

明明是没来由的一句闲问，苏小寿却莫名有些激动，脸微热起来，说："在看书。霍先生有什么事吗？"

霍元泽口气很温柔，就像海边的晨风、山间的飘叶，反问："没事就不能说话了吗？小寿，你听，我这边有风的声音。"果然那边有风的呼呼声。

苏小寿的心跳漏了半拍，说："风？霍先生，您……您怎么了？"她模模糊糊猜到一些什么，但她不敢往下猜，怕自己猜对了，更怕猜错了。她下意识地摸摸自己已经很烫的脸。

霍元泽在电话里笑出声，轻轻地说："没什么。小寿，我就是想你了！"他顿了顿，"不，应该是我很想你。不知道什么时候开始，我就喜欢上了你。"他低低地笑了两声，"我又说错话了。在你面前我总是有些犯傻。"

苏小寿脸更红了，呼吸不稳，心跳得快极了。她想挂掉电话，可不知为何没有去挂。她觉得脑子有点晕，像是被甜腻的棉花糖云托到了空中，整个人在飘，又像是吃了一大口马卡龙，甜到了心里头。

她结结巴巴地说："霍先生，您凌晨刚去的深圳。"

霍元泽很温柔地说："刚刚事情做好，我就可以回家了。小寿，乖乖在家等我，我搭最近的航班飞过去！晚餐，我让人送来！在家里吃，订西餐吧。你喜欢熟的，给你订全熟的黑椒牛排。再给你订个黑椒小牛排披萨。你应该比较喜欢吃牛肉。"

苏小寿很感动，说："霍先生，您都知道啊！"她没想到霍元泽会记得这点小事。她以为她就是霍元泽的一个下属员工，不需要被在意的。

霍元泽笑着说："你的事，我都记着呢！一件一件都记在心里。小寿，我们晚上见。"

整个下午，苏小寿都心绪不宁，坐也不是，站也不是。平时喜欢看的小说，她一个字都看不进去。每过一小会儿，她就看一看手机，明明她觉得时间已经过了很久了，可看显示才过了几分钟。

她几乎是什么事都不做，在等霍元泽。原来她竟然那么期待他赶紧回来！

难道她喜欢他了？

不可以！

有些事对她来说，答应了就是承诺一辈子去牵手，要么从未开始，要么从头到底。她不喜欢感情掺和杂质，更不希望相伴了一段就分离！

苏小寿在房子里飘来荡去，从一个房间走到另一个房间，想找点事做，打发一下时间，可房子都打理得很好，没什么可以做的！苏小寿转到了书房里，看到书桌上的那本书，想起故事的结局，脚步一顿。

霍元泽是真心的吗？他的所谓的爱是不是就是新鲜感？就算是真爱她，这样的爱又能维持多久？齐大非偶。结局很明显，她还要一步步沦陷吗？

苏小寿心很乱，歪歪斜斜地走到主卧旁边小套间的洗漱间，拧开了水龙头。接了一捧冷水，她就往脸上扑。

脸冲了冷水后，她渐渐热起来的心冷却了不少。

避开吧！霍元泽高高在上，注定不属于她。与其将来痛苦，还不如就从来没有开始过。她不相信那些偶像剧，现实里是王子和公主幸福地生活在一起！她连灰姑娘都算不上，怎么能奢望可以和霍元泽圆满？

一步一步挪回到书房，苏小寿神色恍惚。她在一张空白的纸上写了辞职信。写完这三个字后，苏小寿愣了好一会儿，迟迟没下笔。她找不到理由辞职，作为老板，霍元泽待她实在太好了，好得她都觉得跟做梦一样。可还是得辞，再留下去，她会更害怕的！她不知道自己怕什么，就是一味地害怕，想远远地躲开！

过了好一会儿，苏小寿一个字一个字慢慢地写下留言，说："霍先生，对不起，这工作，我不想做了！谢谢这段时间，霍先生对我的照顾！真的谢谢！"

这几句，她写得很艰难。找不到理由，那她就不找理由了！落款后，苏小寿终于忍不住，趴在桌子上哭了起来。她不知道为什么哭，就是想痛痛快快哭一场！哭过后，她把信折好放在了桌上。她没有东西在这里，一个人静悄悄地走了。门禁是指纹的，只要霍元泽删除掉她的指纹就好。

到了外头，湿冷的风一吹，苏小寿打了一个哆嗦，觉得每寸肌肤都被冻住了。她这才想起来，她把羽绒服落在霍元泽家里了。

苏小寿不想去拿，也没有立即回学校。

冷就冷吧！冷了身体，冷了心，她就可以压抑住心底不断燃烧的炙热火苗，不做傻事。

她把手机关机，漫无目的地坐着地铁。周末，地铁里的人还是很多的，等站了大半个小时后，地铁里人稍微空一点，苏小寿就找个地方靠着。她闭着眼睛，心里难受，可又说不清楚为什么那么难受，就像被一把钝刀间歇地割，是一阵又一阵地心痛！她默默地哭起来。

到了终点站，她随着人流下了车，出了站。这地方很像城乡接合部，住宅楼都不高，沿街是小店。天渐渐黑了，路灯亮了起来，苏小寿随意走进一家小面馆，说："要碗面。青椒香干面。"

面很便宜，三块钱一碗，很快就送上来了。

苏小寿拿筷子拨着面，一点儿也吃不下。看看时间已经七点了，她应该饿了，可真感觉不到饿。热气腾腾的面一点点变凉了，苏小寿强迫自己吃，可吃了半碗，她就吃不下了。

苏小寿不敢开手机，怕一开机就能接到霍元泽的电话，接到他的电话，她怕自己会控制不住自己，会回去，但更怕开机后，手机是冰冷冷的，一切都是她在自作多情！

晃到快八点半，苏小寿又去坐地铁。不能再晚了，再晚，寝室就关门了。浑浑噩噩地走出了离学校最近的地铁口，苏小寿被一个年轻的男人拦住了。

那个年轻男子问："请问是苏小姐吗？"

苏小寿很茫然，问："你是？"

那男子笑着说："霍总让我来接您，苏小姐这边请。"他见苏小寿站着不动，"霍总都急坏了。您不见了，电话一直打不通，学校也没有人，霍总特别担心您的安危。我们一群人分头行动，在你可能会出现的地铁口守着，去您常出现的地方守着。要是再找不着您，就要报警了。"

苏小寿掏出手机，开了机，就一直嗡嗡地响，都是未接来电的短信提醒。不是不感动，可再感动，她也得拎得清！苏小寿犹豫了好一会儿，把心一横，低垂着眼，说："谢谢！能帮我转告霍先生吗？我真是想辞职了，谢谢他，谢谢他那么照顾我，他是个好人！我先回学校了。"

电话这时候响了，是霍元泽打过来的。

苏小寿舔了舔嘴唇，说："霍先生……"

"小寿！你去哪里了！"霍元泽口气很焦急，"先回家！有什么事回家再说！"

苏小寿心潮涌动，说："霍先生，我想，我，我……"后面要辞职的话真说不出口。

霍元泽缓和了口气，说："小寿，回家吧！我在家等你！"

苏小寿的脑子乱极了，鬼使神差的，她说："好！"

霍元泽泡完澡，披着浴袍走了出去，下了楼，就看见苏小寿挨着墙边站着。

"怎么还不进来！"见苏小寿还是站着不动，霍元泽快步走过去，一把拉住她的手，说："进来吧！你的辞职，我不批准！"

苏小寿由着霍元泽牵进了客厅，嗫嚅着说："霍先生，我是真不想做下去了！"

霍元泽说："说了，我不同意你辞职！除非……"

苏小寿猛地抬起头，说："除非什么？"

霍元泽对上她的眼睛，慢慢笑起来，声音很温柔，说："除非你做我女朋友啊？"

苏小寿愣了，脸瞬间就涨得通红，赶紧低下头，目光躲躲闪闪的，说话也结巴，说："霍先生，您在开玩笑吧！"她忍不住哆嗦起来。

苏小寿心里一点底气都没有，霍元泽永远都那么好，好得让她觉得离他太远了。

霍元泽摸了摸她的头，说："小寿，你在害怕。"他顿了顿，直接点破了苏小寿的心思，"你怕我是骗子！来玩弄你的感情，怕以后不会有好结果。小寿，我是真的爱你。真的！请你相信我，我是真心的。"

苏小寿抬头去看他，他眼神里透着真诚。她心里很想答应他，可话到嘴边又给她自己憋回来。她低下头，不敢面对，问："为什么？"

明明他们相处的时间不算多，为什么他会喜欢她？没道理啊！她那么普通，除了年轻，一无所有！

霍元泽捧起她的脸，摩挲了一会儿，然后一把抱住了苏小寿。他能感受到怀里的小寿在浑身颤抖，但没有再躲开，而是软软地靠着他。突然的，他心里有点异样。

他是她真正的初恋，他得到了她最初的也是最真的感情，不是逢场作戏，不是虚情假意，而是有真感情。他感觉得到她喜欢他，而且敏锐地感觉到她的喜欢与别的女人喜欢的不同，那是一种纯粹的精神上的眷恋。

很快，他就把这样的异样感觉抛开了。

霍元泽轻轻地说："小寿，感情的事就没有为什么。我爱你，你爱我吗？"不等苏小寿回答，他就轻轻地摸着她的头发，笑着说，"你心里有我。小寿，知道你没有安全感。你若是愿意，我们就结婚吧！等你到二十岁的时候，我们就去领结婚证吧！我们可以先结婚，再去谈恋爱。"

苏小寿身子一僵，问："啊？"她的脑子一片空白，觉得自己一定是幻听了。

霍元泽慢慢地摸着苏小寿的头，说："你被吓到了？也不知道为什么，也不知道从什么时候起，我就有这个念头，就是想跟你过一辈子！真的！小寿，有时看到你皱个眉头，我都想替你去抚平。我想让你每天都开开心心的。我们结婚好不好？"

苏小寿心乱如麻，思路不知不觉让他牵着走，又是高兴又是担忧，说："这是大事！我想问问我爸妈。"她顿了顿，"他们应该不会同意的。"

家里一直不知道她在外找兼职，更不知道她想嫁给她的老板霍元泽。

"那我们结婚后，再去拜访你父母好了！"霍元泽目光微动，眼神里透着得意，温和地笑着说。

等等，好像有什么地方不对劲！可没等苏小寿理出头绪，霍元泽握紧了她的手，将她的理智彻底剥离。

这样的感觉很奇怪，明明应该躲开，可她竟然不舍得躲，就像明知道火焰危险，可就是贪恋那点温暖，忍不住一点点靠近。

第二天是周六，没有课。

苏小寿几乎一夜没有睡好，头昏昏沉沉的。她裹着羽绒服，几乎是落荒而逃，一路小跑到江边。

早晨的游客不多，苏小寿刷了公交卡，上了轮渡。这轮渡是供市民往返的公共交通，票价两块钱，船体是半旧的，装饰很平凡，不见半点奢华。她坐在靠窗的位置上，平看翻滚的江水，心里也在翻滚。

心里的波涛能不翻滚吗？在最爱做梦的年纪，突然从天而降一个偶像剧男主到她面前，向她伸出双手。当霍元泽温柔地笑着对她说"我爱你"的时候，当霍元泽告诉她想和她结婚的时候，当霍元泽说只要她到了法定结婚年纪，她点头就立即结婚的时候，苏小寿怎么会没有一点感动，怎么会没有沉沦？

晨风寒凉，吹灭了苏小寿心里的那团热烈燃烧的火。

她很清醒，她就是一个普通人，想着将来毕业后，找一个普通的工作，有普通的收入，然后和一个同样普通的人结婚，再生一个普通的孩子，普通地过完这一生。

这样的普通，就已经很好了。

霍元泽的世界太高了，高到让她觉得距离她实在是太遥远，变数太多。

现在也许霍元泽觉得她新鲜，过一阵子后呢？

苏小寿不想设想，更不愿意去赌。她长长地叹了一口气，就这样了吧！手机来电铃声响起来，是霍元泽打来电话了。苏小寿掐断了几次，可电话声还是不断。她干脆关机。这下总算安静了。

不想回学校，她怕像昨天那样，所有回学校的路上都有霍元泽的下属守着。可她也不知道去哪儿，就又坐了一遍轮渡，在江边的长椅上坐下来。

太阳渐渐升起，游客越来越多，这一带也越来越热闹。苏小寿看着来来往往的人群，看着对岸林立的高楼，看着汩汩翻涌着的江水，心里是茫然的难过，仿佛时间被拉长了，每一秒钟都是煎熬。

她半低着头，过了很久，她发现面前的阳光被挡住了。有人站在她面前。苏小寿慢慢地抬起头，入目便是霍元泽高瘦的身影。

霍元泽神色中有些薄怒，有些焦躁，最终勉强笑着说："小寿，你还没有吃饭吧！我们先去吃点东西。"他朝苏小寿伸出了手。

苏小寿这才想起来，从早上到现在，她一直没有吃东西，胃里是空的。她的头更是昏昏的，抿了抿嘴，说："霍先生，您解雇我吧！"

霍元泽瞧着苏小寿潮红的脸上露出认真的神色，看出来她并不是欲擒故纵，而是真要打退堂鼓，心里也有些恼意，没见过这样不识抬举的！他都已经表现得很有诚意了，苏小寿却还在躲！明明他能感到苏小寿是真喜欢自己的！

他挨着苏小寿坐了下来，神色黯然，说："小寿，你怎么了？昨天我们不是说好了？你给我一个机会。今天怎么一声不吭走了呢？你不知道我有多担心！好了，不提这个，我们先去吃饭好不好？"

苏小寿说："霍先生，昨天是我不对。您解雇我吧。我们桥归桥，路归路，挺好的。您对我很好，我很感激，也很感动。但只是这样了！谢谢！"她站起来，突然觉得头一阵眩晕，身体晃了一下。

霍元泽注意到了，立即扶住了苏小寿，口气里是满满的关切："小寿，什么事情等下再说吧！先跟我回去。"

苏小寿抬起脸，看了一眼霍元泽，别过脸去，推开了他的手，重新坐端正了。她说："霍先生，我们不合适。谢谢您这段时间对我的照顾。您之前开的工资，我没有动过，银行卡放在桌子上了。谢谢您，您是个很好的人，真的谢谢您！"

霍元泽愣了，苏小寿居然认为他是好人！他慢慢地笑了："你已经答应了。"

"那是昨天。我脑子不太清楚。如果让霍先生误会，我道歉。"苏小寿低下头，喃喃地说，"霍先生，对不起。"

霍元泽静静地看着她，轻声问："小寿，你喜欢我，为什么要拒绝我？"

苏小寿眼神有些空，说："霍先生，小时候，我们那边有个百货大楼。快过年了，爸爸妈妈说要帮我买新衣服，就带我进去看看热闹。那天人特别多，我走到里面的玩具区，发现那里有很多很漂亮的娃娃。有一个我觉得特别漂亮。我买东西都会看价格，那一个娃娃大概是五十九块吧！我就站在那个娃娃面前不走。当时我不懂事，爸爸妈妈拖我走，说给我买衣服去。我说我不要衣服，就要那个娃娃！我哭闹起来，很多人都围过来了。爸爸就说以后会给我买的，让我快点走。我还是不走，硬是想要。后来妈妈生气了，说娃娃又不能吃，又不能穿，又不能用，买来就是浪费钱！我还是不走，爸爸妈妈就把我抱起来。我记得很清楚，有个女孩子跟我差不多大，她穿着很漂亮，正好蹦蹦跳跳地走过来，随手拿走了好几个娃娃，说'这些我都要嘛！'我是被爸爸扛走的，就看见我很想要的那个娃娃给她带走了。我一边哭一边安慰自己，没有娃娃不要紧，爸爸妈妈会给我买新衣服。过年会有新衣服穿。可百货大楼里面的衣服实在是太贵了，爸爸妈妈一件都没有买，哄着我说，以后再给我买，让我乖一点。"

霍元泽此前没有接触过像苏小寿这样家境贫寒的女孩子，更没有经历过这种日子。他有些惊讶，这不过是一个很便宜的娃娃而已。他伸手就去拉苏小寿的手，哄着说："我今天有空，陪你去买娃娃和衣服，好不好？"

苏小寿拨开了他的手，说："霍先生，您误会了。我是想说，以前不懂，后来明白，不要去想要自己肯定要不到的东西。我日子过得贫困，所以我才要靠自己更加努力，现在努力去学习，将来努力工作，踏踏实实地挣钱过日子，而不是去走捷径。我承认这个世上是有捷径，但是我觉得我走不了捷径，还是实际一点的好。"

霍元泽微微眯了眼，说："不走捷径？"

霍元泽身边来来回回太多的女人，多的是人没有机会还创造机会，想一步登天！他还是头一回遇到有人这么明确地把他推开！这可比那些纸醉金迷的游戏有趣多了，更挑起了他的征服欲。

苏小寿点点头，继续长篇大论地说道理，说："我很普通，也甘于普通，觉得平平安安就是福气，并不想把日子过成大起大落的过山车！按照我现在的人生轨迹，我差不多能想象到以后的人生是什么样的。能过上不愁吃、不愁穿的安稳日子，我很知足的。我并不妄想不属于自己的东西。"

霍元泽嘴角上扬，颇有几分玩味，说："东西？"他伸手紧紧地握住苏小寿的手，

"小寿，可我一直在妄想你。"

"霍先生！放手！"

苏小寿挣扎起来，可霍元泽的力气很大，根本挣不掉。"不放！"霍元泽反而更靠近些，说，"跟我走！不然我不放手。"

苏小寿断然拒绝，说："我不想跟您走。霍先生，我说得很清楚了。"她看了霍元泽一眼，眼神慌忙移开，声音微微发颤，"是真的不想了。"

霍元泽笑了，说："那你选一下，是跟我走，还是在众目睽睽之下被我抱走？"

"你！"苏小寿瞪圆了眼睛。

她一着急，忘了说"您"。

苏小寿看了一下四周，还好来来往往的游人没有注意到她的窘态。

霍元泽只觉得她的样子就像一只炸毛的小猫，可爱极了，心里痒痒的，很想伸手在她头上揉一揉。他牢牢地牵着她的手，声音温柔如暖风，说："走吧！小寿。"

苏小寿一动不动，倔强地说："不走！"

霍元泽轻声哄着："想拒绝我，至少要换个安静的地方说清楚。而且……"他停顿了一下，"我饿了。一早起来发现你不在你的房间里，吓一跳。打你电话，你又不接。我又找了你很久，才在这里找到你。到现在，快中午了，什么都没有吃。"他开起了玩笑，"你现在还是我聘请的家政助理哟！小寿，你是个认真负责的人，怎么能不做到善始善终呢？"

原来，他又找了她很久。

也许，霍元泽是真心的吧！

苏小寿有一点点犹豫。她到底要不要赌他的真心呢？那一瞬间，苏小寿就逼自己摒弃了这个念头。既然决定了放弃，就不要反复。毕竟，她的家境不允许她去任性一回，更不允许她去试错。她，真的输不起。

"好，我去做。"苏小寿咬着下嘴唇，说，"最后一顿饭。做完，我不做了。"她说到最后一句，声音细细小小的，不仔细听，仿佛她的说话声就要在江风里消散了。

"好！"霍元泽微微一笑。

苏小寿见霍元泽答应得很爽快，心里有一点不是滋味，似乎有淡淡的苦涩在她的舌尖蔓延。她按捺下心中异样的情绪，只是客客气气地问："霍先生，您想吃什么？"

霍元泽心情大好，终于忍不住伸手摸了摸苏小寿的头发，温柔地笑着说："回去，我们慢慢说。"

苏小寿脑子很昏，嗓子也疼起来。她忍不住咳嗽了两声。

霍元泽这才留意到苏小寿的脸色红得异常，摸了摸她的额头，指尖就像是触到了火，担忧地说："你发烧了！"

苏小寿忍着不适，说："没事。我回头吃点感冒药就好了。"

霍元泽不由分说地扶起她，说："走，我们去医院。"

苏小寿很坚持，忙说："真不用。我自己的身体自己知道。吃点药，睡一觉就好。你让我回学校吧，我寝室里备了药。"

苏小寿靠自己靠惯了，不想去麻烦别人，更不想依赖别人。倔强的她再一次拒绝了霍元泽的帮助。

霍元泽盯着她看了一秒，用力将苏小寿抱了起来，说："走，我们去医院。"他紧绷着脸，不知为何自己竟然生气了，气苏小寿根本就不爱惜身体，额头都这么烫了，还不肯去就诊！

周围人的目光一下子往这边聚了过来。苏小寿很不好意思，紧张地说："霍先生，先放我下来！"

"去医院！"霍元泽下巴微微一抬。

苏小寿小声说："好！让我自己走吧！"

霍元泽这才把苏小寿轻轻地放下来，伸手扶着她慢慢地走。

苏小寿轻轻地说："我真没事的。"

她知道霍元泽是好意，她很感动。可她还是觉得霍元泽大惊小怪了，她一直就是这样，一点小感冒都是家里买点药吃吃熬过去的。

霍元泽低头看着她，心里无端有些心疼，声音不自觉温柔了一些，问："你以前都这样？病了也不去看医生？"

苏小寿说："没什么呀！又不是大病。"

就是她这样的无所谓的态度，霍元泽才更觉得心疼。小病扛着，大病才去医院，一个五十九块的娃娃都买不起的家庭，她以前过得是什么日子！这一刻，他突然冒出一个念头，他想一直像今天这样照顾苏小寿！很快，他就摒弃掉这个想法。自己昏了头吧，不过是闲着无聊玩一玩，怎么能当真呢！他克制住异样的情绪，说："医生还是要看的。"

苏小寿犹豫了一下，说："好！我还是想回学校。我有校园一卡通，在校医院看病比较便宜。"

霍元泽断然说："跟我走。"

等打上点滴的时候，苏小寿还是很局促不安，说："霍先生，欠你的医药费，我可能一时半会儿还不上。"

她没想到这次生病来势汹汹，烧到了四十多度，肺里有炎症，居然到了需要住院治疗的地步。

霍元泽用调羹舀了一勺鸡蛋羹送到了她的嘴边，说："小寿，先把身体养好。学校那边，你不用担心，已经联系过了，知道你不希望别人知道你生病了，给你找了其他理由，说你家里有事。至于医药费，你就更不用操心了。"

如果知道她病了，苏晓秀她们肯定会来看她。苏小寿不想给人造成麻烦。她也不习惯被人照顾，说："霍先生，你放着，我自己来。"

霍元泽只是说："张嘴。"

苏小寿只好吃了一口，很窘迫地说："霍先生，我自己吃，你是我老板，又很忙，你就去忙吧，我自己能管好自己！"

霍元泽也不习惯去照顾人，喂苏小寿的动作很生疏，但他不想浪费这个难得的拉近两人距离的机会。毕竟，这样的机会太难得了。绝大部分时候，苏小寿都像个小猫一样蜷缩成团，警惕地看着他，与他保持很远的距离。他一靠近，苏小寿要么就快速地避开，要么就伸出了爪子，拒绝他再往前一步。苏小寿在心里画了一个圈，不让他进入这个圈子里。

他说："我想照顾你。"

苏小寿继续拒绝，逞强说："真没事。您看我还能动，我自己能行。"

霍元泽微微地叹口气，温柔地说："小寿，你病了，就乖一点。总是要强，太累了。我照顾得了你。"

"可是……霍先生，您那么忙！"

"没有可是！"霍元泽接着喂了苏小寿一口蛋羹，"医生说，你至少要住院一周。我把下周的日程都往后推了，有时间陪你。"

苏小寿睁大了眼睛，吃惊地说："霍先生，这怎么行！"

霍元泽微微一笑，说："怎么不行？我就是想照顾你，陪陪你。你有拒绝我表白的权利。但请你不要拒绝我的帮助。我们应该算朋友吧？"最后一句话，他说得有些小心翼翼。

这一番话在苏小寿的心里掀起滔天巨浪。偶像剧里才有的深情高富帅男主就这样真的出现在她的面前，一次又一次地向她伸出了手！苏小寿简直不敢相信这是现实！巨大的感动涌上心头，苏小寿有一会儿没有说话。

是啊，霍元泽是真的很好。可再好，他们之间的距离太远了。为了稳妥，她选择了放弃。选择了放弃，就不要回头。这些都已经是想好的事情。她不该再举棋不定。

苏小寿低下头，说："霍先生。我只是一个很一般的人，并不怎么好。您这样费心，我觉得太麻烦您了。"

霍元泽笑笑，说："我觉得好，就可以了。"

苏小寿很不解地问："为什么？"为什么霍元泽会觉得她好呢？优秀的人那么多，

她不觉得自己很出众。

霍元泽笑容里满是宠溺，说："我也想知道为什么。我就是觉得你好，每天空下来，满心满眼都是你。"他就不信了，自己哄不好一个情窦初开的少女！霍元泽顺势去握住苏小寿的手，声音更加温柔，就像是最温暖的春风，"留在我身边，好吗？"

最后一句，倒是真心话。霍元泽对苏小寿是有那么点喜欢，与她相处还算融洽，留她在身边不过是养一个人而已。

苏小寿想起苏晓秀看过的那些言情小说。剧情跟她现在遇到的事情一模一样。要是换成苏晓秀，这会子一定很高兴地抱住男主了吧！

她很清楚地知道自己要什么，只是说："霍先生，您人真的很好。"

她还是要离开的，现实永远不是言情小说。开头美好，万一结局不堪可怎么办？她不想被打脸，只想一步一步地，走得踏踏实实的。

第九章　意外

英语四级考试后，就是期末考试月。

苏小寿学得认真，学习能力又强，对付考试游刃有余，各门成绩都很漂亮，绩点很高。

陆雅和杨容平时也学，考试挑灯夜战地复习，得了一个中上游的分数。

只有苏晓秀，没有苏小寿在旁边监督，放飞自我了，三天两头跟男朋友出去逛，上课不积极，翘课很积极，半夜里还追剧、看小说，虽然有苏小寿的笔记救急，她捧着临时抱佛脚背了几天，但成绩除了体育课，有两门还以极低的分数挂科了。

南江大学严进严出，没有补考，只有重修。

苏晓秀要等到大二，等到大一的新生进来后才能去重修这两门课。

可到了大二，全校的公选课会减少，专业必修课的课程数目会增多，难度会提高，课业压力会进一步加大，到时候想过更不容易。

而按照苏晓秀的成绩，她下学期一开学就会收到学院教务处的学业警示，如果下学期成绩再不好，不能把学分和绩点往上拉，那么就会被退学。

这下连和苏晓秀不对盘的陆雅和杨容都改签了回家的车票，推迟了寒假回家的日子，坐下来和苏小寿一起，陪着苏晓秀想办法了！

苏小寿拿出了去年下学期的课表，说："必修课都要学。选修课得多学四门，把学分往上提一提。这几门，我打听了，通过率高，比较容易过。"她拿出来了草稿纸，上面写着计算公式，"我算过了，你下学期至少三门课的绩点要过三分。"

陆雅说："下学期的学分越多越好，绩点越高越好。每门课最好都要七十分以上。"

杨容也替苏晓秀发愁，说："高数怎么办？下学期要上新的，你上学期都没搞懂，怎么往下学？"

苏晓秀很郁闷，叹了口气，说："我们文科生学什么高数？我数学一直都烂。"

苏小寿想了想，说："这样吧，我做一个题库，把每个类型的题目都标注好，你尽可能都背下来，考试的时候按照套路来。"

苏晓秀窘迫地说："题目我根本看不懂。上课跟听天书一样。"

陆雅捂住脸，直摇头。苏小寿很无奈。杨容干脆问："学校对你们这一类进来的，学习要求能不能降低点？"

这个学业难度，苏晓秀完全学不下去啊！

苏晓秀连连叹气，说："能让我进来已经是照顾了。我也没想到会这么糟！我以前以为大学里都是考前随便看一下就能过的！"

杨容推了推眼镜，摊摊手，说："那不是我们南江大学。我们大学的退学率在全国都是前几的！在这里不好好学习，真的毕不了业！"

陆雅用力地点点头，说："就是啊！真不能放松！"

苏小寿忙说："还来得及。下学期，我会把我认为的重点全部圈出来。你要学一点背一点，靠突击来不及的。规定的阅读书目都要看，作业要自己写，这样才能记得住。英语也要背，多读多做题。四级不能再弃考了！至于高数……要不，你寒假里报个补习班吧！有空多看看我整理好的笔记。下学期课程都要跟上的。"

苏晓秀撩了撩头发，说："好。"

陆雅看了看杨容，说："以后我们两个上自习，也喊上你。小寿打工就算了。"她和杨容打从心底佩服苏小寿，平时苏小寿在学校的时间也不多，但有本事门门成绩都好！

苏小寿很心虚。说是去打工，但她更像是去安静学习的。霍元泽采购的书都是她正需要的。那里有随时可以上网的笔记本电脑，学习条件更好了。甚至在她备战四级时，霍元泽主动与她全英文对话。别说，霍元泽的英文水平非常好，带着她的口语水平直线飙升。她觉得明年都可以去试试去考中级口译了。

在那儿待得越久，苏小寿越是觉得这样不好。她拒绝过。可霍元泽说都是朋友，希望能继续愉快地相处下去。她再提离开，霍元泽干脆说她还欠着他医药费呢，也不要她还，就让她继续做下来。

再后来霍元泽总是和她闲聊，让她隔三岔五做点美食。一切都差不多回到了她开始做家政助理没多久的样子。但似乎又有什么不一样了。苏小寿总觉得自己在渐渐适应有霍元泽的日子，感觉就像是温水煮青蛙！

不能再继续，苏小寿本能地觉得好危险！

听到陆雅说小寿打工这一句话时，苏晓秀抬起脸，看了苏小寿一眼，眼神晦暗不明。她很嫉妒，凭什么！她长得那么漂亮，霍元泽却像破布一样把她丢在一边，却把这个傻乎乎的苏小寿捧在心上，到现在都不踢开！凭什么！她把手藏在宽大的大衣袖子里，攥紧拳头，压下愤恨的情绪，勉强说："小寿，你寒假还打工吗？"

苏小寿说："打啊！我在老家找了三份家教的工作。到时候看看再能做什么。"

霍元泽这边，她已经说过，自己过年要回老家。她思来想去，还是不能再去他那儿了。至于欠他的医药费，她寒假努力一把，应该差不多。

苏晓秀摸了摸手机，心里冒出一个念头，站起来，说："我出去一下，几分钟后回来。"她走到走廊僻静处，给霍元泽留给她的手机号码发了一条短信，"苏小寿寒假回老家做兼职。"发完后，她不等那边有回应，又走了回去。到了门口，她就听见里面杨容在抱怨她。杨容说："别烂好心，才不要热脸贴冷屁股！说好啊！喊她，要两次不去，我们就不喊了！学习是她的事，她自己要不上心，我们管那么多干什么！她管过我们没有？半夜三更不睡觉，追剧还不戴耳机，笑得前仰后合的！和男朋友打电话，一打打到深夜！她不睡觉，就要开着大灯，让我们怎么睡觉！"

这些是苏小寿不清楚的。不知道霍元泽用了什么法子，到学校开了个证明，宿管就允许她在外留宿！

苏小寿难以置信，问："这么夸张？"大一刚开始的时候，苏晓秀不是这样啊！

陆雅说："就这样啊！有次趁着宿管不注意，还把男朋友带进来。好气啊！半夜我醒过来，就听到她那边动静很大！我都不好意思听！"

苏小寿不大明白，问："能有什么动静啊？"

杨容看苏小寿一脸懵懂，没多说什么，就说："还好你不常来住。我和陆雅都快受不了了。"

苏小寿问："晓秀的男朋友是谁？不是很有钱吗，怎么会来挤宿舍呢？"

陆雅和杨容对视一眼。陆雅说："早换了！后面都换了两三个了！这个好像是法学那边的，送过一个很大的玩具熊。"

苏小寿这才模模糊糊想起来，是有这么一个人在追求苏晓秀。

杨容有些快意地说："要我说，她挂科也是活该！仗着自己长得好，到处沾花惹草，天天就知道玩！要不是看在她是我舍友的分上，谁理她啊！"

苏小寿叹了口气，说："晓秀人不坏。估计是刚上大学，没人管着，就玩开了。现在她肯定知道后果严重了，会好好学的。我们作为舍友，还是能帮则帮吧！"

陆雅点头："我也这样觉得。刚开始那两个月，我也不在状态上，后来才找到学习的感觉！"

杨容耸耸肩，说："但愿她能学好，千万别越来越堕落！"

在大学，学习需要自律。一旦由着自己随心所欲地玩，根本无法完成繁重的学业。

可人一放松很容易，再想进入紧绷的学习状态就难了！所以有些人就是"一时放松一时爽，一直放松彻底凉"。

苏晓秀听到后面，越听越生气！她也没干什么！都是鸡毛蒜皮的小事，也值得这样说来说去吗？开始三个舍友帮她出谋划策，她还稍微感动了一下，现在这点感动都到爪哇岛上去了。

当面是人，背后是鬼！苏晓秀美丽的面容都有些扭曲了！她转身就要走，可恶心感涌到喉咙，她压不住，忍不住扶着墙大声干呕起来。

她很狼狈。她在狼狈之余又有些庆幸，还好明天宿舍就不能住人了，这一层楼除了她们寝室的，没有其他人会看到！

陆雅最先听到动静，赶忙出来。苏小寿和杨容紧随其后。苏小寿吓了一大跳，立即去扶苏晓秀，关切地问："你怎么了？是不是吃坏了？"

倒是杨容心里有了猜测。她站在那儿，口气里有一丝鄙夷，问："要去医院吗？"

陆雅也猜到了，眉头紧锁，叹了一口气，说："你叫你男朋友也过来一下吧！"

算算日子，应该和现任没有什么关系！而前任们，苏晓秀懒得去找。她缓过来后，慢慢地站起来，站得笔直，轻描淡写地说："没有什么，我就是吃坏了。"

陆雅和杨容显然不信。但既然苏晓秀这样说了，她们也就装着信了吧！

苏小寿脑子里没有那根弦，真信了苏晓秀的说辞。

她不放心，说："吃坏了也要去医院看看！小病不看，大病吃苦！晓秀，要不我陪你去一趟校医院吧！最起码配点药来！"她就去扶苏晓秀。

明明是关心的话，落在苏晓秀的耳里，却觉得苏小寿是在奚落她！苏晓秀僵硬地说："我说不用就不用！"她推开苏小寿的手，挣扎着自己站起来，头也不回地走了。

苏小寿傻里傻气地追上去，说："晓秀，讳疾忌医可不行！我陪你去医院！"

苏晓秀也顾不得维持淑女的形象了，大喊一声："走！谁要你烂好心啊！你是不是心里跟她们一样，也在嘲笑我啊！嘲笑我堕落！嘲笑我不自重！"

陆雅和杨容有些尴尬，背后说人，给当事人听到，总归是不大好。她们也赶紧走来。陆雅说："晓秀，你别激动。我们总归是舍友嘛！有什么难处，我们会尽力帮的！"

苏小寿拼命地点头，说："对啊！晓秀！我们都会帮啊！"

杨容也勉勉强强点点头，"嗯"了一声。

苏晓秀脸色发白，眼神淡淡的，冷笑，说："帮我？是让我有什么难处，说出来让你们笑话吧！我，苏晓秀，不需要你们假惺惺地帮！"

苏小寿还在劝，认真地说："晓秀，我知道，你心里不舒服。发泄出来就好了。该面对的，还是要去面对啊！再怎么说，生病就是要去医院啊！你脸色那么差，一定不舒服啊！"她再一次伸手去扶苏晓秀。

苏晓秀歇斯底里地叫起来："苏小寿，你有病啊！我说了，我没事！我说了，不要你帮！"她用力地推开了苏小寿，苏小寿一个跟跄，往后退了两步，要不是陆雅和杨容扶着，就跌倒在地上了！

杨容很生气，说："苏晓秀！你有完没完啊！苏小寿是真好心！她又不懂，哪里知道！你推人干什么！你以为我们都闲着没事干吗？还不是为了你好？我和陆雅劝过你多少次，你听了吗？一句都没有听！"

苏晓秀冷冷地说："本来就是你们多管闲事！"

苏小寿怔怔地看着苏晓秀，心里很难过。这难道就是好心去帮忙，然后一次又一次被人拒绝的感受吗？原来是这样的感觉，就像是大冷天站在外面，被人一盆冷水泼过来浇了个透心凉。

难道霍元泽被她一次又一次拒绝，是这样难过吗？她喃喃地说："你觉得我们多管闲事啊！"

杨容愤怒了，赌气说："人家都说了，我们是多管闲事，那就不要管好了！随她怎么样了！反正怎么样，都跟我们没关系！"

陆雅也很窝火，深吸一口气，打圆场，说："好了！都少说几句。晓秀，你要自己做主，也没什么。我最后说几句：学习重要，你总要及格，拿得到毕业证、学位证！再有，自己的身体更重要，没必要为了让……让那些男的开心，就不顾自己！"

有些话，陆雅和杨容都不止一次听说了，没敢告诉苏小寿而已。

杨容现在火气上头，口不择言，把事情都抖出来，说："你以为那些男的真喜欢你吗？你不知道他们在宿舍里怎么说你的吗？有多难听你知道吗？还连累了我们的名声！"

苏晓秀的脸色更白了，眼神更冷了，说："好，既然认为我连累了你们，那我们以后大路朝天，各走半边！下学期我就搬出去住，我是本地人，可以走读。"说完，她就大步往前跑了。

苏小寿还要跟上去，说："晓秀！"

苏晓秀回过头，疾言厉色地说："别跟着我！"说完这句，她就再也没有回头，快跑离开了。

苏小寿想去追，给杨容拖住了。杨容说："你别去了！她自己要作死，你拦不住！我和陆雅一直都在劝她，一有机会就劝。是啊，我是看不惯她，但毕竟是舍友啊！总不能看她被渣男们骗得团团转，总不能看她越来越糟！可她哪里肯听？我们院有个男的……名字我就不提了，没得恶心！那个男的骗她，说期末的时候，他给她抄，让她别担心！晓秀就真信了！真不学了！还经常翘课！点名，我们能帮她答到就答了！可总有被抓的时候啊。被抓以后，她嘴上说没什么，眼神明明白白觉得是我们故意整她！唉，说那个男的吧，仗着自己家里有点小钱，把晓秀当消遣。到手后，他还在四处炫耀细节！说得特别具体！这是他班上女生告诉我的，下课的时候就在那里大声讲，恶心至极！后来我们还知道，这男的就是渣，脚踏几只船！我们就跟晓秀讲了。晓秀就跟那个男的分了，分了就分了呗，好聚好散！那个男的，你知道有多渣啊，到处说晓秀花了他多少钱，是拜金女，花钱就可以怎么样！"

陆雅连连叹气，说："现在这个男的也未必好！我有个同学也在那个院，说这个男的有女朋友的，是异地恋！我就提醒晓秀了！晓秀很不高兴，说没有这回事！我也不好说什么了！真的很无语啊！"

杨容撇撇嘴，说："要我说，是她眼神有问题。看上的一个比一个渣。我们作为舍友，话该说的不该说的都说了，还能怎么样呢！要不是为了她，我们干吗不考完就走，还在这里待几天，劝着她，还帮她想办法！我还把我做的阅读摘抄都拿出来了！她现在这个男朋友呢？他一考完就走了，听说她不及格，下学期要这样肯定被退学，不来帮忙，不去安慰，态度更冷淡了！这几天都是晓秀打电话过去，没说两句，对面就挂电话，后来还拒接电话！"

苏小寿震惊了，说："以前不是这样的，以前晓秀也是学的呀！刚开学的时候，她课程基本上跟得上啊！她也不怎么搭理那些男的啊！"

陆雅想了想，说："小寿，你还记得不？十一后，你请了几天的假。"

苏小寿点点头，说："对呀！那时，我家里有事。"

陆雅说："对，就那个时候起就不对劲了。那天，晓秀上了那辆豪车，回来后，整个人就不对劲。再后来，就越来越不对劲了！不好好学习，对追她的男的，来者不拒。"

杨容附和着点头，说："我和陆雅分析过了，可能是和那个豪车男没几天就分手了，受了刺激，就变成现在这个样子。"

苏小寿沉默了一会儿，说："怎么会这样！我先去把这里脏的地方收拾一下。等下，我再给晓秀打电话，劝劝她。"

陆雅说："那我去宿管阿姨那借个拖把。"

杨容认可，说："行！"

三个人很快就把这里打扫干净了。苏小寿便给晓秀打电话，但一直没人接。她给苏晓秀发了一大段信息，希望苏晓秀能好好照顾自己。

陆雅和杨容回家的车票是这天晚上，苏小寿的是第二天的下午。很快宿舍里就剩下苏小寿一个人了。

学生们绝大部分放假回家了，食堂关了大部分窗口，只剩下几个。南江本地菜

86

偏甜，苏小寿吃不惯。好在学校的学生来自五湖四海，食堂里各地的口味都有。苏小寿转了一圈，自己常去的窗口歇业了，就随便点了一碗饺子，再把很多辣油和香菜倒在汤里。

她吃了个饺子，然后喝了一大口汤，辣得头上出了薄薄的汗，只觉得通体舒畅，辣得够味！

平时在霍元泽那儿做饭，都是依着他的口味。苏小寿都没有痛痛快快吃过辣！她便又去买了根刷满辣酱的烤火腿肠，开开心心地埋头大吃。

"原来你爱吃辣。"

冷不丁冒出来一个熟悉的声音。苏小寿吓了一跳。她抬起头，就看见霍元泽坐在了自己的对面。他的画风跟平时不一样，以前都是衣冠楚楚，就连家居服也是成套的，而今天却穿了件很休闲的羽绒服，还戴了条围巾，一眼看过去，就像是校园里的博士生。

苏小寿吃得满嘴都辣，用手扇了扇嘴，惊讶地说："霍先生，您怎么来了？"

霍元泽笑了，说："我不能来吗？"

大学几个门白天都开着，进来很容易。苏小寿以最快的速度吃掉火腿肠，伸出舌头，舔了舔嘴巴的周围，想把嘴边的辣都舔干净。

霍元泽嘴角忍不住上扬，说："瞧你……"他自己都没有发觉，口气里是熟稔的宠溺。

苏小寿有些不好意思，说："霍先生，您今天不是有事吗？怎么有空来我学校啊？"

"我不想去了，就来了。"霍元泽停顿了一下，轻轻地笑着说，"小寿，我想你，很想你了。"

明明这样的话听了很多遍，但每一次听苏小寿都很慌张。她觉得眼前的一切比梦还不真实！苏小寿下意识地紧张，看了看周围，食堂没什么人了，窗口那两个阿姨正在聊天，时不时笑出声来，根本没有注意到她。

苏小寿松了口气，说："霍先生，您总爱开玩笑。"

霍元泽笑了，说："怕什么？"

苏小寿赶紧否认，说："哪有？"

霍元泽很笃定，说："小寿，你在害怕。"

苏小寿目光闪了闪，说："霍先生，您想吃什么？我请您吧。我们食堂的饭菜可能味道不是那么好，但卫生。"

霍元泽从善如流地说："好啊，我和你吃一样的。"他眯着眼睛，笑看着苏小寿，"我也尝尝辣。"

苏小寿没有动，说："这里辣油很辣的。"

霍元泽站起来，伸手拿了苏小寿的筷子，夹起来一个饺子，放到嘴里，然后吃下去。这一连串动作他在几秒之内完成，做得非常自然。

苏小寿目瞪口呆，说："霍先生……这是我的筷子！"

霍元泽强忍着对辣的不适，吃了第二个饺子，赞许地点头，笑着说："味道不错。一碗不够。我想吃两碗。辣要多！"

苏小寿马上去买，很快就端了回来。

霍元泽的嗓子都快辣得冒烟了，面对两大碗都是辣油的饺子，半眯着眼，依然笑着，说："以前我在康桥读书，过节的时候，虽然不放假，但留学生们会聚在一起包饺子，非常热闹。就是那段时间，我学会了自己做饭，自己洗衣服。"这一刻，他不再高高在上，身上多了些人间烟火的味道。

苏小寿"咦"了一声，莫名觉得和霍元泽的距离近了，浅浅地笑着说："霍先生，原来您会自己做啊！"

霍元泽兴致勃勃地说："当然啊！我饺子包得还很不错呢！明天做给你吃，怎么样？你迟几天再走吧！回家的事你不用担心！过几天，我给我们公司放假，我就有空了。我开车送你回去。"

苏小寿想到家教的工作，后天就要上岗。她说："霍先生，我票买好了。而且回去真有事。"她见霍元泽的笑容渐渐消失，不忍扫了他的兴，"我明天下午四点的火车。中午还是在的。"

霍元泽辣得喉咙刺痛，强忍着不适，说："小寿，明天别回去。"

对上霍元泽深情而温柔的眼神，苏小寿心湖波浪叠起，不由得犹豫了。她想答应，又不敢答应。这时，她的电话响了。苏小寿暗自松了一口气，看见是妈妈的电话，便立即接，乖乖地喊："妈妈。"

电话那头却是她舅舅焦急的声音，说："小寿，你爸爸被车撞了，要做开颅手术！你妈妈急得昏过去了，医生说你妈妈要放支架！"

南江距离徽州有五个半小时的车程。以往不觉得远，但这一刻，苏小寿觉得这个距离实在是太远了。她想早一点赶到。现在每一秒钟对她来说都是煎熬！

很多可怕的想象，在她的脑子里不断地冒出来。苏小寿强迫自己静下心，可怎么也做不到！那是她爸爸，从小就疼爱她的爸爸，现在躺在了手术室里，生死未卜！而她却发现自己除了着急、难过以外，什么事情都做不了！还有妈妈，本来心脏就不好，不能激动的，现在又要放支架！苏小寿心里怎么受得了！她好想，好想早一点工作，早一点手上有钱，早一点有本事，能早一点有能力去照顾他们！

可现在，她太没有用了！

苏小寿坐在副驾驶上，神色凄凄惶惶的。她倔强地忍着，不准自己哭。

霍元泽开着车，脸色绷紧，说："一定没事的。"他停顿了一下，"南江的专家们也在往那边赶。医药费你不用担心。我都安排好了。"

肇事车辆跑了，偏偏那附近很僻静，没有监控，也没有目击人。苏爸爸被发现已经是几个小时以后了，需要立即手术，医院正全力抢救。苏妈妈也躺在手术台上。家里的亲戚们都在帮忙筹款，奈何杯水车薪。如果不是霍元泽有条不紊地安排了，这个难关她根本过不了。

苏小寿很感激，说："谢谢！霍先生，我以后会工作，工作以后攒钱……"她说到这里，没有多少底气往下说了。这份恩情，她肯定还不清了！

霍元泽说："小寿，你不跟我，都不行了。"

苏小寿低着头，细声细气地说："霍先生……我……好吧……不大好吧。"她现在脑子很乱，就跟一团麻线一样。她的一颗心都扑在爸爸妈妈身上，恨不得长了翅膀飞到医院，根本没办法去细想霍元泽的话。

霍元泽的余光瞥过蜷缩着的苏小寿，突然想起了自己小时候养过的一只白色小猫。那时候他刚来到霍家大宅，没有一个熟悉的人，那里做事的阿姨都无视他。没有人陪他，更没有人关心他，他一个五岁的孩子，一个人就这样孤零零地在角落里待着。有一天，他独自在宅子的大花园玩。那儿花园特别大，有半座山。他无意中在草丛里捡到那只小猫。瘦弱的猫团成一团，柔弱的、纤小的，发出细细的叫声，偏偏一双眼睛水汪汪的，让人怜惜，让人特别想去抚摩它，照顾它。

霍元泽心里一软，温柔地说："开玩笑的。就算你不答应……我怎么舍得怪你呢？"他把车子停在了安临服务区，"休息一下，我们再走。"他顿了顿，"心里再急，也要冷静。急事慢做。"

苏小寿到底年轻，咬着嘴唇，神色惶然而又焦急，双手不停地互相搓着。她知道霍元泽说得对，遇到事情要冷静，可她根本就冷静不下来。那是她的爸爸妈妈啊！让她怎么冷静，怎么不害怕，怎么不焦急！

霍元泽探出上身替苏小寿解开安全带，手撑在椅子上，看着苏小寿，说："小寿，别怕。有我呢！"

苏小寿抬起脸，明亮的眼睛里有潋滟的水光。霍元泽突然觉得，满天的星星都不如她的眼睛亮。

霍元泽伸手揉了一把苏小寿的头发，温和地说："我们下车走一下。等下还有两个多小时的车程！"

下车后霍元泽到服务区里去买热饮。寒冬，夜里八点多，外面很冷。刚才霍元泽在旁边，还好一些。现在她一个人站在车旁边，突然觉得天地之间只剩下了一个她，孤寂而又无助。她靠着路灯，对着手，轻轻地哈气。真冷啊！这样的冬天真的太冷了！

　　为什么这些事情都要让她遇到呢？一个接一个的意外！她就想普普通通地过这一辈子怎么就这么难呢！现在她的爸爸妈妈怎么样了呢？时间啊，怎么过得那么慢！她很想早一点回去，早一点看到爸爸妈妈，早一点看到他们平平安安的！没有什么比平安更重要了！她就希望他们一家人平平安安的，能够和以前一样平平安安地在一起！

　　她的眼泪一直在眼眶里打转。

　　风一阵紧过一阵，有冰凉细小的颗粒稀稀落落地打在她的手上。苏小寿抬起脸，原来，下雪了。

　　霍元泽远远地就看见这样一幕，他知道苏小寿肯定在难过和害怕，赶紧跑过去，一把将苏小寿抱在怀里。

　　他的怀抱很温暖，就像一个大大的暖炉。苏小寿仰头看着他，看了好一会儿，忍了很久的眼泪，终于掉了下来。她起先是无声地在哭，到后来，紧紧地抱住他，眼泪大颗地往下掉。苏小寿哭得上气不接下气，抽抽噎噎地说："我怕……我好怕……"她知道爸爸这一次非常凶险，知道妈妈也有危险。她好害怕，害怕自己面对不了接下来的一切。她好害怕自己赶回去，再也见不到他们！

　　霍元泽捧起她的脸，摩挲着她的面颊，然后低下头，一点点擦掉苏小寿的泪痕。他的动作就像云朵一样很轻，很柔，很软，但却很温暖。

第十章　拒绝

手术室的红灯亮着。南江请来的专家们及时赶到，正在里面全力救治。

苏小寿等在外头，心急如焚，她浑身都在发抖。苏妈妈也不顾刚做完的手术，一醒来，就硬要躺在推车上，等在手术室外。苏家的亲戚们也都陪着。

小舅妈安慰苏小寿，说："没事的。相信医学。"苏小寿依然很紧张，她时不时地往手术室那儿看，整个心都是煎熬的。

亲戚们磕磕绊绊凑了医药费，但还有缺口，今天是勉强够了，但明后天的医药费怎么办呢？医院已经算很好了，先救人，给他们筹款的期限了。

命运的手掌简直是翻云覆雨。本来他们一家人都要过上好日子了。

是的，再过三年，她找到一份稳定的工作。一切都会越来越好了。

可就在这当头，让他们遭遇这一切，简直是晴天霹雳！一夜之间，这个三口之家的生活重担就落在了苏小寿的身上。她的整个人生遇到了重大的转折。就好像是她在慢慢地爬一个山坡，本来周围的景色逐渐美好，有花有草，却不想一脚向前，她踩到了缝隙，然后掉了下去。

而这缝隙是深不见底的。好像很难再爬上来了！

她人生打开的方式怎么会那么艰难呢！苏小寿连眼睛都不敢眨一下，满目都是绝望。

短信提示音响了。苏小寿木然了一会儿，才想起来去看。

是霍元泽发来的。

"小寿，医药费我刚预付过了，钱的事，你不用担心。我给你的卡，没有消费上限的，你随便花。密码是你生日。"

"霍先生，谢谢您！"

苏小寿心里对霍元泽充满了感激。除了谢谢，她真的也不知道说什么才好。确实很感谢，没有他，她的爸爸请不到南江的专家来抢救，那就完全没有希望了。

大概霍元泽真的是喜欢她的吧，不然也不会在她身上花那么多钱，那么多时间，还这么帮她。毕竟，她是一个很普通的人。虽然她现在年轻，但年轻是最不缺的，她不可能一直年轻，而永远会有更多年轻美好的女孩子。

苏小寿心里有些苦涩。

她心底知道自己是喜欢霍元泽的。是啊，霍元泽那么温柔，那么优秀，对她又那么好，她怎么能不心动呢？可她仅仅是心动，真不敢行动。睡不着的时候，她就这样静静地想一想是没有事的，但是要行动的话，她就得为自己的行为负责了。

因为苏小寿真的想象不出来，以后会是什么样子的。

她很担忧，很忐忑，不知道怎么办才好，是顺着感觉，跟着霍元泽一步步往下走；还是要保持理智的清醒，断然不要开始。

毕竟，喜欢是一种感觉，很缥缈，就像悬浮在空中的花香，闻得到，但摸不着。要是有一天，霍元泽对她没有感觉了，她该怎么办呢？他比她好太多，可以随时离开，而她却承受不起这个的代价。而且，霍元泽到底喜欢她什么呢？她想不明白。

只是现在，苏小寿越来越说不出拒绝的话。她心里本就不想拒绝，想有一个好的结果，更何况，她现在还接受了霍元泽雪中送炭。

霍元泽一直在付出。这些苏小寿心里都有数。有这样一份盛大的爱情放在她的面前，苏小寿真的做不到无动于衷。

她其实心里已经选择了去相信。

霍元泽继续发短信："我在医院附近的酒店。这几天，我都在的。"他告诉了苏小寿房间号。

这几天的日程，霍元泽已经空出来了。他敏感地察觉到这是争取苏小寿内心的绝好机会。

他很有耐心，遇到苏小寿这样的人，反倒兴致勃勃起来。这就跟玩游戏一样，太简单的太容易到手的，他觉得不过如此。

苏小寿长得不错，年轻温柔，为人简单，偶尔还会任性一下。而她的任性是那种小猫挠痒痒那样，霍元泽处着很舒服，留在身边很不错。

不过，这都快四个月了，霍元泽还没追到，苏小寿刷新了他追女孩子的时间上限。对外，霍元泽宣称已经搞定。他不好意思去跟一起打赌的哥们儿说实话。

他追苏小寿，其实是因为一个很无聊的玩笑。在会所里，他吹嘘自己追女孩子一周就能行，哥们随手一指，就指向对面路上走过的苏小寿。

哥们儿说："那个土妞你试试看。你要带她进你房间，南江滨江Ａ地，我就不跟你抢。"

霍元泽自然满口答应，说："我得先去查查是谁，等我查到是谁后，才能开始！"

查到苏小寿是谁并不难。但接近苏小寿确实挺费力的。虽然，他拍了一张苏小寿在家中做家务的背影照片，告诉哥们儿已经妥了。但他心里知道，现在苏小寿，他是真的还没有到手。

就比如现在，霍元泽还不好出现在医院里。

以往的女孩子都恨不得找个记者拍他们在一起的照片，然后去放在报纸媒体上，闹得尽人皆知！搁在苏小寿这里倒好。她想要一个人进医院，口口声声说太麻烦他了，怕打扰他。霍元泽心里有数，任何理由都是借口，归根结底，还是苏小寿并不希望他出现在她的生活圈。

是的，到今天，霍元泽生活圈的人都知道他在南江有个可人的家政助理。而苏小寿大概不会告诉别人他的存在。估计在她的朋友圈里，他霍元泽就是雇主，而且还不是她唯一的雇主！

这种事，霍元泽是第一次遇到，居然有女孩子能撑这么久！以往的女孩子哪里还需要他去花这么多心思！而他还有生活助理去专门处理给女孩子送礼的事情。生活助理那儿有报表，什么人、在什么时间点、送什么礼物最合适，这些都安排得妥妥当当的。

在追逐中，霍元泽越来越势在必得。

这次估计应该差不多了吧。

苏小寿看到霍元泽提到酒店，心里越发涩得慌。霍元泽只差明说，要做些什么了。她再迟钝，也能感觉得到霍元泽想和她有进一步的接触。

人要知恩图报。人家刚刚出了那么多钱，又明确表示是喜欢她才这样做的。她要是完全拒绝，就太不近人情了。而且她根本没办法拒绝。医药费的缺口实在太大了！

可苏小寿不想去。

如果去了，她就成什么人了！苏小寿觉得相爱应该是两个平等的人之间的互相接近，要更加纯粹一点，干净一点，没有其他太多的杂质。

她不想迈出这一步，不是因为不喜欢霍元泽，而是不愿意把自己放入一个需要报恩的境地。

喜欢什么为什么一定要拥有呢？霍元泽是高高在上那个世界里面的人，她喜欢他，崇拜他，仰视他，那就继续去望着他好了！天上的月亮那么美好，她只想去遥遥望着，不敢奢望能够握在手里。毕竟，她有自知之明，与其去追着月亮走，到最后发现月亮越来越远，还不如一开始就站在原地去看。

霍元泽这样的人，就注定是被她仰望的。也许，若干年后，她回忆起来，想起曾经遇到一个这么优秀的人，会十分温馨，有一种隐约甜蜜的高兴。

是的，这是她理想中的样子，但现实摆在她面前的问题是，霍元泽约她去酒店，她去或者不去。不去，她怕惹得霍元泽不高兴，不借给她医药费了；可去了，她又实在怕霍元泽看轻了她自己。

苏小寿苦笑。也许，这就是她的命运吧。

"我在这里也有套房子。我已经让人整理好了，就在医院附近。你想在那儿也好。"霍元泽发信息说。

苏小寿心里不舒服。他要什么，很显然了。

霍元泽想要她自己愿意，没有逼着她，但是她真的觉得霍元泽在逼她。苏小寿没想要这样的，她更不喜欢被人用钱、权、名利去逼着，其实也在尽力避免这种局面的发生，但是为什么还一步步走到了这个局面呢！

经过一晚上的抢救，苏爸爸的手术很成功，被送去了 ICU。苏妈妈也在病房里沉沉地睡着了。

小舅妈这才拉着苏小寿，细细地问："小寿，你跟你小舅妈说实话，到底是谁帮忙付的医药费。这可不是小数目。"

亲戚们都在四处帮忙借钱，没想到，他们还没有借够，苏小寿就默不作声地把医药费都补足了。

苏小寿说："是问人借的。我打工的地方，老板人很好，就借给我了。"

小舅妈顿时警觉起来，问："你老板借给你的？这么多？他是男是女的？多大年纪，结婚了没有？"

苏小寿讪讪地说："男的，具体多大，我也没问过。反正看着不到三十岁，应该没结婚。"

小舅妈声音不由得提高了，说："不要随意问人家老板借。你跟他很熟悉吗？"她意识到自己的话音高了，压低了声音，问，"你平时打工做什么？"

苏小寿半低着头，心虚地说："应该蛮熟的。他人比较好。我在他家里做家务。"

小舅妈一听就觉得苏小寿这个老板心思不单纯，但人家确实在帮忙，看苏小寿这个样子，她心里大概知道了一些。

她也不点破，便说："我昨天就和你妈妈商量过了，她同意把房子卖了。以后暂时住在我们家。我们再问朋友借一点，应该够了。等这笔房款到了后，你先去还了你老板吧。公安那边还在查监控，那个路口虽然坏了，但那一段路其他地方有监控的，能找到肇事司机。"

卖了房子会有一大笔钱。再等公安找到肇事司机，后续的赔偿到位，那么苏爸

94

爸的医药费也就有了着落。苏小寿松了口气，说："好！"

小舅妈一听是老板借钱，看看还很懵懂的苏小寿，很不放心，说："这些日子，你就住在我那儿。那也是你的家。"

苏小寿说："好。"

小舅妈摸了摸苏小寿的头，说："以后有事儿，都跟我们说。你爸妈要知道你出去打工挣钱，会很难过的。以后你的学费生活费，我们几个想办法。你的两个舅舅，伯伯、叔叔都说，会管的。你现在别的就别想了，还是以学业为重。我们家现在就你一个考上这么好的学校，你要好好读书。"

苏小寿的心里暖暖的，她说："下学期，我去试试看助学金吧。"

入学的新生手册里都有。现在她这种家庭情况，是可以申请助学金和助学贷款的。她再努力学习一点，争取奖学金，然后再打点零工，应该过得去。

至于霍元泽，苏小寿很想把欠他的钱全都还上。

她不想欠他太多。得到霍元泽太多的帮助，相处非常舒服，她很怕自己会习惯了这种日子。现在虽然花团锦簇，但她总觉得这是开在云上的花朵，风一大，云就散了，而这花朵再好看也都没了。苏小寿过惯了普通的生活，觉得太不踏实了。毕竟，霍元泽的姿态是很高的，哪怕他的态度温和，也是高姿态的。而她手里握着霍元泽给的东西，她是无法拒绝的。

好在现在这个社会，肯干活的话，还是能有收入的。她不怕苦，想活得有自尊些。苏小寿的脑子很清醒。

圈子不同，不需要相融。霸道总裁爱上傻白甜，那只有偶像剧里面有。现实是，她作为普通的人，连见识霸道总裁的机会都没有。认识霍元泽是一个意外，但她也清楚，两个人的价值观相差太大了，见识也差得太远。

所以，她虽然很喜欢霍元泽，但是她不打算再去进一步。现在这个距离就足够了。之后，她要去过属于她的普通人生。

好在苏家的房子位置不错，是学区房，生活也便利，卖得比市场价便宜一些，当天就有人直接来买。

公安机关侦破了案子，找到了肇事司机。司机是一家运输公司的员工。在公安机关的协调下，运输公司在下午就付了医药费。

再加上亲戚们又借了一部分，这次的难关总算过去了。

苏小寿算好霍元泽借给他的数额，包括之前给她垫付的医药费、雇用她的钱、请专家的钱，然后把钱存到了一张卡上。

她给霍元泽打了电话。

霍元泽很快就接了："小寿，你爸爸妈妈好一点没有？"他的声音很温柔，很有磁性。

苏小寿有一瞬间的心神摇曳。要不要顺着心靠近呢？但很快，她的理智就占了上风。她说："霍先生，我们家把医药费凑足了，之前您借给我的那些钱，我算好了，存到一张卡了。我还给您。您在附近吗？我去酒店大堂等您可好？"

霍元泽有一瞬间都不知道怎么接话！怎么又把医药费凑齐了？！

苏小寿也知道，她还的这些钱，不足以和霍元泽一些隐性付出相提并论。她心里是感谢霍元泽的，但她真的不愿意就这样跟着他进酒店，就只能尽力去还钱了。

这又是被拒绝了。霍元泽却隐隐有些兴奋！苏小寿越是这样，他越是志在必得。霍元泽说："不用还的。"

苏小寿继续说："那怎么行！您帮了我，我谢谢您，但这个医药费，我家现在凑够了，所以想还给您的。"

霍元泽笑着说："我给出去的，真不用还的。我今天要回去办事，过完十五才能做完。回头，我把行程表发给你。你提前一两天去家里收拾下就好。"

苏小寿说："可钱……"

霍元泽打断了她的话，温和地说："小寿，我只是想帮帮你的。"只是想帮忙，没有别的不好的心思？霍元泽是这个意思。他心里知道，现在又不是好时机了。苏小寿是不会心甘情愿走到他身边来的。这样心里不乐意，连表现敷衍功夫都做不好的，又有什么滋味。他要的就是苏小寿的心甘情愿。

他说："这笔钱，你想怎么处置都行。我不会收回的。小寿，我喜欢你。你可以不接受，但是请不要这样看我。你以为我会逼着你做什么？我只是想见见你，安慰你。你不点头，我不会做别的事的。这几天的酒店，我会一直开着。地址房间号都给你了。我把卡放在前台。打过招呼的，你想去休息一下都行。"

这样一说，苏小寿心里有些内疚。

她想，也许是她误会霍元泽了吧。他可能比她想象中还要好多了。对这么一个帮着她的人，苏小寿觉得自己的态度是不是太不好了。一开始她接受了人家的帮助，现在又全部还回去，挺矫情的。可这种事，她不想含含糊糊的，一开始就要说清楚。她打心眼儿里就觉得她和霍元泽是没有可能的，所以干脆就平行线到底吧。

过一阵子就好了吧。苏小寿打定主意，不去他那边做了。只要她不肯再出现，霍元泽也是没办法把她拖回去的。每天面对着，多少都有感情。但日子长了，他们没有接触就好了。

苏小寿的声音在颤抖，说："霍先生，对不起。但是我除了说对不起外，只能说谢谢了。"这是她的真心话。

她的人生得朝着目标，一步一个脚印踏踏实实地走。她不能犯任何错，因为一旦犯错，她没有资本从头再来。

而霍元泽是她生活中的意外。

这样的意外就像是夏夜突然出现的流星，在空中划过一道明亮的弧度，就像是冬天里一个小小的火熄，散发着温暖和煦的热度。可夏夜里不会总有流星，就像冬天里不会总有人给她火熄。

不能过于依赖一个人的。苏小寿知道自己是什么样的，也知道自己应该要找什么样的丈夫，将来打算过什么样的日子。

浪漫的旖旎，风花雪月的誓言，就像是她做的马卡龙一样，很甜蜜，但真的不是她的主食。她能这样尝上一口，就已经够了。她还是要喝她的白开水，吃她的白米饭。

霍元泽声音沉了下来，说："小寿，你喜欢我的。"

是啊，苏小寿也知道，霍元泽是知道自己喜欢他的。但是，光是喜欢又有什么用呢？比起这些华丽的过程，她更想要一个踏实的结果。一早就知道是没有结果的事情，她为什么要花时间和精力去处理呢？

可是拒绝一个自己真的喜欢的人，她心里会很难受。她也很想去试试看，心里存着一丝的侥幸，没准呢？没准她的理智是错的，他们肯定能磨合好，有一个好结果呢？

这样的可能性实在是太小了。苏小寿心知肚明。她咬了咬嘴唇，眼泪已经落了下来。

好在这是电话里，霍元泽看不见她的表情。苏小寿说："对不起，霍先生，我为我之前的行为道歉。其实，我只是不好意思拒绝。您很好，就是月亮一般的人物，我觉得您很好的。我觉得您是一个很好的东家。但是，我……我……"

她用尽所有的勇气，慢慢地说："我真的不喜欢您。"

霍元泽已经从她的口气里，猜到她要说什么了。他用更加温和的口气，问："小寿，你喜欢我，为什么要拒绝？你怕没有好结果吗？"

苏小寿这点小心思，他一眼就看透了。他能感觉得到苏小寿是喜欢自己的，但是没爱得很深，而且苏小寿不是一个要玩玩的人，她执拗认真，对待感情很郑重其事，是需要一个确定结果的。

苏小寿擦干了眼泪，尽可能若无其事地说："霍先生，您太好了。我不配的。我的日子很简单。"

霍元泽肯定地说："小寿，在我眼里，你是独一无二的。我觉得你配得上！"他的声音是那么柔，就像是春天里最温柔的风。

苏小寿不敢再听下去了，她怕自己再听下去，好不容易下的决心又动摇了。这事情还是赶紧断了吧！她怕再拖下去，会越来越陷进去。苏小寿已经明显感觉到，

97

自己越来越适应有霍元泽的日子，而这样的适应是一点点的，平时察觉不到，遇到事情，才会突然发现了！

她说："霍先生，我是真的不喜欢。之前，真的就是我不好意思拒绝。我为我之前的行为道歉。我真的不方便在您那儿工作下去了。"本来就是不应该有交集的两个人，还是各归其位好。苏小寿想早一点回到没有霍元泽的世界里去。

霍元泽说："小寿，你别自欺欺人了。"

苏小寿叹口气，说："霍先生，我实话实说，您怎么不信呢？我……"她灵机一动，说，"我有喜欢的人了。"

霍元泽问："是谁？"

这怎么可能？她的行踪，霍元泽都是知道的，根本就没发现她生活圈里有稍微熟悉一点的男人啊！这一定是苏小寿骗他的！

苏小寿确实也就是随口一说，希望霍元泽能够不要再问了。她说："我心里的人。他很好，很优秀，非常温柔。只是我不能喜欢他。所以就算了……"苏小寿说这些话的时候，心如刀割。她很难受，遇到一个自己喜欢的人，但是她必须去拒绝。是啊！霍元泽就是太好了，好到让她觉得自己就是在梦里。她实在是怕自己一觉睡醒，这个梦就醒了，然后什么都没有了。

霍元泽断然说："小寿，是我吗！我都知道的。你的心，我知道。你别怕。我们慢慢来。"

苏小寿的声音越来越颤抖，带着哭腔，说："霍先生，您算了好不好。我求您了！算了吧！"

听到苏小寿一哭，霍元泽越发有把握。他的声音刻意透着一丝紧张，说："小寿，你别哭啊！好好好！我听你的！小寿，我不同意你辞职。我们大不了跟以前一样好不好。你要不答应，我现在就出现在你面前。"

苏小寿说："霍先生，算了，都算了。"不能藕断丝连的。她现在还能控制住自己的行为，不去做什么。要是有一天，她真的喜欢到没有了理智，一头栽了进去，那她该怎么办呢？所以，现在就不给自己机会去和霍元泽接触。

霍元泽压下心头的怒意，温柔地说："小寿，就算你要辞职，也得提前一个月提出来。扣除寒假你不能做的，你至少得帮我做到三月底。"他是信口说的，"你也说了，就算你不喜欢我，但是你也觉得我是一个很好的东家啊！继续给我做好不好？我看着你，心里就是高兴的。"这是他的缓兵之计。他的姿态都放得那么低了！这么多年，他就没对哪个女孩子这么低声赔小心过！

这一刻，苏小寿很想答应，但是下一秒钟，她就被自己的这个想法吓了一跳！不能再这样迷迷糊糊的，不然就得继续了！之后，她会怎么样，苏小寿自己对自己都没有信心！她低垂着眼睛，说："对不起。"然后果断地挂了电话。

听到电话那头嘟嘟的盲音，霍元泽心里憋着一股火。好一个苏小寿，简直是不识抬举！现在，他拿着照片，已经算是赢了那哥们儿，但他心里知道，自己是输了。他不能接受自己没有搞定一个很普通的女孩子！

既然如此，那霍元泽一定要彻彻底底赢。霍元泽就不信了，他会真的追不到苏小寿！苏小寿不是觉得他们之间肯定没结果吗！好，那他就一步步让她相信，他们会有一个结果！

第十一章　追求

三月的南江大学校园里，树木繁茂，梅花、桃花、广玉兰次第开放，洋溢着春天的气息。

苏小寿和陆雅、杨容一起上课，下课后，自己一个人去晚自习。在辅导员的帮助下，苏小寿申请到了助学金，再加上她学习好，会有奖学金，然后学校给她在图书馆安排了勤工助学的岗位。所以她省着一点花，就不去外面打工了。

寝室里，苏晓秀的那张床空了。她晚上不在这里留宿。她的申请写得很清楚，本地人，住家里，早出晚归来上课。可开学有两周了，苏小寿她们三个还是看不到苏晓秀的身影。她们都发了信息、打了电话给苏晓秀。可苏晓秀短信不回、电话不接。

到了三月中的时候，苏晓秀终于来了。一个寒假过去，其他同学都胖了一点，就苏晓秀一个人瘦了许多，脸色泛白，走路都飘。她神色沉寂下来，独来独往的，卡着点来到教室里，坐在最后一排，一副不搭理人的样子。

班上同学也就苏小寿和她熟悉一些。寒假的时候，苏小寿就给苏晓秀发了两条信息，打过电话，可苏晓秀一直没有回。见苏晓秀终于来上课，课间的时候，苏小寿便找了过去，说："晓秀，你寒假怎么样了？"

苏晓秀只是看了她一眼，一句话都不说，然后就低着头去看手里的书。

苏小寿再问了一句，说："晓秀，你怎么了？"

苏晓秀抬眼看着一脸懵懂的苏小寿，心里快要呕出血来。苏小寿不就是长得清纯乖巧一点，根本不会打扮！而她要身材有身材，要脸蛋有脸蛋，比苏小寿漂亮多了！怎么就是苏小寿入了人家的眼？她说："你让开一点，挡着我看书的光线了。"

苏小寿更不放心了，问："晓秀，你没事吧。"以前的苏晓秀虽然学习上不够努力，有些爱慕虚荣，但好歹还是一个积极阳光的女孩子，平日里有说有笑的，还会时不时帮她一把。怎么一个寒假过去了，苏晓秀整个人都不对了呢！她现在的样子很不对劲。

想起接到的那通电话，苏晓秀只能压住心头的恨意，勉强态度和缓一些，说："没事的。我现在就想看看书。对了，小寿，你要不要去兼职。我有个朋友开了家公司，在找大学生兼职，不需要去坐班的，不是很忙，有个电脑远程就行。"

苏小寿问："做什么的？"

苏晓秀说："做做图吧，还有看看稿子。他们是新成立的，现在在收流行小说。就是我常看的那种小说。"

不需要坐班又不是很忙的兼职工作，苏小寿有些心动。学校里是有机房的，她没有笔记本电脑，但是可以去那工作。

苏小寿说："看稿子还行，做图，我不会啊？用什么做啊？"

苏晓秀说："做图，他们有培训的。应该是使用专业软件吧。你去不去？如果去，我跟我朋友说一声。把你的 QQ 号给他，你们自己去联系。"

苏小寿马上说："好的，谢谢你啊！"

要是能顾得过来，苏小寿还是想做点事儿。她爸妈辛辛苦苦了一辈子，到头来连个房子都没有。他们都病着，靠着低保过日子，现在连租房的钱都掏不起。是的，家里的亲戚们都很好了，尽力去顾着他们了，但是借了亲戚的钱总是要还的。而且爸妈不能总寄住在小舅妈家。

想到钱的事儿，苏小寿不由得在心底叹口气。

她手上还有一张卡，卡里面是霍元泽的钱。她把卡放进了信封里，给霍元泽寄了挂号信，但是霍元泽拒收了。

苏晓秀心里又气又恨。原本上学期刚入学的时候，她是觉得自己远远好过苏小寿的，居高临下看着她，给点小恩小惠去笼络她，当小跟班对待。可现在呢？苏小寿居然得到了她最想要的东西，偏偏还不珍惜。她很想酸几句，但是想了想，还是耐住了性子。她问："上一家你做得好好的，怎么不做了？电话打到我这里来了，说，你还有东西落在了那儿，让你这周六自己有空去一趟。"

前面铺垫了那么多，就是为了说这一句话。苏晓秀实在是想不通，苏小寿这么个无趣的人，怎么惹得人家大费周章地去花心思哄呢？而她这么个花朵一样的人，让人家随意当破布一样丢掉了。

苏小寿愣了愣，想起之前那份在霍元泽那儿做家政助理的工作，还是苏晓秀在其中帮忙牵线搭桥的。她突然不去，其实是说不过去的。苏小寿其实也清楚，她敢在霍元泽这里说走就走，无非是心底仗着他多少是有些喜欢她的。而且，霍元泽对她也确实是一个不存在也可以的存在。

当然，苏小寿对他也是有留恋的。霍元泽确实对她很不错，那一阵子，她很轻松。只是，这样的轻松蒙上了一层阴霾，就像是小孩子吃的药片，外面裹着一层糖衣，初入口很甜，但再往下吃，就是苦味了。

趁着，还没有到苦味的时候，苏小寿就脱了身。

苏小寿低垂着眼睛，神色有一丝不自然，说："谢谢啊。寒假我家里有些事，精力顾不上了。在那儿也没什么东西，无非是水杯之类的，就麻烦东家算了吧。"

苏晓秀说："问到我，我肯定要问一句。你自己去和你东家商量吧。我不传话。"这个苏小寿还是真的不知轻重，人家都这么给台阶了，还不赶紧顺杆子往上爬！居然还拿捏。都是女孩子，她看苏小寿神情，就能猜到几分！这个苏小寿怕是知道人家对她有意思，才敢吧！正常被雇用的家政助理哪里敢这样去对待东家！

苏小寿说："好。"

她和霍元泽是说清楚了，但似乎霍元泽并没有彻底放弃，或者说风度使然，不愿意收回他借的钱，但是她真想把钱还回去，然后彻底算了。不过，苏小寿是不打算走进霍元泽的家里了，她不能再和他有独处的机会！时间长了，他们之间没什么，自然会平稳地过去。所以，她决定过一些日子，再去找霍元泽把卡还回去，省得人家以为她是欲拒还迎。

拒绝就是要这样，态度明明白白，干干脆脆，彻彻底底，不给对方一丁点幻想的可能性。她没必要用青春去赌一个明天。她就现在这样认认真真学习，按部就班地毕业，然后去参加应聘，工作肯定是有的，将来的日子不愁。

新的兼职不需要外出，在学校的机房电脑前看看稿子就行。网站提出来，要给那些网站上的新书做封面。制图，苏小寿是不会的，需要学习。好在大学里开设这类课程，她索性就去蹭课上，十天半个月下来，基本的操作学会了，给个图片简单处理一下，加个艺术字还是能做得到的。

就这样，每一天，苏小寿都把自己的时间排得满满的，非常充实。

时间一晃就到了四月初。每到这个时节，南方都下着雨。晚上，苏小寿下了晚自习，撑着雨伞慢慢地走在校园的路上。突然她被一个人拦住了。

"小寿？"

苏小寿听到有人喊她，反应了两秒，才想起来这是霍元泽的声音。

她有多久没有见到过霍元泽了？苏小寿自己也记不清。要不是钱包里还有霍元泽的卡，苏小寿几乎都忘了他的存在。生活方面、学习、考试、兼职打工、父母近况、等等，每一条都比霍元泽重要。她是对霍元泽动过心，真喜欢过，但这些日子过下来，她该干吗就去干吗了，没觉得太难受。

额，也是有一点难受的，但仅仅就是一点点，这种感觉就像是此时此刻的雨，细细密密的，落在心头，但这场无边丝雨不会一直下着。等到太阳升出来了，地面又会干，然后一切都是青葱正茂的模样。

苏小寿客客气气地说："霍先生，正好。"她赶紧从书包里翻出钱包，取出卡，递了过去，"一直想把这个还给您，之前的事谢谢您了。"

霍元泽的嘴唇抿着。好个苏小寿！还真把他忘在脑后了！这些天，苏小寿的日常就摆在他的桌子上。霍元泽总以为她会尽快联系自己，哪里知道苏小寿居然就这样若无其事地上学了！他等了一个多月，估计再等下去，自己就真的被苏小寿忘了！

他以为两个人见面，苏小寿至少要稍微寒暄两句话。哪里知道一看到他，苏小寿第一个反应居然就只是还钱！霍元泽都不确定自己的判断了？难不成苏小寿说的都是真的？她还真就一点都不喜欢他，之前的种种只是不好意思拒绝而已吗？

他没有接过去，只是说："这里不是说话的地方，跟我去车里说吧。"

苏小寿再把卡往前递了过去，说："霍先生，谢谢您，这个卡还请您收好。"

隔了两个月没见，苏小寿对霍元泽感觉陌生了许多。本来在霍元泽跟前，她就是赔着几分小心，不敢想说什么就说什么。现在，她更不知道说什么好了，只好就这个态度了。苏小寿就只有一个想法，赶紧把事情了了，以后就一门心思过自己的小日子。

她抬头去看霍元泽。几个月前，她还在为霍元泽辗转反侧。是啊，她也是有少女心的，也跟苏晓秀一样，看了两本霸道总裁的小说，幻想过从天而降一个总裁，喜欢她，然后为她遮风挡雨，让她的日子过得轻松一点。霍元泽年轻、温柔、聪明、有学识，人长得还帅气。对她也是真的很好，会带着她去吃各种各样的美食，那些美食她之前见都没有见过。他会给她准备好漂亮的衣服，在家里摆上各种各样漂亮的鲜花。他还在她最无助的时候突然出现，然后开几个小时的车送她回家。这样的人，她怎么不喜欢呢？

但她这个梦，在看到《德伯家的苔丝》那本小说后就清醒了。这毕竟就是个梦啊。她总不能抱着梦过一辈子。现实更重要的。

霍元泽反而笑了，说："你就这么怕我吗？小寿，我们认识时间也不短了，我会把你怎么样吗？卡里的钱，你不想要，你可以自行处理。我送出去的，没想收回来。"他顿了顿，"你可以不接受我的喜欢，也可以拒绝我的帮助，但不能认为我帮你，就是有企图的。我只是想帮帮你而已。"

苏小寿是晚自习下得晚的那一拨人。现在十点多，这条路上也没有其他人经过。她左右看了看，这才低低地说："霍先生，我很抱歉的。这卡，我是真的不能拿着。您要真不要，我就以您的名义捐出去了！"

这个举动让霍元泽更加生气了。他几乎是压着怒火。这个苏小寿！还左右看一看，生怕被人看到他们两个站在一起。他有那么见不得人吗？霍元泽说："我送你的，你可以随意处置。"他的口气有些许生硬。

苏小寿很不好意思。是啊，她说得这么斩钉截铁，是很不近人情。有一瞬间，她有些心软。霍元泽是真的好啊。可下一秒钟，她就逼着自己冷静下来！醒醒吧！苏小寿，你得踏踏实实过日子！哪里有资格去做梦！

苏小寿朝霍元泽鞠躬，说："谢谢您！"

无论怎么说，她很感谢霍元泽那段时间的照顾。她估计再也遇不到比霍元泽还要好的东家了。可以她现在的样子，她真的只能就这样含含糊糊过去，然后说一句谢谢。他们两个还是当陌生人比较合适，他继续当他的总裁，高高在上；而她继续做一个平平凡凡、为生计发愁的普通人。

霍元泽伸手扶住了苏小寿，声音有些哑，说："小寿，你别这样。你知道我要的不是你的感激！"

苏小寿往后一躲，避开了他的手，说："霍先生，我只能说谢谢的。您是一个很好的东家，也是一个很好的人。错过您，我也许再也遇不到跟您一样优秀的人了。我知道的。不是您的问题，是我的问题，我还是适合现在的样子。"

现在这样，苏小寿觉得很舒服。之前给霍元泽当家政助理的日子，她觉得太不真实了，好像就是推开一扇门，突然走进了一个五彩缤纷的世界。而那个世界充满了粉红色气泡，像巧克力的甜腻，又像钻石般耀眼。什么都太好了，好到苏小寿真心觉得接受不了！

遇到一个真铁了心不接受的女孩子，霍元泽觉得有难度，但又有新鲜感。他说："小寿，你能以你父母的名义发誓吗？说你一丁点都不喜欢我。"

别的可能苏小寿不在乎，但是她的父母，苏小寿不可能不在乎。果然，苏小寿咬着嘴唇，说："霍先生，事情都过去了。"

霍元泽这才从苏小寿坚定的拒绝中，找到了一次的缝隙。只要有一丝缝隙，他就有机会，那么就有办法继续。他说："对我来说，没有过去。小寿，你喜欢我，但是不信我。"

这句话，霍元泽还真说对了。苏小寿确实是喜欢霍元泽的，但是根本就不信任，或者说，一开始就很不看好和霍元泽在一起的结果。苏小寿是一个谨慎稳妥的人，对于没有把握的事情，苏小寿是不会去轻易尝试的。

苏小寿说："这些不重要了啊。霍先生，已经很晚了，让我回寝室吧。我舍友一般十一点就要睡觉了，我回去得太晚，会吵到她们休息的。这样不太好。"

霍元泽突然说："小寿，你们学校前几天邀请我来做一次讲座。我已经答应了。

明天在报告厅，你会来吗？"

学校里经常有各种各样的报告会、讲座。一般都是感兴趣的学生才去参加。而霍元泽的这个讲座，苏小寿还真没注意到。她老老实实说："我没听过。"

霍元泽说："我是为你而来的。我想接近你，但是突然发现，我好像没有任何一个理由去接近你了。"确实，苏小寿现在天天宅在学校里，如果不是霍元泽自己主动来跑这一趟，他是根本见不到苏小寿的。

他给学校一些活动提供赞助，倒是可以在学校里出现，扛不住苏小寿是一个性子很低调的人，除了上课就是图书馆，根本就不参加学生会、社团活动，油盐不进。霍元泽就是在学校里，也遇不到她啊！

根本就没有相处的机会，现在越来越不熟悉了，这还怎么追求？他有那么多事情需要去做，真不是闲着。他周围也不缺向他示好的女孩子。他是真的没必要再继续追。可让霍元泽现在放弃，他又有点不甘心。前头已经花了不少心思了，没有一个他预想的结果，他放不下。

今夜夜色很好，雨水密密斜斜。

路灯散发着淡淡的光。

苏小寿一阵心神摇曳。她看过霍元泽的日程表。他是个大忙人。可这样一个大忙人却为了她来到这里，和她说这些话，除了是真喜欢她，苏小寿想不出来还有什么原因。

"我爱你，从我见到你的第一眼起，你就住进我的心里了。但是……"霍元泽笑容有几分苦涩，说，"可是你一个字都不信啊！"

苏小寿的脸慢慢地红了，心里如翻江倒海，各种情绪"电闪雷鸣"。也许，她低估了霍元则的深情。难不成，她这么一个很普通的人，真的就遇到了言情小说里的情节？

苏小寿说："霍先生……"她低下头，声音越发颤抖。

霍元泽敏锐地察觉到了，果断地一把握住了苏小寿的手，将她拉入自己的伞下。苏小寿要挣扎。霍元泽说："你再动，我就抱住你了。"

"你！霍先生，放开……"苏小寿连忙左右看看。这个点，虽然没人在，但她很窘迫，生怕被人瞧到。

霍元泽说："小寿，明天是周五。下了课，我来接你。如果你不肯跟我走，我就把车开到你宿舍楼下，拿个大喇叭喊……"

"你！"苏小寿急了，瞪大了眼睛，撑了一会儿，泄了气，说："霍先生，您何必呢？我很一般的。"

夜色朦胧，霍元泽的笑容也很朦胧，说："小寿啊，我不仅仅是喜欢你，我不止一次告诉你，我爱你的。我曾无数次地问自己，为什么爱你？我也不知道。这些日子，越发想你，爱得越深了。"他伸手摸了摸苏小寿的头，"乖啊……跟我回去好不好，就让我护着你吧。"

苏小寿微微侧过头，说："算了。"她的眼泪在眼眶里打转，"霍先生，算了吧！"

霍元泽问："为什么？"

苏小寿低垂着眼睛，说："我怕结果不好。"

确实怕的。

苏小寿毕竟输不起的。

每一个环节对她来说都至关重要，她没有时间、精力、心情去从头再来。

逼得太过，估计效果很不好吧。霍元泽松开了手，问："好。那能否给我一个公平追求你的机会呢？小寿，你不能因为害怕结果不好，从一开始就不给我机会啊。而且你怎么确定我们的结果不好？我已经告诉你了啊！只要你愿意，我们可以先结婚！"

苏小寿不由得抬眼去看霍元泽。眼前这个男人都说愿意和她结婚了，为什么她还是觉得内心很惶恐，生怕出现一丁点的意外？但正如她说的，她就是因为害怕结局不是她想要的，所以从一开始就不给自己继续的理由。可她确实不能让霍元泽别来追她。

她说："霍先生，我们就这样吧。"

霍元泽静静地说："我是什么样的人，这么久了，你还不知道吗？你为什么连一个机会都不给我？就因为你觉得没结果，就干脆避免可能？小寿，你总不能因噎废食。你要连这样的要求都不答应，那么我就干脆在你宿舍楼下等你。我不怕吃闭门羹，但是我想要和你在一起。我相信精诚所至，金石为开。"

苏小寿心神如烛火，在雨夜里摇曳。

她说："霍先生，您这是何必呢？"

何必去招惹这么平凡的她呢？苏小寿很想一口答应，但是想到以后，她就不敢吭声。

对上这样的女孩子，霍元泽实在是没脾气。他说："我们直接结婚好不好？我们结婚了，你总应该相信我的诚意吧。"

霍元泽居然愿意就这样真的和她去结婚？苏小寿几乎都不敢相信自己的耳朵。但她听得真真切切的。霍元泽就是这么说的。没有人会拿这种事去开玩笑吧。可见霍元泽是真的上心的。可霍元泽就和她接触了几个月吧！应该对她不算太了解吧，以后他会不会后悔呢？婚姻是大事啊，以后霍元泽要是后悔了，她该怎么办？

苏小寿叹口气，说："霍先生，我挺无趣的。您不了解我。"

霍元泽一听，觉得总算有戏了。他马上说："那你就给我一个让我了解你的机会？也让你更加了解我。这样好吗？我不打扰你的生活。以后就在学校外面等你。如果你要觉得不好，你随时都可以离开，还不会影响到你的生活。你要不答应，我就天天来学校里找你了。小寿啊，我是真的爱你。"霍元泽说得十分认真。

落在苏小寿耳朵里，就是一道关于命运的选择题。怎么办？她到底该怎么办？一边是理智的冰冷，一边是感性的火热，苏小寿在两者之间徘徊。

她怕自己被错误的感情灼伤，更怕因为自己的过于小心谨慎而错过了一个爱她的人。要不，顺着感觉试试看？如果不行，她就及时止损！苏小寿抬起脸，终于说："好。"

周六早晨，阳光很灿烂。

这是阳春三月，树木都是生机勃勃的模样。

霍元泽开着车，上了绕城高速。

苏小寿坐在车上，有些紧张，问："霍先生，准备去哪儿？"

霍元泽笑眯眯地说："去踏青啊。"

苏小寿也不认识路，只觉得道路两边的楼房从高到低，从密密麻麻到稀稀拉拉，树木渐渐出现，而且逐渐郁郁葱葱起来。看样子，他们是往郊区去。

霍元泽说："来南江读书，没出去转转吧。平时都在学校里吗？"

出去都是要花钱的。而且还有那么多书需要看。苏小寿是能不出去就不出去。苏小寿说："是啊。我比较闷的。"

霍元泽笑眯眯地说："我昨天没看见你，我讲座的时候，一直留意。等到最后还没有等到你来。"

苏小寿很心虚。她知道霍元泽在那儿讲座，但是她在门口绕了几圈，最后还是没有走进去。她总觉得不好意思，在明面上害怕和霍元泽去接近。

霍元泽挺无语的。他可以确定了，苏小寿就是怕和他最后成不了，然后影响到她的声誉！这都什么事！他都不知道苏小寿脑袋里在想什么，和他牵扯上瓜葛，对苏小寿来说，不是一件有百利而无一害的事情吗？

"我那会儿突然有事。"这个说辞一听就是借口，她说到一半，干脆老老实实说，"我不好意思去啊！我就是怕。"她也觉得这样说很奇怪。明明现场有那么多人，不会有人注意到的，她过去看看根本就没有关系。但她就是不敢走进去。她就是很害怕。

霍元泽也不为难她，说："小寿，我们去找春天吧。"

苏小寿问："啊？"霍元泽笑了。

再开半个小时，霍元泽就把车停在了一家大酒店门口。有酒店的服务生上前拉开了车门："欢迎光临。"苏小寿下了车，局促不安。

大酒店金碧辉煌，走廊上都是如油画般的壁画，色彩绚丽。这么豪华的地方，苏小寿实在不知道自己应该怎么走路了。

霍元泽笑着说："我包场了，这里除了我们，没有别人。这个酒店最好看的地方是花园。我们去后面看看。"

他带着苏小寿穿过长廊，走过全是落地玻璃的餐厅，然后就来到一个平台上。站在这里，他们可以看见花园里的景色，还可以看见不远处波光粼粼的湖面。花园的草木都修剪得整整齐齐，青翠欲滴。花也开得很好，苏小寿看了一会儿，就认得右边那一排是粉红色的郁金香。

霍元泽说："我们去花园里走走吧。"

平台两侧有台阶往下，可以走到花园里。苏小寿跟着霍元泽往前走。她瞧了瞧两旁，仔细分辨了一下，确实认不出来这些是什么花木，只是觉得这些花木颜色搭配在一起挺好看的。霍元泽说："你喜欢看书，等下可以在楼上房间里看。"

来到这样的环境，苏小寿无所适从。她同学也有谈恋爱的，无非是图书馆、自习教室一起看书，食堂一块儿吃吃饭，然后出门散散步。根本不可能来到这种地方。她总觉得这地方不该是她来的。她对自己的定位还是很清晰的。

霍元泽笑了，说："小寿，你别客气的。"

苏小寿知道霍元泽是个有钱人，但到底他多有钱，苏小寿其实没有什么概念。她走了几步，突然问："霍先生？当时您为什么突然找我做家政助理？"

看这个花园就知道，是有专业的园丁打理的。别的不说，这个酒店里有那么多人做这一块都比她强，没道理霍元泽要去雇用她这么一个新人啊！苏小寿再往下想，就察觉到不对了。一直以来，霍元泽态度都很好，温柔到根本就不像是一个东家。在很长一段时间里，苏小寿都以为是霍元泽本身人好，但今天看到这个花园，再联想到之前被她忽略种种的细节，她心里有个模模糊糊的猜想，便问出了口。

霍元泽没有否认，温柔地说："对啊，我一早就知道是你。小寿，之前我在南江大学的时候，远远地看到你，就喜欢上了你。"

这句话，他说得半真半假。的确，当初他是有备而来，但至于有多喜欢苏小寿，他到今天嘴上口口声声说着爱，但实际上也就是那么回事吧。喜欢肯定是喜欢的，不然早就丢开手，而不是选择继续在她身上花心思。但他绝对没有达到非苏小寿不可的地步。

苏小寿脸慢慢地红了。也只有这个原因了。回想了一下，觉得自己好像还疏忽了什么细节。她说："霍先生啊，您没必要啊！"

霍元泽说："开心就好啊！小寿，你下个周末要回老家去吗？"

苏小寿挺想回去的。父母虽然都出院了，但都落下了更大的毛病。苏爸爸身体半边都没知觉了，苏妈妈只能出去做零工，一边挣点钱，一边照顾苏爸爸。现在家里没房子，他们暂住在小舅妈家。但这不是长久的事儿。他们一家人还是得找个自己落脚的地方。

只是眼下，他们没有这个能力。

好在苏小寿目前的学费不需要他们担忧了。她再去学点技术，看看以后能不能有空挣多一点。她也不贪多，只要能挣得出自己的生活费，也就够了。

目前，苏小寿也没有太大的盼头。她就是希望他们这个家不要再出波折了。她想顺顺利利毕业，然后顺顺利利找个活儿，再然后顺顺利利过日子。

苏小寿说："我不回去了。"

回去一趟路费也贵。她想省钱的。

霍元泽主动提出来，说："我送你回去吧。我把下周周末的时间空出来。"

苏小寿很想一口答应，但她觉得答应了不太好。她跟着霍元泽来到这么豪华的地方本身就是不妥的了。苏小寿心里有些鄙视自己，其实她心底也是有些虚荣的。她也想一步到位，不要吃很多年的苦头。

可这样的念头，是不对的。

苏小寿说："下周，我不回去。我爸妈情况还算稳定。我干脆等暑假再去吧。"

霍元泽笑眯眯地说："他们想你吧。"

说句心里话，看到苏家一大家那么齐心协力，霍元泽是诧异的。他见惯了袖手旁观，见惯了冷嘲热讽，见惯了笑里藏刀，这样的大力帮助，他是真的第一次遇到。苏家人倒是挺善良的。

苏小寿情绪有些低落，说："我知道。可回去待一天，就要回来，时间太短了。没事的，再过几个月就是暑假了。暑假的时间长。"

霍元泽笑着说："时间短不要紧的。我开车的，很方便。"

苏小寿说："不去了。霍先生，谢谢啊！我没什么事，这学期都不回去了。"

霍元泽就说："那行，你要回去，就跟我说一声就行，什么时候都可以。"

他微微一笑，他已经收到消息了。他相信苏小寿不会让他等太久。想到苏小寿肯定会开口去求他，霍元泽心里竟有一丝喜悦。

苏小寿咬着嘴唇。

不管怎么说，霍元泽这些日子来，一直是在帮她的。苏小寿感觉到他的暖意，而这暖意是热闹的，就像是春日里花团锦簇的花园，看上去明媚耀眼。不管她愿意不愿意承认，其实，她很想享受霍元泽的暖。苏小寿有时候觉得自己太不知好歹，一边接受霍元泽的好，一边还在拒绝，真的很像是小说里的半遮半掩的接受。

这个是不好的，但是真要让她彻底拒绝，她好像是不舍的。苏小寿知道自己一步步在滑入霍元泽编织的金笼子。她说："霍先生，谢谢您。"

说这句话的时候，苏小寿没想到这一刻很快就到来了。

晚上十点多，苏小寿接到小舅妈的电话。

小舅妈带着哭腔说："小寿，你爸爸……从楼梯上滚下去了！后脑勺着地，人已经昏迷了。"

苏小寿如坠冰窟。

她整个人都感觉不好了！为什么会这样！她家已经受不住打击了！一点点风都能让他们这个已经雪上加霜的家分崩离析。

她的声音有些木然，问："什么时候的事？我妈妈呢？"

小舅妈说："今天下午。现在医生说要做开颅手术。你妈妈同意了。我们几个亲戚帮忙凑了点医药费。"她哭起来，"你早点回来！"

苏小寿过了好一会儿，才反应过来小舅妈话的意思。她说："我这就回去！"她已经哭不出眼泪，神色都是蒙的。

霍元泽一直守在一边，安慰她说："我送你回去吧！这个时候就别推辞了！"

这样的场景何其相似啊！几乎是一模一样的状况，苏小寿在几个月后的今天又遇到了！

怎么会啊！一次又一次！命运怎么就不放过她呢！每次她的日子好一点，就给她整出一堆事儿，让她所有的努力全部白费！

苏小寿不明白自己做错了什么，要遭遇眼前的这一切！她从混沌的思绪中抽出一丝的清明！对了！亲戚们日子也很一般，她不能让他们无限期付出！她必须扛起一个家庭的责任！现在，她必须以最快的速度赶回去。

她说："谢谢！霍先生。"

苏小寿低着头，整个人恍恍惚惚的，自然是没有留意到霍元泽嘴角扯起的那抹似有似无的笑容。

霍元泽很快就控制好情绪，一脸担忧。他说："我们别耽误时间了，现在就去吧。"

苏小寿说："好！那就拜托了！"

这个点已经没有去南江老家的火车或者汽车班次了。这会她坐霍元泽的车赶过去，下半夜能到。

她问："霍先生，我们什么时间能回去？"其他的都顾不上了，苏小寿心中就只有一个念头，她要赶紧回去。迟了，怕什么都晚了！

110

苏小寿很想痛痛快快哭一场，可她也知道，再多的眼泪，也改变不了现实。

霍元泽趁机摸了摸苏小寿的头，他用顶温柔的口气说："小寿！别害怕！有我呢！"

苏小寿孝顺。她不可能不管她父母。他没有直接去握苏小寿的手。这一回，苏小寿的亲戚们也拿不出太多了，她除了接受他的帮助外，不会有别的路子走。他不急于一时，更愿意保持翩翩风度。总得小姑娘兴高采烈地来到他身边，霍元泽才觉得有些意思。

霍元泽说："我们现在就走吧。"

他带着苏小寿，很快就上了高速。

苏小寿坐在副驾驶上，看着窗外。

外头黑黢黢的一片，只有零星的灯火。她心里头一片凄凉。

原来，能安安静静读书，能平平静静生活，就是一种奢望。她还不知道自己能不能继续读下去。是的，助学贷款能帮她，可她也得有时间去啊！万一她爸爸有个好歹，她真的得在一边照应。

苏小寿后悔自己考得太远，早知道会遇到这些，她就不选南江大学，就在家附近上大学算了，这样还可以天天回家。她想起去年新生手册上提到的，大学也是可以转学的。她上的大学不错，可以申请转到录取分数线低很多的学校去。

这样吧，回去以后，她就去看看这个程序怎么操作。现在她爸妈这个样子，让她在外读书，她真的是放心不下。

她这样想着，眼泪不由自主地往下掉。原来，很多事都是她一厢情愿啊！她想得那么美好，可实际上很多事都没有按照她设想的那样发生。她努力地往前走，可不断遇到人生的岔路口。

车子往南开了个把小时，下起了雨。越往南边走，雨就越大，雨刮器刮得飞快，视线越发模糊了。到后米，外面竟然是一团水汽。

霍元泽说："服务区就快到了，我们避一下雨吧。应该是阵雨。"

苏小寿心里着急，但这个雨确实太大了。她说："好。"

霍元泽把车开进了服务区，停好，然后解开安全带，握住了苏小寿的手。他说："小寿，我知道你着急。不过，这事也急不来。我已经打电话给我一个朋友。他在你家那边，已经帮忙先去垫付了医药费。这个节骨眼，你就别推辞了，算我借你的，以后你再慢慢还我吧！"

苏小寿说："霍先生，您上次借给我的，您都不肯收。"

这对苏小寿来说，是很大一笔钱。她不知道自己要多久才能还上。

霍元泽说："上次的，是我送你。小寿，你要是再和我见外，我就真的不高兴了。"

他停顿了一下，"我不会要你做什么的。小寿，你别看轻我，更别看轻你自己。"

苏小寿心里涌起巨大的感动。是啊，又是多亏了霍元泽。如果没有他，她真的就不知道怎么办才好。她轻轻地动了动嘴唇，说："谢谢。"苏小寿已经不记得自己说了多少声"谢谢"了。她不善于言辞，话就这么些，但她确实很感谢霍元泽。他是在冰冷的雨夜里，向苏小寿伸出手的那个人。无论是为了什么，霍元泽帮了她，就是帮了，而且是实实在在的帮助。她接受了他的帮助，必须要感恩。

霍元泽温柔地拍了拍苏小寿的手，说："小寿，我要的不是你的谢谢。你努力喜欢我多一点，好不好？"

苏小寿没有回答，神色里是隐隐的担忧。她怎么会不喜欢呢？这样处处为她着想的霍元泽。

霍元泽说："不急的，你爸爸肯定没有事。"

天就像是破了个大洞，外头是瓢泼大雨，苏小寿神色凄惶，咬着嘴唇，嘴唇轻轻地颤抖，小声说："肯定不会有事的。"霍元泽看着她，心里不由得升起了几丝怜惜。他认真了一些，摸了摸苏小寿的头，说："有我在，别怕。"

这是个小奶猫一样的女孩子。霍元泽想，苏小寿也怪可爱的，反正她要的不多，养起来也很轻松，他愿意把她留在身边，一直去照顾。至于有点执拗，无非她是怕没有结果吧。他就给她一个结果。

苏小寿想哭又哭不出来，最后长长地叹了口气，说："为什么会这样呢？我一直很努力，没有做错什么。"可为什么命运要一直折腾她呢？一而再，再而三。她想得再好，都是没有用的。

"我会照顾你，照顾你的家人。"霍元泽伸出手，用力握住苏小寿的手，认真地说，"你的事，我管定了。"

苏小寿抬起脸，看着他，看了好几分钟，心思百转千回，实在难以控制住自己的情绪，扑到霍元泽怀中，呜呜咽咽哭出了声。

苏小寿请了一周的假。

在医院的全力抢救下，苏爸爸捡回来了一条命。但他受伤太重了，语言功能丧失了大部分，余生都得躺着了。苏妈妈要留在家里照顾苏爸爸，本身身体也不大好，不能太劳累，连零工都打不了。

苏小寿说："要不，我转学回本地吧。"

家里困难，政府会有帮扶。但家里确实需要人照应的。

苏小寿查过了，她是可以从南江大学转回到本地二本的大学。如果在本地读书，课业压力不重。她可以申请助学贷款，然后兼顾文凭和照顾家里。

但是，她的这一提议遭到了家里人的一致反对。

苏妈妈把苏小寿拉到一边，疾言厉色地说："你要敢转回来，我就当没你这个女儿！"

苏小寿说："你们需要我！"她已经打定主意了，要多打工兼职，补贴一下家用。

苏妈妈气得浑身直哆嗦，说："不行！我说不行就不行。"她抹了一把眼泪，"我们当爸妈的没有用啊！"自己家女儿，苏妈妈是知道的，熬了多少个夜，吃了多少苦头，苏小寿才考到南江大学。如果不是他们家里实在是太差了，苏小寿肯定会选择继续往上读书的。每每想起这些，苏妈妈和苏爸爸就很自责，都是他们拖累了孩子。尤其是苏爸爸，能说话的时候，提到这些，眼圈都红了。

苏小寿说："可是家里的状况……实在不行，我不读了。"

家里的状况实在太差了。她作为家中唯一一个健康人，必须挑起生活的重担。

苏妈妈的声音很有些刺耳，说："你要敢不读，你要敢回来！你爸爸不会活的啊！"

苏小寿几乎是他们家唯一的希望了。要是她在南江大学继续读下去，毕业后还能找到一个稍微好一点的工作。但要是转回来，她找到一个好工作的概率就会低很多。要是她现在就不去读书，随随便便找个工作，那么一辈子也就这样了。

苏小寿说："可是你们……怎么办啊！"

苏妈妈说："有低保，省着一点也差不多了。我们顾不上你了，你自己顾好自己！"

苏小寿一直觉得爸爸摔得蹊跷。她问："是不是爸爸怕拖累我？"

苏妈妈流着眼泪，说："你就别多问了。"

苏小寿心里有数了。她蹲在地上，抱着头，哭起来。说："爸爸妈妈，你们不是我的拖累啊！我就希望你们平安！"爸妈已经尽可能给了她一切了！

苏妈妈说："好好读！别转学！"

苏小寿哭得上气不接下气，说："好！爸妈，你们要好好的，不能再吓我了！"

苏妈妈问："小寿，你跟妈妈说实话，医药费是怎么来的？你怎么会认识有钱朋友的？我听你小舅妈说……上次有个有钱老板借给你钱？有这回事吗？"

苏小寿抬起脸，擦了擦眼泪，想起了霍元泽教她的那套说辞，说："妈妈，其实是同学帮忙筹集的。同学们对我挺好的。还有老师们也很好，帮了我的。"

苏妈妈放下心了，说："那就好。"她拍了拍小寿的手，说："我们这种家庭，踏踏实实过日子就好。"

是啊，踏踏实实的。

苏小寿半低着头。

家里都这样子了，她还有什么心情去恋爱？

对于她来说，浪漫唯美的爱情是奢侈品，面包和药费才是摆在她面前的头等大事。

苏小寿说："好。"顺其自然，且看命运怎么安排。人生有那么多岔路口，走一步看一步吧，也许走着走着，她就和霍元泽走散了。

第十二章　秋日

忙起来的日子过得飞快。

苏小寿知道，只要她开口，霍元泽一定会帮忙。但是她不想再去开口了，霍元泽已经帮了她太多。好在苏晓秀给她介绍的那份工作，收入还不错。她在大学里旁听了课程，学了软件，边干边学，几个月下来，已经能简单地设计了。

设计这一行，是要不断钻研学习的，随着她设计水平的提高，收入也会提高。

她的课业依然很重。她不求深造，学起来比之前稍微轻松一点。

几乎是天天熬夜，苏小寿不是在学习，就是在刷技术，或者是打工。她吃得又不好，几个月下来，人都瘦了一大圈，走路都觉得自己的步子在晃。好在她年轻，身体还算扛得住。

虽然加班很苦，但每次收到劳动报酬，苏小寿还是很高兴的。

工作给她带来了收入，更带来了底气，让她很有安全感。她把打工挣来的钱，留下了一点生活费，然后都寄给了父母。好在父母的病情都稳定了。只要他们情况不往坏里走，他们的生活就有希望。

四年，不对，还有三年，她就可以去找工作了，然后真正养家！

她是不怕吃苦的，大不了多干点工作，这样还可以还上霍元泽的钱！她心里牢牢记得霍元泽借给她钱的数目。人家不要她的是人家好心，但是她不能把人家的好心当成理所应当。

霍元泽一直在等苏小寿开口求助，可他等了几个月，苏小寿宁可自己夜夜加班，也没有对他求一个字。

他简直难以置信！明明苏小寿知道有捷径的。有他这棵大树在，她为什么不攀上呢？

因为苏小寿天天忙，霍元泽想见她都得掐着时间，生怕待得久了，影响到苏小寿的兼职。毕竟她那些事情都是要做的，她除了读书，还有那么多网文稿子要看，有那么多图要去设计。这还是他头一回去花心思等一个人。好在网站这个兼职工作也是他安排的。霍元泽稍微暗示一下，网站那边就把工作量减少了七成。这样苏小寿就有更多时间跟他培养感情了！不曾想苏小寿是一个闲不住的人！她居然还不断自学新技术！

霍元泽既无奈又欣赏。他觉得自己眼光不错，运气也不错，随手一捡，就能遇到一个很不错的苏小寿。霍元泽是真没意识到，在漫长的追求中，在持续的关注中，他把苏小寿一点点放进了自己的心底。

到了暑假结束的时候，苏小寿已经能有模有样设计出图了。可霍元泽追求苏小寿的进度还是停滞不前。

这样下去可不行。

霍元泽想了半天，也想不出来追女孩子的新鲜招数了。可他用真心，得花很多时间。霍元泽倒是除了工作，把自己的时间全都空出来了。可苏小寿没有啊！他任何时间去联络苏小寿，人家都在忙。而这种忙是真忙，不是假话。

这种感觉也真是稀奇。以前总是别人去迁就他，但到了苏小寿这儿，就是他去迁就苏小寿！

窗户纸虽然是捅破了。可他和苏小寿之间还是雾里看花、水中望月。关系是比之前亲近许多，但是也没有相爱燃起来的感觉，始终不温不火的。他能感觉得到苏小寿心里有自己，但出于种种原因，她还是有保留。

可到底怎么做，他和苏小寿才能更进一步呢？霍元泽以往的经验都是没有用的。那些套路，在苏小寿这里统统都失灵。而让他去问其他人，他也拉不下面子，就自己摸索着往前走吧。

在这样漫长的追逐中，霍元泽的耐心反而在一点点增加。

大二转瞬而至。

苏小寿的课程更多了，再加上兼职，竟是忙得不见人影。

霍元泽特别无语，他给苏小寿找的工作，是想让苏小寿能轻松挣到钱，然后有时间去陪着他，可不是让她拼命刷技术、接单、加班的！可眼下，苏小寿竟然一头扎进工作里了！

霍元泽找了苏小寿好几次，谁知苏小寿总是在忙，即便是在他身边，也是时不时掏出手机看着教程！这样下去，他还怎么和苏小寿进一步交往。他并不满足于两个人的关系就停留在这一刻。目前，他们两个是朋友以上，而距离恋人，还差那么点火候。

要不是一直知道苏小寿身边没有其他人，霍元泽一天到晚见不到她，想着都不放心。可霍元泽也知道，感情的事情是不能一拖再拖的。如果再拖下去，他和苏小寿的关系只怕就停在这个层次了！

一定要想个办法。

他摸出手机，然后从通讯录里调出了苏晓秀的号码。

初秋的学校里，弥漫着桂花的香气。

苏晓秀逐渐像个普通的大学生了，打扮低调了许多，和男朋友分了手，也和舍友们恢复了正常的往来。她之前那些事，大家都默认为是她刚进入大学，没人管，是一时的放松。好在苏晓秀及时醒悟，日日苦读，又有苏小寿的辅导，可以混个六七十分。

苏晓秀要重修，又要多学几门功课，拉高学分和平均绩点。她的课表和苏小寿是不一样的。

这天中午，苏晓秀约苏小寿、陆雅、杨容三个人一起吃饭。

苏晓秀说："今天是我的生日，我订了个蛋糕，我请大家去校外的川菜馆吃一顿。"

四个人心里的芥蒂是有的，但大体上的和谐还是做得到的。苏晓秀过生日请客吃饭，大家肯定都会开开心心去的。陆雅说："好啊！生日快乐！"苏小寿她们三个还一起买了束花送给了苏晓秀。

吃饭的地方就在大学附近，一个很普通的菜馆。学生们想吃点炒菜，都会来这样的小店。

苏晓秀也收敛了傲气，态度很好，在同学们中很合群了。她笑着说："我点个水煮鱼，再来个宫保鸡丁，你们想吃什么，自己看呀。"她把菜单递给了苏小寿，"你多点两个菜呗，这些日子多亏了你的笔记！"

苏小寿看了看菜单的价格，选了便宜的，说："那就青椒土豆丝好了！"

苏晓秀横了她一眼，笑着说："这么给我省啊？再点个荤菜嘛！"

苏小寿翻了一遍菜单，说："那就回锅肉吧。"

这一顿饭，大家吃得都很高兴。

苏晓秀说："我最近看了一本网文，火了！文笔比你们都差。你们肯定也写得出来，要不要去写写看啊！"

陆雅说："坚持不下来啊！而且我不太喜欢看这类小说。小寿可以去试试。"

苏晓秀说："对啊！小寿，要是写得好，你一下子就名利双收了！"

杨容想了想，说："小寿已经很忙了，再接个兼职，忙得过来吗？"

苏晓秀说："我看小说看得比较多，然后遇到一个作者，我问问，如果人家能帮忙介绍一下，应该要容易一些吧。"她转过脸，对着苏小寿笑着，说："你就去试试看！没准儿就成了呢！"

苏小寿也很感谢苏晓秀介绍了好几个工作给她。她说："我试试看。"

就像苏晓秀说的，万一成功了，她的日子会好过很多。她很希望自己能早点成功，这样她会有更多收入，日子会好过一些。

提了一点，苏晓秀就适可而止，不再说这个话题。她说："也不知道现当代文学学什么。"

教授是术业有专攻的。大二的时候，换了新课程，来讲课的老师也是不一样的。其他老师都是老教授。苏晓秀去打听过了，都很好说话，只要老老实实上课，认认真真复习，就能有个好结果。

只有现当代文学的老师名字很陌生。

教她们当代文学的老师叫吴湖，是刚来南江大学任教的，具体年龄不知道有多少，看起来比她们大不了几岁。

苏晓秀起了心思，南江大学的老师，收入不错，社会地位也不错，而且还会有教师宿舍，有地方住。如果她能搞得定这位吴老师，将来的日子肯定不错。

经过了大一那些事情后，苏晓秀一下子清醒了许多。找个有钱的总裁不现实，找个年轻的同龄人，她又实在没有耐心去陪着他们一起成长，从零开始奋斗，而且她也怕自己辛辛苦苦陪一场，等到人家功成名就，然后就换人了！那么，她就看看这个吴湖老师吧。

比起自己奋斗，苏晓秀还是觉得凭借着年轻貌美，找个长期饭票比较简单。她收拾了一下自己，装成一个态度好的学生，低眉顺眼地天天去上课。

吴湖老师也开了一个书单。苏小寿看了一下，最后一页，有很多张恨水的书。

苏小寿想了想，说："他的研究方向可能是通俗文学。"她上知网查过，吴湖写过几篇有关张恨水的论文。

杨容说："我们现当代文学的卷子不是他出吧。考研的时候，通俗文学不是考试的重点啊。"

南江大学很多学生选择深造。陆雅和杨容就打算继续读书，没有把握会被保送，便从大二开始准备研究生入学考试了。

陆雅说："是啊。我也不太喜欢通俗文学。"她总觉得通俗文学没有那么高大上。

这门课中有百分之三十的分数是学习笔记。也就是说吴湖开的那个书单，她们是一定要读了，而且做摘抄，写读后感的。

118

苏小寿说："认真看了，然后做了作业，过是没有问题。"

陆雅说："也不知道他是什么套路，我都急死了。"陆雅的成绩比杨容好一点，卡在很可能保研，但又可能轮不到她的那条线上。她就更关注学业了。

保研对成绩有要求，平均分越高越好。所以陆雅现在对每一门课都认真对待，尽可能每次都考得好一点。

杨容很惋惜苏小寿，说："小寿，你真不准备再读了啊？太可惜了！"

苏小寿专业成绩是第一名，门门都好，论文写得很不错。这样的学生，老师们都很中意。如果她愿意，保研本校几乎就是板上钉钉的事。

只是，苏小寿早早言明，她毕业后就得找个工作。

说对读研究生没有想法，那是嘴巴说给耳朵听。只是她这种家庭的女孩子，能读完大学就很好了，没办法供得起她深造。

苏小寿说："早点工作也好的。"

陆雅生怕苏小寿不去工作，又多个和她竞争保研名额的人。她马上说："是啊！说不定，将来小寿找了个好工作，月收入杠杠的！"

苏晓秀正在慢条斯理地喝汤，心里暗自笑。她们几个还真是塑料姐妹情，真扯上利益，就各有各的想法了。看吧，苏小寿对陆雅也不错，笔记都是苏小寿做的，可人家也未必希望她好。

杨容有一门低于了七十分，不能保研，横竖都是要自己考的。

她说："有机会还是往上读书啊！学历是刚需。小寿，研究生可以申请奖学金的！花不了多少钱。"

苏小寿觉得咬在嘴里的玉米烙都不甜了。她健健康康一个人肯定是没问题，随便打工都可以读得了书，可她爸妈需要用钱的地方多啊！之前是多亏了霍元泽，可以后不可能一直靠他啊！

她说："我肯定要工作的。"没什么好难受的。这是她应该承担起来的责任。

苏晓秀说："我也直接去工作。"

她不想再读了。如果能和吴湖结婚，她打算找个清闲的工作，早点生个孩子，把人牢牢攥在手心里。叫她看那些文学作品，她实在看不下去，偏偏吴湖是读书读出来的，要接近他得懂一点书。好在不是还有苏小寿吗！苏晓秀说："小寿，你的读书笔记到时候匀一本给我。"

苏小寿是个正宗的好学生，除了老师布置的阅读书单上的书，她课外还看了很多书，不用督促，自己就会写读书笔记。大一一年下来，她就有六本读书笔记了。每一本都记得井井有条，而且苏小寿字写得特别漂亮，看她的笔记本简直是赏心悦目。至于日后会不会露馅。苏晓秀微微一笑。等到她搞定了吴湖，人家怎么好意思去和

119

她纠结这些细枝末节。再说了，她自己也会大概翻翻那些课外书，只不过，不会全部读就是了。

四个女孩子吃完饭，就手拉着手，一起往教学楼走。

下午就是现当代文学课。她们把书都带在身边，然后直接走过去。距离上课还有十五分钟，同学们来了一半，前面两排的位置是空着的。苏晓秀拖着苏小寿就往第一排坐，陆雅和杨容犹豫了一下，坐在了第二排。

苏晓秀说："老师课件字太小，坐后面看不清楚。"

苏小寿没多想，便找出从图书馆里借来的《金粉世家》看了起来。通俗文学作品看起来很快。这部小说，她已经快读完了，心里不免有物伤其类的感觉。富家少爷和女学生的故事，好像在每个年代都不稀奇。结果也是显而易见的。

她看得认真，微微抬眼，猛地发现自己面前站着一个人，抬起头，看见正是吴湖站在了她的旁边。

吴湖是个身体修长的年轻人，穿着很普通的白衬衫，戴着眼镜，看起来很斯文。

苏小寿赶紧合上书，说："吴老师。"

吴湖笑着点点头，说："《金粉世家》？"

苏小寿说："是的，吴老师。"她想起来吴湖写过的论文，本想还顺着说一句，后来想想没必要说话的，就不再吭声了。

苏晓秀说："吴老师，我最近也看书了呢。看了……"她想了几秒钟，终于想起来书名，"《边城》。"吴湖微笑地看着她。

苏晓秀一时卡壳，想不起来小说的作者名了。

苏小寿赶紧侧过脸，用很轻的声音，说："沈从文的。"偏偏苏晓秀听岔了，说："沈重的，写得很特别，语言优美。"至于，怎么个好法，她是真的想不到词来形容了。

苏小寿很无奈，作者名字，这都能说错啊！但现在再去提醒苏晓秀也来不及了！

杨容用书本挡住了脸，陆雅好不容易憋住不去笑。

吴湖有涵养，没有当场戳穿，只是点点头，笑着说："多看书是好事。"

他转身走上了讲台，开始了今天的授课。

苏晓秀心里暗自得意，和吴湖搭上话，是成功的第一步。

一天的课程就这么结束了。

苏小寿吃过晚饭，便去图书馆，处理今天的工作。好在今天的任务不多，她做熟练了，很快就能完成。她做完后，想起来苏晓秀的提议，便新建了文档，写起一本关于总裁的小说。

她快速敲击键盘，很快就写到电子阅览室关闭的时间了。

又是很忙的一天，一忙她就忘了霍元泽的存在。实际上，她想霍元泽的时间越来越少，生活有那么多事情，一桩桩，一件件，很快就把她的时间切割成很多块，然后一一填满。

他们的生活完全没有交集。

她没有那么多时间，去和霍元泽复述每一天发生的事情。没有交流，她对霍元泽的感觉越来越淡。再回头去看，自己最初的那点迷恋，似乎有点可笑。

苏小寿也有过不劳而获的念头，想着就这么靠着霍元泽也是很好的。不过，她到底是觉得靠自己才是最牢固的。她人生的苦味，她自己去调糖化解。

不过，她还是要感激霍元泽的，在她最艰难的时间，他是帮过她的。她记得这些闪闪发光的瞬间，打算攒够了钱还。如果霍元泽不收，她就以霍元泽的名义去捐赠给需要帮助的人们！

另一头，霍元泽很不甘心，就像他跑马拉松，明明已经看到了胜利的彩旗，可呼啦啦一阵风，把旗全吹走了，然后再来一阵大雾，根本看不见路了！

放弃是最简单的，可真要他放弃，霍元泽不肯。但他确实找不到时间去相处，也找不到话题去和苏小寿聊天。没有交流，本来就不算特别亲密的两个人越来越淡薄，好像从前那些暧昧都不复存在。

第十三章 年会

苏小寿写得快，一个小时专心写文就差不多能写五千字。一天多写两个小时，就能写到上万字。有空的时候，苏小寿就往前赶稿子。大半个月下来，她居然都快写到三十万字了。

在有差不多十万字存稿的时候，苏小寿就把小说贴在了网站上，点击率一路上涨。没多久，她得到了网站的一个主推荐位，小说的数据就更好了。

她签约的过程很顺利。到十月中旬的时候，苏小寿的这本书就完结了，网站买走了她的书，她收到了人生中的第一笔稿费——五千元。

这个数字远远超过苏小寿的预期。再加上这几个月来，她当编辑和设计得来的零零碎碎的钱，除掉花掉的七七八八的费用，苏小寿自己存到上万块了。

苏小寿非常高兴，干脆跑到银行，给自己又办了一张银行卡，把这些钱都存进去。

这几份工作，她都打算继续下去，趁着年轻，多攒钱，然后努力去过上好日子。经过父母生病的事情后，苏小寿越来越觉得要存更多的钱。只有自己强大，存够钱，才能去抵御突如其来的意外。

她写得快，在前一本还在连载的时候。她就写了新的小说。国庆那几天，她哪里都没去，正好宅在学校里码字。等到上一本完结的时候，她的新小说就有了差不多二十万字的存稿。

一切都在有条不紊地往下走。

在工作中，她的设计水平在不断提高。她在网上认识了别的小设计和小写手，大家互相交流着行业的经验，还有人介绍她去别的地方接单，介绍她去别的网站写小说。

她一个人同时写两本书，确实有压力，但是收入会多一些。那本书在别的网站数据也不错，版权也让人买走了。只不过，后一本的价格，买方压了又压，到手也就是两千多一点。她刚起步，有稿费，她就很开心了，并不在乎钱少一点。

这样算下来，苏小寿的收入就更多了。

苏小寿的日子虽然过得很忙，没有多少时间可以休闲，但是她觉得又充满了希望。没有什么比自己能堂堂正正挣到钱，更让她觉得开心了。她很有底气。

她忙来忙去，日子过得更是飞一般地快。到了十月底的时候，苏小寿终于想起来自己要期中考试了。这些日子，她忙于工作，学业上没有以前那么拼，虽说也能完成老师布置的任务，但肯定不如一门心思在学习上的同学们。

苏小寿不着急。毕竟，对于分数，她只要维持在中等以上水平就够用了。关键是她要多读书，增加自己的阅读量，然后可以更好地去写自己的小说。

没过多久，苏小寿就收到一张邀请函，日子就定在了十一月初的周末，地点是距离她学校没几站路的一个大酒店里。

网站邀请她参加一年一度的年会。

苏小寿上网搜了一下，年会一般都是在岁末年初，十二月底或者一月初，比惯例提前了一个多月。不过，作者群里也说了，这是第一届作者年会，以往都没有搞过，现在有别的网站过来挖好的作品，估计是网站为了想要留住作者而搞的活动。

苏小寿认可了这个说法。她有些犹豫要不要去，毕竟去一趟要一天时间，而且是周末。这一天她全力以赴码字，就能写三万字。可作者朋友都说，该去看看，大家都是网络上交流，现实里都不认识，正好网站搞活动，大家可以见一见面。苏小寿便答应了。好在存稿也是够的。

于是，在年会的前一周，苏小寿每天就在学校的机房里多待一个小时，强迫自己加快打字的速度，一天写出来更多的稿子。

人是不能松懈下来的。奋斗，努力，她踏踏实实一点点地干。

苏小寿现在越来越觉得自己很棒。她原来十分担忧扛不起一个家庭的重担，但是她现在越来越有信心，能够赡养好自己的父母。小时候，父母为她遮风挡雨，尽可能地护着她。现在，轮到她站起来，去照顾父母！苏小寿要靠自己的双手，让父母过上快乐的生活，能够在晚年住得上房子，看得起病，想吃肉的时候，就可以买肉吃；想吃水果的时候，就去买水果！

让家人过得更好、更幸福，就是她这么拼的动力！

在她的刻意练习下，苏小寿一个小时的码字速度又提高了。反正她每天一定要写到两万字才肯罢休。手指在键盘上翻飞，敲打出一个个字和标点，然后成了一句话，几句话凑成一个段落，许多个段落构成一个章节。

苏小寿就这样写啊写啊，终于在去年会前赶出了大量的存稿。她算了一下，比预期的要多一点。有了充足的存稿，苏小寿的心里才不慌。

她看了一下地图，坐地铁要几站，但是走路，由小巷子过去，四十几分钟就能到的。于是，她便选择步行前往。

在生活里，她是很节俭的。

南江是个大都市，很是包容，有宽阔的主干道，有高入云霄的摩天大楼，也有窄窄的小巷子，以及低矮的旧民宅。这些掩映在宽大梧桐树后的二三层宅子，位置更好，大部分是快一百年历史的老房子，在市面上的价格很贵。

在学校的食堂吃了两个菜包子后，苏小寿根据自己查来的地图，出了校门，七拐八绕，然后沿着小巷子走。

一路走来，梧桐树宽大金黄的叶子纷纷落下。她踩在树叶上沙沙地响。

南江的深秋还是很美的。

苏小寿抬着头，呼吸一口空气，觉得这空气里弥漫着快乐的味道。

在网站，她不是一个需要人帮助的弱势困难学生，而是一个作者，一个靠着自己本事吃饭的劳动者，不仅能自食其力，还能因为工作获得报酬去照顾家人。

她很有成就感。

然后，苏小寿就在道路上看到一个熟悉又陌生的身影。

"小寿。"霍元泽从一个小巷子走出来，然后一步步走向苏小寿。

苏小寿愣了愣，还是笑出来，打招呼，说："霍先生，好巧啊！"

霍元泽解释说："我在这附近也有房子，这些日子住在这附近，周六早上没什么事，出来散步的。小寿，你吃了没有？没有的话，我们去吃点好了。这附近有家生煎不错。"

再见到霍元泽，苏小寿的心里起了一些波澜，但没有以前那样心跳的感觉了。有一段时间，她是仰望着霍元泽，打心眼里佩服他，感激他，喜欢他。但是这些日子忙下来，苏小寿发现自己没有以前那么喜欢了。苏小寿说："谢谢哈！我在学校里吃过了。霍先生，您以前借给我的钱，您不收，我就以您的名义捐出去了，是捐给山区的孩子，资助他们读书的，留了您的号码。"

她很感谢他。但是她已经有自己的人生要走了，所以，还是不要和高富帅的霍元泽有牵扯吧。既然害怕自己乱花渐欲迷人眼，那就不要去见那五光十色的乱花。

这个事，霍元泽当然知道，因为受捐助的组织，将山区学校的感谢信转寄给了他。苏小寿和他所有遇到的女人都不一样，她守着那一大笔钱，居然都没有随随便便花掉，而是捐了出去，还不是以自己的名义。这样的人，品质是真不错，霍元泽很欣赏。

有些日子没见到了，苏小寿的气质褪去了几分胆怯，多了几分从容，眉宇间有一股从容的英气。而她那双水汪汪的眼睛里，不再是惶恐，而是闪耀着钻石般的光泽。

苏小寿更加自信了！

霍元泽说："我以为，我们至少还是朋友。小寿，就是一顿早饭而已。"

苏小寿笑盈盈地说："谢谢您！"

她抬起脸，看着霍元泽。大约是晨起散步的缘故，霍元泽穿着十分休闲，显得比平时年轻了两岁。

霍元泽说："走吧，就在街角。"

他领着苏小寿走在人行道上，不多时，就来到一个小小的门店。店不大，就只摆了一张桌子。

霍元泽说："我前几天散步的时候路过这儿，想起来你以前说过，你爱吃你们学校门口的生煎包，然后就走进来，没想到这里的生煎包味道挺好的。"

苏小寿说："您还记得啊！"

这些事情，如果不是霍元泽提起来，苏小寿完全记不住了！明明没有过去几个月啊！为啥苏小寿觉得就像是上个世纪发生的事情。日常的这些细节，她是没有留意的，有些话，她是顺口说的。

霍元泽当初还真是喜欢她的吧。苏小寿心里有一丝丝的甜意，很快，又泛起了涩味。到底就是这样错过了吧。

霍元泽说："我都记得和你相处的一点一滴呀。小寿，我还去学校找过你好几次。给你发信息，你要很久才能回。给你打电话，你十次有九次是接不到的。"

确实是她太忙了！顾不上去接电话，更没有那么多时间发信息了。苏小寿解释说："霍先生，我接了很多工作，确实是太忙了。"

写小说的时候，苏小寿是要心无旁骛的。

霍元泽说："没事，就是你为什么总要拒绝我给你的帮助呢？"

明明苏小寿是不需要过得这么辛苦。凑近可以看出来苏小寿又瘦了一圈，整个人像个瓷娃娃。

霍元泽心疼了，说："你这又是何苦呢？"

苏小寿说："不苦的。"能读书，能挣钱，父母身体好一些了，日子又有希望，她并不觉得辛苦。再说了，年轻人，又有哪个容易的？

就拿网站作者来说吧，哪一个人不都是一个字一个字写出来的？还有那些设计师，哪一个不是一个作品一个作品做出来的？

本来嘛，挣钱就是不容易的嘛！哪有天上掉馅饼？

苏小寿说："我现在挣得还行，日子比之前好多了。"

霍元泽问："那你还能像以前一样专心看书吗？小寿，你学习成绩挺好的。你就不想往上读了？"

苏小寿说："得先过日子嘛！总得取舍的。"

很多时候，人生就是单行线，选择了这个，就不能去要那个。能有现在这个样子，已经很好了。苏小寿对现在的生活状态表示满意。

霍元泽看得出来，苏小寿只顾着工作，对他没意思了。他说："小寿，我呢？你还是不信我吗？"

虽然自己写着霸道总裁，但是真有一个总裁站在自己面前，苏小寿还是不敢要的。她怕日后婚姻有风险。苏小寿问："霍先生，您年轻有为，应该身边不缺女孩子呀。"

霍元泽身边自然是不缺风景的。可只有眼前这个苏小寿，是他自己用心去追，而且到现在还没有追到的。他说："不是你啊！"

生煎是现做的，老板娘做好端了上来，霍元泽倒了一些醋进去，说："小寿，你尝尝看。"

这些东西是苏小寿见过的。为了拉近和她的距离，霍元泽算是煞费苦心。苏小寿津津有味地吃了起来，说："比我们学校门口的好吃。"

霍元泽要了两碗豆浆。

其实，他从不到路边摊去吃，也吃不惯。可这是苏小寿的世界。他便只好低头走进看看。

见苏小寿很习惯地吃着，他觉得自己这步棋总算走对了。

霍元泽说："嗯，你们学校附近有家鸡蛋煎饼也不错。"

他是做过功课的。他让自己的私人助理去南江大学附近的小摊子小饭店全部吃了一个遍，并且拍照，制成图，并在地图上写明名称，还要形成味道调研报告。

有这些资料在，霍元泽就算是没去吃过，也能说上几句了。

苏小寿很意外，问："霍先生，您去过？"

霍元泽认真了神色，说："是啊！我去找过你好几次，不知道你课表，又联系不上你，就只好随便转转了。"

这一番话说得苏小寿低下了头。这些，她真的不知道。

她的神色不太清晰，低声说："对不起。"

霍元泽说："我不要一句对不起，我只问你，你是否还愿意嫁给我呢？"

苏小寿猛地抬头，思绪有些混乱。她问："什么？"

为什么霍元泽会那么问？之前，他们也不算男女朋友吧！

她有过心动，但从不敢想霍元泽会真和她结婚。

霍元泽眼里有些失望，嘴角微微上扬，笑容有几分涩意。他说："你从没有信过。我诚心而来，想娶你为妻。"

苏小寿说："霍先生，您很好。"

都是过去的事了。现在霍元泽很好，她也很好。这样就够了。

就像外头巷子里的梧桐树，金黄的叶子已然落下，找不回春日里的青翠欲滴。

过去就是过去了。

她找不到最初在霍元泽身旁时的感觉，那种卑微而小心翼翼压抑的喜欢。

霍元泽是她生命中绚烂的烟花，可惜只能去她十八岁记忆的夜空去看。

自己才是自己最大的倚仗。

霍元泽说："小寿，我要的，不仅仅是你觉得我好啊！"

苏小寿很诚恳地说："霍先生，我其实挺一般的，没有那么好。每天的生活也是很无聊的，没什么可以说的。"

她是芸芸众生之一，丢在人群里，都不会有人注意她的。

能过上安静而又平凡的生活，苏小寿就很高兴了。

她不想要大风大浪、大起大落。霍元泽说："我愿意娶你，只要你肯，我们很快就可以办理结婚手续。"

苏小寿笑着说："霍先生，我现在就想好好读书，好好工作。"她是打心眼里觉得鲜花般的浪漫华而不实，她还是觉得日子就是落在柴米油盐酱醋茶上，得有人间烟火味儿。霍元泽太好了，对她也太好了，总让她觉得这不现实。她是真怕这是一个梦。彩云易散琉璃碎，到头来，什么都没有。

霍元泽真不知道该怎么接话了。这个苏小寿一本正经地坐在他跟前，跟他说工作，这个样子太像他的下属了，和他之间完全没有一点旖旎的味儿，还不如之前苏小寿给他当家政助理的时候呢！

他说："给我个机会，让我去照顾你吧。"

苏小寿认真了神色，说："霍先生，您很好。"

她低头喝了一口豆浆，这里的豆浆很甜。其实，她真没有她看起来那么平静。在心底，还是有一个声音，小小声地说，要不，再接触看一看。霍元泽是真的好，也许这种小概率事件就在她身上发生了。可能，她就遇到了童话，可以和深情又多金的总裁在一起，然后可以一直幸福。

"小寿，给我个机会吧！"霍元泽停顿了一下，又说，"我待你一片真心，我知道你喜欢我，就是害怕没有结果。你不做没有结果的事。"

被说中了心思，苏小寿的脸色微微发白。

霍元泽敏锐地察觉到了，说："小寿，你是不是害怕失恋？你点头，我们就可以结婚的。"

苏小寿目光躲闪，当然害怕。她真的输不起，也没有时间和精力去输。在她的人生里头，那些曲折的情节最好不要有。

看着霍元泽的眼神从有光彩到一点点的黯然。苏小寿心里头也不好受，如同屋外满地的梧桐碎叶。

她不知道自己是怎么吃完剩下的小吃的，更不知道自己是怎么走出这家小店的，整个人都有点昏昏沉沉的。等到她回过神的时候，就已经置身在年会的现场了。

年会在南江的一个很大的酒店里。网站包下了一个很大的宴会厅来做活动。

暖场是跳舞，一群年轻靓丽的女孩子在台上又唱又跳，现场气氛很是活跃。苏小寿坐的位置是靠后的，藏在乌泱泱的人堆里，不算显眼。其实，在作者里面，她不算是一流的那类作者，数据也就是刚刚能拿到这张入场券。但这也够了。之后是网站的负责人在台上讲话，给编辑们、设计们、工程师们、后勤们、作者们加油鼓劲，告诉大家最后两个月要冲一下业绩，明年争取更好的成绩。这个环节挺无聊的。

再来两个热闹的节目后，就是给优秀员工、优秀作者发奖，紧接着就是几位优秀员工和优秀作者代表依次发言。

这些没有苏小寿的份儿，所以她不是很关心。正在苏小寿觉得年会有些无聊的时候，旁边的人问："你好，我是男频的。你是……"

旁边的人和她年纪差不多大，苏小寿说："我来自女频。"

作者们大部分都很年轻，很多都是在读的大学生，或者是刚毕业的小年轻。

那个男频作者说："你去外头领了卡片没有，等下有个抽奖环节，神秘嘉宾要给幸运人抽奖，听说一等奖有一个五千元奖金，二等奖有两个三千元奖金，三等奖有三个一千元奖金。"

在场的人那么多，获奖的人数就那么几个。苏小寿并不抱希望。

她问："上午就开会吗？下午呢？"

男频作者说："中午管顿饭，等下下午去参观公司，然后座谈会。下午四点就散了。"

这个流程也确实不够有趣。

苏小寿来的时候没有带包，走起来特别方便。她再坐了一会儿，觉得没趣，以后还是蹲在电脑前老老实实码字更新吧，不出门参加什么活动。

她希望工作往前赶，空出一些时间去应对突发情况。

反正现场那么多人，少了她一个人也很正常。只是她的位置有些尴尬，想要出去的话，得经过很多人，要从前门走。不过，酒店宴会厅一般都会留消防通道，所以，不止有一个门。只是现场的灯光比较暗，她一下子没找到。

苏小寿往后看了看，总算在很暗的地方，发现了有一个小小的侧门。上面有个绿色的灯，显示安全出口。从那边肯定也能走出去。她站起来，没有和任何人打招呼，然后走到那扇门边，推开门走了出去。

门口是个走廊，右边是堵墙，左边十米外有个拐弯。走廊只有一边有壁灯，光线很暗。

苏小寿留意了一下，找到了指示牌，然后顺着指示牌走，七拐八绕后，找到一扇门。门是关着的，苏小寿拉了拉，拉不开，就只好往前走，再绕几个弯，又到了一扇门。她推开门，光线骤然就亮起来。然后她被人用力一拉，拖到了怀里。

下一秒，苏小寿就听见"砰"的一声响，一盏垂着无数小灯的灯盏掉了下来，碎了一地玻璃碴子。

苏小寿没回过神来，抬起脸，就见到一个熟悉的面容。

"霍先生？"

霍元泽紧张的神色缓和了一些，温柔地说，"小寿，你没事吧。"他很自然地松开了手。

苏小寿反应过来，说："我没事。"她担忧起来，问，"霍先生，您还好吧？"

霍元泽说："我还好。"他顿了顿，说，"还好，我刚准备打开这门。你没事就好。"

苏小寿很意外，问："您怎么会到这里呢？"

眼前的霍元泽西装革履，文质彬彬。霍元泽说："我投资的一个公司在这里办年会，我提前来了，本想去嘉宾等候室，不曾想走错路。"他停顿了一下，说，"幸好走错路。"他手臂往后缩了一下。

这里光线不好。苏小寿这才发现霍元泽的袖子上有血。她心里一紧，脱口而出，说："你……您受伤了！"

霍元泽轻描淡写地说："没什么的。"

这就是他真受伤了！苏小寿不由得担忧起来。她说："快去包扎一下吧！"

霍元泽说："好。小寿，我都听你的。"

很快，酒店经理就带人到了，一个劲儿地道歉："对不起，嘉宾休息室在重新装修，我们给您准备了一间房。"

苏小寿不大高兴，问："你们怎么没放指示牌？"

酒店经理态度非常好，说："真太抱歉了，施工队提前来施工，我们后勤保障部的同事没有对接好。我们送两位去医院检查吧！"

酒店经理和几个员工陪着，送霍元泽和苏小寿去一家私立医院做了全套检查。

这家医院的设施非常好，窗明几净的。体检部今天就他们两个来做检查，不需要排队。就是项目比较多，一项项下来，也做到了下午一点多。

霍元泽的伤口不深，但口子很长，缝了几针，看得苏小寿很心痛。

她说："霍先生，谢谢！"好像苏小寿已经和霍元泽说了无数声"谢谢"了。

霍元泽只是笑了笑，问："饿了没有，我让阿姨做了送来。"

苏小寿说："刚才酒店经理说他们安排。"

霍元泽说："我让他们回去了。我家新请的汪师傅是你们那儿的人。你尝尝看，手艺怎么样。"

苏小寿出神地看着他的袖子，问："霍先生，疼吗？"霍元泽说："打了麻药，还好。刚才你也听到了，没有大碍的。"做了美容缝合的，将来不会留疤。

这时，苏小寿的电话响了，是网站编辑打来的。编辑说："你怎么走了？年会还没结束。刚才抽到了你的号，你中了三等奖。我回头把奖金打到你卡上。"

苏小寿说："谢谢啊。"

霍元泽一愣，然后笑着说："我今天本来要去当抽奖嘉宾。真是巧了。我投资了这家网站的。你在那儿当兼职编辑吗？"

自从写手的稿费远远超过了编辑所得后，苏小寿就安心当写手，再接设计图的单子。

她说："不是编辑，是写手。写网络小说的。"苏小寿有点脸红，她自己写的还是总裁与灰姑娘的故事呢！可她眼前就有一个完美的总裁，她却一而再，再而三地避开。霍元泽是真喜欢她吧！喜欢到为了她，都可以豁出去自己！苏小寿很感动。她感受到了霍元泽的真心。她又说："现在外头做设计，再当写手，日子过得去的。"

霍元泽说："太辛苦了。"

这个世上辛苦的人那么多！她不过是其中一个而已！没什么好抱怨的！生活嘛，认真面对，努力去做自己，好好工作，追求更好的生活。苏小寿笑盈盈地说："我挺好的呀，努力工作，认真生活。霍先生，我端过盘子，摆过小摊，我觉得，只要是正当劳动所得，挺好的呀！"

霍元泽笑容满面地看着她，说："好。小寿，那你能留一点世界给我吗？有空，陪我说说话。"

苏小寿说："霍先生，我一直觉得我配不上您的。"她是认为两个人差不多，才能走得远。相差太大的话，将来是没有共同语言的。

霍元泽说："可我觉得，你很优秀。我很庆幸在茫茫人海中发现你。"他停顿一下，说，"我和朋友在国外出差，机缘巧合之下去了玉石市场，正好赶上他们在赌石。朋友买了很多，开出来都很一般。我随手买了一个小的，打开品相却非常好。小寿，我总有这样的运气，能捡到宝。在我看来，你就是独一无二的宝贝，值得我娶回家里。我知道你害怕什么，等你准备好，我们直接办结婚手续可好？有婚姻做保证，你不用担忧我们会分手。"和苏小寿办结婚手续确实也是不错的选择。至少，他不用担忧自己的枕边人的势力太大。就算日后不想在一起了，他去办理分开手续的代价也

130

不大。

他家里也有兄弟借助婚姻去换取上位资源。但在他看来，终究是得不偿失。毕竟，靠着女方上来的，大家都心知肚明。没遇到事情还好，遇到事情，女方就可能拿这个来说事。一次两次也能忍受，时间长了，以霍元泽的性格受不了。

有一点，霍元泽还是赞同苏小寿的，靠别人是靠不住的，总能把自己的未来寄托在别人的良心上，自己才是最大支持。

苏小寿的脸红了。她低头不语。其实，在她的心底已经答应了！还有什么可挑剔的呢？

霍元泽瞧着苏小寿的神色，心里松口气，总算差不多了。他定定地看着她，又是深情款款的模样，说："你不回答，我当你同意了。"

他挨着苏小寿坐着，说："小寿，我经常梦到你。有一次，我做了一个梦，梦里你成了我的妻子，我们生了两个可爱的宝宝，我们一家人非常幸福。"

苏小寿觉得自己的脸烫极了。她目光瞥向窗外，秋日晴空万里，天很蓝。

她很久才说："我得问问我爸妈的意思。"

霍元泽说："主要是你的意思。你愿意，都可以结婚。"

现在苏小寿是一个人一个户口本。大学生结婚不需要学校同意。所以，只要苏小寿愿意的话，等她满了法定结婚年龄，他们随时都可以结婚。其他都是托词，归根结底是苏小寿愿不愿意。

在苏小寿看来，结婚是一件非常重要的事，必须慎重对待。她说："霍先生，让我想一想。"这应该是她人生最重大的决定了。

总算没有白费一番功夫。霍元泽笑着说："小寿，不急的，你还可以慢慢想一个月。"他伸手摸了摸苏小寿的头，说："我爱你，我们结婚吧！"

苏小寿抬起头，对上了他的眼神，只见霍元泽的眼里有她的脸。这一刻，她的心跳如打鼓。大概，她真的就遇到了传说中的爱情。

第十四章 相处

这一天，苏小寿一个字都没有写。她心里有很多个想法冒出来，就像外头纷纷的落叶在风中起舞。她想抓住自己其中一个确定的想法，但就是抓不住。到后来，她索性就不去厘头绪了，任由思绪漫天飞。

宿舍里几个人各有各的事。

到大二，陆雅和杨容也都分别恋爱了，一个是和以前的高中同学，一个是和新认识的学长。

反倒是大一就恋爱的苏晓秀，现在一个人独来独往的。有时候还会捧着苏小寿的笔记本看。苏晓秀说："小寿啊，我跟你提个建议啊！能不能古代文学的，现代文学的，还有什么外国文学、文艺评论的书都分开做读书笔记啊！你看，我看着你的读书笔记，思路挺混乱的。以后你自己复习可能也不方便吧。"

这倒是一个好建议。刚开始记录的时候，苏小寿就是看到什么书，随手记一下，没想那么多。经苏晓秀这么一提醒，她觉得这样弄起来肯定更好。

苏小寿说："对，这样分门别类是不错。"

苏晓秀认真地说："你能不能多记一点现当代文学的笔记啊！这学期要考，我想考得分数高点。我还在上大一的一些课程，怕高数分数太低，想从其他地方把我各学科的平均分拉高一些，这样绩点就能凑够了。"

看到苏晓秀终于肯安安心心学习了，苏小寿很高兴，说："这个没问题啊！我最近多看一点现当代文学的就是了！"

苏晓秀过去就抱着苏小寿，笑着说："就知道你最好了！不像她们两个！以前，她们还说我呢！现在自己谈恋爱，还不是一样啊！"

苏小寿每天都很晚才回来，到的时候，舍友们大部分都在洗漱闲聊，看起来关系十分融洽。再多的事情，她是不知道的。

她问："怎么了？"

苏晓秀抚了一下长发，笑着说："还能有什么呀？和男朋友吵架哭，和好了又笑，晚上没事打电话。晚上吃什么，就可以聊两个小时。我觉得挺无聊的。"

谈恋爱的时候，好像都会说很多废话。明明三言两句就能说完的事，偏偏要拆开说上很多句。其实，压根说什么不重要，就是想要高高兴兴去和对方说话。这种感受，苏晓秀体验过，但也知道，这不是常态。她以前的男朋友，一开始也都是热情的，到后来，不也就那样了吧。

苏小寿并不了解舍友们的恋爱细节，就问："那影响学习不？"

苏晓秀说："杨容的还好，两个人一起去自习。陆雅啊，她男朋友不在我们学校，她现在也老是往外跑。她看书没有以前积极了。"

苏小寿说："她不是想要保研吗？这个对分数要求还是蛮高的！"

虽然说本校的保研率高，但那是相对而言的。还是需要绩点到达一定水准的。班上有不少同学希望保研，陆雅不是出类拔萃的，要积极看书才有希望。

苏晓秀说："谁知道啊！她男朋友想毕业后就工作，叫她跟过去工作呢！"

这种人生重大选择问题还是要达成一致的，不然到了毕业的时候，一个想东，一个想西，会很麻烦。

人生的选择太重要了！

苏小寿说："这个要提前说好，提前规划的。"

苏晓秀笑容短促，说："我说她也是脑子进水了！她那个男朋友大学又不太好，除了长得好看点外，好像没什么吧！我问过她了，她现在不说一定要保研了，一脸犹犹豫豫的样子。"

苏小寿想起来自己看过的那些诗词、那些小说。里头写的女子一个比一个痴情，陷进去后，半天都缓不过来。她叹口气，说："还是自己最要紧啊！别的都是空的。"

苏晓秀说："那是自然。这事，我现在是知道了。陆雅现在整个人都是稀里糊涂的。我觉得她男朋友不是什么好东西。虽然说这里到杭地那边不是很远，但一来一回也要时间的吧！每次，都是陆雅眼巴巴赶过去，也不见她的男朋友过来看她。"

听上去就不大靠谱啊！苏小寿问："一次都没来过吗？"

都是学生，再忙也不会忙得连一天的时间都没有。只要有一天就有足够时间，从南江到杭地打一个来回了。苏晓秀说："对啊！你今天刚走。陆雅接到电话，就赶过去了。哎，我反正和她关系也就那样，提醒过一两句，她听不进去，我就不管了。"这些话，苏小寿听着就耳熟，是以前陆雅她们去劝苏晓秀的。

苏晓秀说："杨容都去劝了陆雅，别总是她跑过去，也让她男朋友来一下。陆雅也是不听的。好了，别管她了。小寿，你呢？年会好玩吗？"

苏小寿说："不好玩，大部分时候，都是人在上头讲话。"

苏晓秀说："好吧，我原来以为会很好玩呢！杨容是和她男朋友上自习了。你呢？怎么也回来这么晚？"

说到这一步，她的话音微微有点颤抖。苏小寿犹豫了几秒，说："其实，也没有什么。有个人追我，问我愿不愿意？"

和苏小寿相处的时间太久了，苏晓秀也知道她的脾气。她说："你是愿意的吧。要是不愿意的事，你早拒绝了。"

苏小寿是不收拾自己，其实底子挺不错的。学校里也有男孩子看上她了，只是她一天到晚忙着，没接受对方的好意。

苏晓秀又问："是谁？"她大概猜得到是谁。一想到是这样，她心里就有恨，她把什么都奉献了！凭什么苏小寿要得到一切呢！压抑下心头的恨，苏晓秀笑容很牵强。

她说："你说说，这个人是谁？到底是哪位，能让你喜欢上？"

面对最好的朋友，苏小寿很信任，说："就是以前雇我做家务的东家，他对我挺好的，说如果我愿意的话，我们就可以很快结婚。你觉得这事靠谱吗？"

苏晓秀的声音都尖锐起来，问："什么，你们要结婚？"不是仅仅都是女伴吗？苏晓秀的心在滴血！怎么会这样？到她这里，就是几天就腻了，丢之脑后；而到苏小寿那儿，就是要大费周章，甚至要和她结婚！

苏小寿说："我知道这个节奏有点乱，我自己脑子也有点乱。"到底怎么做才最合适，苏小寿真的不知道。事情没到最后，她也不知道怎么办才是对的。苏小寿还没有谈过恋爱，根本不知道怎么和男人相处，现在被告知可以去结婚，更是稀里糊涂了。

苏晓秀脸色都白了，声音尖细，带着歇斯底里的味道，说："你要结婚！苏小寿，你要结婚！"

看到她那么大反应，苏小寿很不好意思。她说："我不知道啊，也许不会呢！"大学生理论上是可以结婚的，但是真结婚的，到目前来说，周围还没有一个人。

苏晓秀觉得自己情绪有些失控了，深吸一口气，勉强压下心头的忌恨。她说："你自己想好了，结婚可不是闹着玩的。"

就是知道这不是闹着玩的事情，所以苏小寿一直很犹豫。这事儿太大了，能影响到她未来几十年呢！苏小寿说："所以要慎重啊！我想，还是再看一看。反正我也不急。如果感觉不对，就赶紧闪人。而且我不想太耽误自己的工作时间，毕竟，我也要工作挣钱的。学习也不想耽误啊！大学里这些知识，多学一点是一点。大概目前就是这样。"

这话说得苏晓秀就更生气了！她苦苦去求的，到了苏小寿这里居然还要掂量掂量！她真的很不忿，但是当着苏小寿的跟前，她还得是好朋友的模样。她再深吸一口气，毕竟，现在她的目标是吴湖了，以前的事翻篇。可一想到吴湖只是一个刚毕业的普通大学老师，等他混得功成名就，还要很多年呢！真是人比人气死人。苏小寿挺普通的，没想到居然获得了帅气又多金的总裁青睐。苏晓秀说："反正你自己看着办吧！要是对方条件好，你别错过。看着好，你就赶紧结婚。你家的情况，要是能找个有钱的，你就轻松多了。"

苏小寿摇了摇头，说："靠别人求来的，别人随时就可以收走。我没有那种一定要依靠别人的想法。"

还是再看看吧。不然，她不放心。在结婚这么重要的事情上，她不想看走眼。

手机提示音响了，苏小寿打开一看，是霍元泽发来的信息。他问："你在干吗？知道你不方便接电话，我就给你发信息吧。"

苏小寿赶紧把手机调成了静音，然后给霍元泽发信息说："霍先生，注意休息啊！"

霍元泽的手还伤着，打字十分不便的。很快，霍元泽就收到消息，回复："不碍事的，我可以打字。你今天吃饭时提到的鸡蛋煎饼，汪师傅也会做。我让他明天一早做了，再带过去给你吃吃看。小寿，以后就让他每天给你送你爱吃的你们那儿的小吃吧。"

短信字数超过了七十字，分成了两条发了过来。然后紧接着是话费到账的提醒。不用说，肯定是霍元泽给她充了话费了！

苏小寿说："霍先生，真的不用啊！好好休息！"

霍元泽继续发信息："打电话怕你不接，我以后就给你发信息好了。小寿，你就答应吧！不然，我现在就去你楼下了！"说这些话的时候，霍元泽有一瞬间觉得自己就真是这么想的。

大概是戏演得太久了，日子一天天过下去，不知不觉中，他就当了真。很快，霍元泽就冷静下来。这一切不过是他无聊时打发时间的游戏罢了！

这时，他的另外一个手机响了起来。霍元泽看了号码，接了起来，说："诗成。"来电显示是穆诗成，穆氏集团的大小姐。两边长辈差不多说定的，要求霍元泽和她联姻。

只是霍元泽和穆诗成只能算认识，几年来，也就是吃了顿饭，再就是电话联络。要不是霍元泽手头有她的照片，他肯定是认不出来。

电话那头传来穆诗成一阵轻笑声。她温柔地说："元泽，上次跟你说的，杭地拓展计划，你考虑得怎么样了？"

大家都忙，寒暄几句，穆诗成想直奔主题。霍元泽笑了两声，温和地说："诗成，好不容易接到一个你打来的电话，还是公事。我们说点别的可好。送你的菜可吃到了？"

"哎呀！干吗那么费事！还打'飞的'送来。"穆诗成看着面前的一大捧花，还有和花一起送来的一个盒子，嘴角上扬。

她问："盒子里是什么？"

霍元泽看了一眼私人助理发来的礼物报表，说："这是第一次正式和你见面的日子。当然要认真对待。你打开看看，喜不喜欢？"

穆诗成打开了盒子，里面是一条钻石镶嵌的项链，璀璨夺目。她更高兴了，说："真漂亮。"

"钻石项链戴在了你漂亮的脖子上，才会显得漂亮。"霍元泽再打开一页私人助理做的表，张口就说，"我天天关注你那边的天气预报，这一周还是下雨啊！"

纪念日送礼物这些小事，有私人助理来打理，霍元泽就很轻松了，临时看一眼报表，就能从从容容地应对下去，

穆诗成说："这个季节当然雨多。我过几天飞回来到杭地。元泽，我爸爸说，杭地拓展计划很有前景，你就不考虑一下吗？"

霍元泽笑出声，但嘴角眼底毫无笑意。他说："都说不谈公事了。诗成，你回来是哪天？我们已经很久没有在一起吃顿饭了。"

穆诗成说："一周以后的航班，具体时间我们再约。"

霍元泽说："好。"

挂了电话，他脸上没有任何笑。他手指轻轻叩着桌子，想了一会儿，然后打了电话给私人助理，说："去查查杭地拓展计划还有谁有投资意向？最近有什么风向？"

连在外读书的穆诗成都觉得杭地拓展计划好，都来打电话。霍元泽不会单纯地认为是她随口一说。估计是现在穆家当家人的意思，让她出面打这个电话探探口风。

这一计划是霍氏集团提出的。在很多人都感兴趣时候，霍氏突然就撤回计划了！这个事透着古怪。

不过，这与霍元泽关系不大，他已经出来做南江地产了，霍氏集团的事，他一般也不好去管。锦上添花无所谓，但这要是计中计，他冒冒失失走进去，就平白无故惹人笑话了。

霍氏集团里面也不算太平。目前看来，他大哥未必能赢到最后。

一锅浑水在那儿，能者居之。要不要赶回去看看有没有时机？霍元泽有一瞬犹豫。

很快，他就下了决心，机不可失，时不再来，这次霍氏集团的继承人之争，就算他赢不了，也可以从中分一杯羹。他马上拨打了私人助理的号码，订了一张最快回去的飞机票。他低头看了一下胳膊，还好伤得不重，不然确实有些麻烦。他得以最精神的姿态出现在霍家众人面前。

只是苏小寿这边，他本来准备了惊喜，但这一阵子怕是没有空了。好在苏小寿一直忙于学业与工作，日程很满，又是一个目标很明确的女孩子，估计是看不上同龄人。

反正，他已经吩咐了汪师傅送餐，而且苏小寿身边，他也留了人去关注。想来他不出现个把月应该没有大碍。

他便发信息给苏小寿："小寿，我公司有些事，突然要去外地出差，估计要过一阵子才能回来，你随时联系我就好，我的手机24小时为你开机的。"

苏小寿看到这条消息后，忙打字："去哪里？"刚打了这几个字，她犹豫了一秒，就把这一行字删了，然后重新打字："霍先生，祝事情顺利，一路顺风。"

霍元泽看到苏小寿回的信息，眉头微微皱了一下。就这几个字啊！这也太客气了！一点也看不出来他们能算是男女朋友的！或者，在苏小寿眼里，他只是比陌生人稍微好一点罢了。其实，他也发现了，苏小寿是很少去接近一个人的，她更喜欢一个人待着，过自己的简单日子，并不愿意和复杂的事务牵扯上瓜葛。

苏小寿到底有多喜欢他呢？这一刻，霍元泽不确定了。以前那些女孩子明明就喜欢一点，就能夸张成喜欢很多。到了苏小寿这里，就是看不出来了！她内敛，不愿意表达！

霍元泽还真是没有遇到过一类的。不得不说，前面多少年，他追女孩子花的心思加起来，都没有他现在在苏小寿一个人身上花得多。

现在苏小寿对他这一点的认可，还是他花了很多时间去接近才得来的，应该是要趁热打铁的，但霍家那边，他确实需要去争一争。

到底，还是前途更重要。

至于小寿，过一阵子，霍元泽会多抽一些时间去和她相处。

第十五章 尴尬

到十一月底，霍元泽都没有再出现。

好在，苏小寿每天都能收到他的短信。虽然信息不多，但好歹还有联系。但这样的联系确实是太少了。

杨容过得很幸福。她和她的学长男友一起吃饭，一起散步，一起自习，整个人精神焕发的。

见苏小寿还单着，杨容就想给她介绍一个。

至于苏晓秀嘛，杨容知道人家心大，要求高，不敢介绍。

杨容说："小寿，你要不要考虑找个男朋友，到时候一起学习。我男朋友他的舍友就很不错。哦，还有个下一届的学弟也不错。他和我男朋友关系好，叫叶诚。长得白白净净的，可养眼了，人看着也老老实实的。"

苏小寿说："谢谢啊，不用了。"

她现在是差不多答应了霍元泽，没有对人家明确拒绝的时候，是不能再去接触别的人的。更何况，她也确实没有心情再去接受任何人了。

有这工夫，她还不如多写几行小说呢！多去设计几张图呢！她现在的打字速度越发快了，都是盲打。小说也写得更加流畅了。

苏小寿趁机问："陆雅最近是不是遇到什么事？"

杨容叹口气，凑上前，趴在苏小寿耳朵边，低声说："哪有什么呀！陆雅上次去要给她男朋友一个惊喜，就没打招呼直接过去看他了。没想到惊喜变成了惊吓。唉……"

苏小寿倒吸一口气，说："不会劈叉了吧。"

杨容摇摇头，说："哪里是啊！是人家在自己大学里一直有一个。也就是暑假见到陆雅一个人，临时起的意。那男的还谜一般的自信，就这样了，还觉得陆雅会继续跟着他。陆雅倒是干脆，立即转身就走，可这事儿实在是烦啊！我劝过她好几次了，还给她介绍男朋友。她现在都不想找了。"

为什么很多男人明明那么普通，却还那么自信？身边的女孩子已经很优秀了，他们却还是不珍惜，觉得自己值得更好的？

苏小寿都无语了！这叫什么事啊！她说："我还不想找，现在日子还挺忙的。"

杨容问："小寿，我听晓秀说，都有人想跟你结婚了。这是真的吗？"这个问题，她早就想问了，平时也留意了一下苏小寿的行踪，好像她还是天天忙着上课、看书、打工，没见她周围有男的出没。

苏小寿说："我觉得还是打工靠谱吧。"一开始呢，苏小寿还担忧要是霍元泽天天出现，她该怎么办，她想要不然干脆就公开好了。哪里知道这就是她想多了。隔三岔五是有人来，但都是不同的人过来送吃的，什么鸡蛋煎饼、灌汤包、石头粿，等等，就是没见到霍元泽的人。

是的，霍元泽应该有很多事，是挺忙的。但是，再忙也有个限度，不会一个月都没什么信息。大概在霍元泽眼里，她就没有那么重要吧。

那就是没有这样的事了。杨容笑着说："晓秀说的时候，我就不大信。你天天都忙着呢，哪里有时间！谈恋爱太耗时间了。真要谈恋爱，我看那个叶诚挺合适的。他挺好的，本地人，是下一届的乖乖学生。好学生就应该和好学生在一起嘛！"

苏小寿委婉地说："我自己的事都顾不过来了，恨不得长出三头六臂，就饶了我吧！"她是外地人，还不知道能不能留在南江工作，如果不能留下来，那么和本地人多联系也没有多大意义。她做事是要结果的。一开始就知道没有结果，她肯定会选择规避。她太需要未来可期的安稳生活了。

杨容笑着说："小寿，不一定是要处男女朋友嘛！当朋友也很好啊！多认识几个同学又没有坏处。正好叶诚也想要我们这一届的最新笔记呢！我们班上，不就是你的笔记最全、最好嘛！就去认识一下嘛！再说了，我也想让陆雅出去散散心，为了那么个东西，一天天意志消沉，不值得。"

这个倒是的。苏小寿说："好啊，什么时候？"

杨容说："那我问问大家的时间。还有晓秀……"她犹豫了一下，说，"还有一件事，你和晓秀关系好，我本来不想说。晓秀她上次从你的书架上抽了笔记本就出门了。后来有一次，现当代文学课课间，我在走廊上，看到她找吴老师说什么，手里好像拿着你的笔记本。"

她是怀疑苏晓秀拿着苏小寿的笔记本去讨好吴老师。而且也有其他女孩子去向吴老师示好。毕竟，大学年轻单身的男老师，在女孩子面前还是受欢迎的。

　　苏小寿说："她跟我说过了，借了笔记本，去多刷一点分数，拉高绩点。"她还特意去图书馆里找了吴湖老师写过的论文，还有学术专著，抄了一些在那个笔记本上。

　　杨容问："你就不怀疑她在追求吴老师吗？女追男，隔层纱。"

　　苏小寿愣了一下，说："不可能吧！一个是老师，一个是学生。道德上，不大好吧。"

　　杨容说："两个人都是未婚，相差不了几岁，怎么不可能？"她停顿了一下，"我们学校后勤部门的有些岗位是照顾人才引进的职工家属。我去查了吴老师的履历表，他蛮厉害的，年纪轻轻学术上就颇有造诣，是重点培养的人才。苏晓秀怕是想到了这一点吧。而且吴老师本身的家境不错，有次手腕上戴了块几万的表，开的车价格也不低。晓秀说了，那车有五六十万。"

　　苏小寿对手表、车子的价格没有什么概念。她只知道霍元泽有不少手表，车子也有好几辆。后来霍元泽还送她女款的手表，具体多少钱，她没问，霍元泽也没说。后来，她把那表放在霍元泽的家里没带出来。

　　不过，正如杨容说的，苏晓秀现在是单身，吴老师也是单身，他们怎么样都是可以的。苏小寿说："这个看她自己吧。"反正如果成了，她就去祝福他们呗。最起码，吴老师温文尔雅，看着就比她之前的男朋友靠谱多了。

　　杨容是真的不大喜欢苏晓秀这样走捷径的法子，不过，也确实是不关她的事。她说："那就这样说定了。等确定了时间，我喊你，你可一定要去啊！"

　　苏小寿点头答应。

　　她体育课选的是形体，下了课后就没什么事了。她背着书包去图书馆，想起来后山此时枫叶应该红了，便绕道走过去，谁知刚绕到僻静一点的地方，就看到两个熟悉的身影。

　　女孩子是苏晓秀，这样冷的天气，她居然穿了单薄的紧身风衣，腿上是薄薄的丝袜。苏小寿仔细看了一眼，好像苏晓秀还化了妆。

　　因为男的背对着，苏小寿光看背影认不出来是谁。

　　看这个样子，大概他们是有什么悄悄话要说。

　　谁知苏晓秀突然嫣然一笑，伸出一只手抓乱了头发，再另一手把风衣一脱，丢在了地上。

　　她说："你现在出去说得清楚吗？不喜欢我，那为什么要跟着我来这地方？"

　　"人多的情况下，我觉得说这些，对你不大好。"

　　苏小寿听出来这是吴湖老师的声音。

　　苏晓秀往前走一步，抬脸看着吴湖，明艳动人的脸上是一抹志在必得的笑容。

她目光如炬，说："可是，也得有人去信你这套说辞呀！我出去说是你心生歹意，你说，他们会更信谁？"

吴湖往后退了一步，温和地说："苏同学，现阶段建议你以学业为主。我看过你写的学习笔记，上面的一些短评或有可取之处，很有灵气。"他的声音没听到一丝慌乱。

这不是赖上人家了啊！苏小寿本来想走，但站住了脚步。她犹豫着要不要站出来。苏晓秀是她朋友，可吴湖老师更无辜啊！

苏晓秀一挑眉毛，笑着说："吴老师，你真不怕名声蒙尘？"

苏小寿犹豫了一瞬，抬起了脚。不能由着苏晓秀这么错下去。即便她可以用这件事缠上吴湖，她自己的名声也不好听了！而且恋爱结婚到底得两个人自愿。要是人家不肯，也不可能成啊！

就听吴湖平静地说："这里新装了监控。保安室能看得到。"

苏小寿松口气。有监控就说得清楚了。她收回了脚。

什么！这里有监控！那她岂不是白白闹了一场笑话吗？好在也没有其他人看到，向老师泼脏水可不是好玩的！

苏晓秀立即捧着脸，哭起来，说："我那么喜欢你，你为什么一点都不喜欢我！我笔记都是为你做的！一个字一个字抄的时候特别虔诚！我就是喜欢你。"

少女思慕是人之常情，吴湖也不打算苛责。他就说："算了，你回去吧！好好读书！"

苏晓秀捡起来地上的衣服，哭着跑了出去。

苏小寿觉得好尴尬。大概率吴湖老师不会被坑。但她觉得苏晓秀实在是不太好，为了达到目的不择手段了，可看她哭着跑了，又觉得她挺可怜的。

苏小寿打算悄悄走，谁知吴湖竟然径直走过来。他认出来苏小寿是自己班上的，就说："事情就别往外传了。"

"不会往外说的。"苏小寿停顿了一下，"还好有监控。"她下意识地左右看看，好像没有看到有监控摄像头。

吴湖笑了笑，说："没有摄像头。嗯。那我先走了。"

等人走了，苏小寿也没了看枫叶的心思，打算往回走，却听见一个男孩子轻轻的笑声。

从另外一个灌木丛后面，走出来一个眉清目秀的男孩子。他看着就很乖，说："你没看到前半段。"他手里拿着英语书，看样子是准备来读书的。

苏小寿说："算了，我当没看见吧。"这些事撞到就很尴尬了，还是不知道比较好。

男孩子说："这地方来的人少，你过来做什么？"他见苏小寿穿着普通，还背着书包，问，"你也是大一的吗？"

女生里，也只有大一的新生才会背书包吧！其余人他观察了，都喜欢手里拿着书，或者背一个放不了多少东西的小包。

苏小寿说："不是，我大二的。"

男孩子"哦"了一声。大二还背书包的女孩子还真是少见。他没有再说话的意思，就说："我接着读了。"

苏小寿说："好。"她往前走了几句，就听到背后传来念书的声音，听发音，还是很标准的。

这天，她看完书，接着去食堂吃了两个馒头，又回图书馆继续码字，很晚才回寝室。

苏小寿没想好该用什么表情去面对苏晓秀。以前，她以为苏晓秀就是爱慕虚荣了一些，本质上还是好的。而且经过去年那些事，她也懂事了。但现在，苏小寿不确定了。她想起来自己笔下写的两面三刀的恶毒女配，心情十分复杂。

到底苏晓秀对她是挺好的。她还是去劝一劝苏晓秀吧！毕竟，靠自己最实在。她回到寝室的时候，杨容洗好澡正在吹头发，陆雅躺着不吭声。苏晓秀还没有回来。

苏小寿说："晓秀呢？"

杨容关了吹风机，神色很难看，说："你去上我们校园的论坛吧。"

又出什么事了？

苏小寿问："怎么了？"

杨容说："也不知道是谁把今天下午苏晓秀和吴湖老师的事发到论坛上了，从视频上看，吴湖老师和她单独进了学校图书馆后面的小树林，过了半小时，她哭着跑出去的时候，头发衣服都乱了。刚才辅导员就把她带走了，说是有话要问问她。"她脸上露出鄙夷的神色，说："没想到吴湖老师看着是个正人君子，实际上这么坏！"

不是的！事情完全不是这个样子。苏小寿猛地想起来吴湖也说了，那里是没有摄像头的！她赶紧登录学校论坛，果然看到论坛里那个帖子最火，点开一看，里面全是义愤填膺骂吴湖的，然后一边倒去力挺苏晓秀！

这不是真相啊！

明明是苏晓秀去赖吴湖！为什么从视频上看起来，却是吴湖在欺负苏晓秀啊！

她说："不是这样的！我，还有另外一个同学看到了！我不知道他叫什么名字。但是他在，什么都看到了。"

不知道叫什么不要紧，监控里面肯定拍得到他的画面。有他的照片，就能找到人了。有两个证人站出来，就能还吴湖一个清白。

杨容吓了一跳，说："这不是玩的。你看到什么了？"

苏小寿说："就是吴老师婉拒了晓秀啊！吴老师作风正派。"

这下，连失恋的陆雅都坐了起来。她说："晓秀在宿舍里哭得可怜，问她，她又不肯说什么。过了好一会儿，才说吴老师不大好，吞吞吐吐的！我们都以为……"

这种事关乎名声，谁也想不到苏晓秀会在这上头做文章啊！

一旦苏小寿出去说了真相，苏晓秀肯定声名狼藉。以前她最多是谈恋爱遇人不淑。但这一回，证实了后，她就扮演了不光彩的角色了！所有人都会认定她品德不良。

可如果不说，名声扫地的就是吴湖了！对于一个大学老师来说，名声是很重要的。如果这种事不能妥善解决，那么吴湖的工作都成问题了。

苏小寿心中如翻江倒海。

杨容顾不上半湿的头发，说："真是这样吗？我看论坛上，都有法学院的来讨论吴老师这个行为够不够得上犯罪了。"

天啊！这事这么严重！

苏小寿说："如果反转，晓秀会怎么样？晓秀是不是不仅名声全毁了，还可能连学业都不能继续了？"

陆雅说："处分肯定会被处分的。如果证实了是晓秀诬赖的话。她以后的日子就难了。"

苏小寿过了好一会儿都没说话。她已经调出来辅导员的电话，犹豫着要不要打电话。一旦这个电话打出去，是能让无辜的人无碍，但是苏晓秀的前途可怎么办啊！

杨容犹豫了一下，说："其实，事情说大也不大，只要吴老师承认是谈恋爱闹别扭也就没什么了。毕竟，晓秀下课后，总拿着你写的读书笔记去找吴老师请教。每次吴老师说话都很温和的。班上有不少人都看到了，都怀疑他们是一对呢！"这听上去是一个很圆满的主意，而且双方都不会有不太好的结果。

可这和真相不大一样啊！真让苏小寿一声不吭，她过不了自己内心的一关。苏小寿说："我看到了，另外还有人看到了。事情瞒不过去的。"与其到时候被戳穿了，还不如一开始就老老实实的。

最终，苏小寿选择了说真相。

她给辅导员张老师打了电话，说："张老师，当时我在场，我看到了。还有一个人看到了，监控里能找到。"

正在她打电话的时候，杨容尖叫一声，说："有人发帖了。"

苏小寿走过去一看，正是那个男孩子发的帖子。他说："大家好，我叫叶诚，文学院大一的新生，我在那儿准备读英语的时候，看到一个女生向一个男的表白。被男方拒绝后，女方就弄乱头发衣服去赖男方。不关男方的事。还有一个女生当时也在场，可以证明我说的是真话。"

此帖一出，校园论坛上的评论立即反转。

杨容说："晓秀以后的日子难了。"

就连陆雅都说："她还一路哭哭啼啼的，好像真被人欺负了。现在，惨咯。只怕都没脸在这里混了吧！吴老师也真是倒霉。"

杨容想得更多了，说："吴老师也未必能全身而退吧！至少他单独去见了晓秀，这点也麻烦。哎，反正都没落到好吧。"

苏小寿叹口气。

捷径哪里会那么容易走。如果真那么好走，就没有人愿意去辛辛苦苦奋斗了！那就都愿意去选择更轻松、更容易摘果子的路了！任何捷径，都是要用另外地方的代价换取的！

所以，这世上，大多数人都是踏踏实实地学习、工作、生活。

出乎所有人意料，苏晓秀当天就回到了寝室里，若无其事的样子，好像什么事都没有发生过。

开始两天班上还有人窃窃私语。两天过去，也就没什么事了。

倒是下一堂现当代文学课，是齐教授来授课，没有看见吴湖老师的身影。齐教授还是那副严肃的模样，按部就班地上课，根本就没有提吴湖，似乎这个人就从来没有出现。

苏小寿很想知道吴湖去哪里了，可问了一圈，班上都没有人知道。吴湖老师上课时留下的联系方式是学校给他的教师邮箱。苏小寿试着去发邮件问了，结果，这个邮箱居然被注销了。

再过了一周，学校里又是一副平静的模样。

新的八卦覆盖了旧的八卦。苏小寿去学校论坛看了，这两个帖子都给删了，但似乎也没有人发现。

苏晓秀作为始作俑者完全没什么事，到点吃饭，到点上课，都好得很。

又过了一周，苏小寿上着齐教授的课，不免有些出神，感觉时空交错，仿佛吴湖老师就根本没有来过。

这种感觉很奇怪，好像就是所有人在无意去遗忘一个人。吴湖老师真挺倒霉的。

于是，苏小寿去找叶诚了。叶诚就在她的下一届，这学期，文学院所有年级的课表都贴在院教务处的公示栏里，所以她很轻易就找到了叶诚他们的专业课课表，然后找到了叶诚。

看到她来，叶诚没有感到意外。他还是一副人畜无害的模样，有些羞涩地说："吴老师肯定会走。他爱名声，不会忍受名声蒙尘。"

苏小寿愣了，问："你认识他？"

叶诚说："是我爸爸的学生。我喊他师兄的。我见到他的次数不多，总共也就两三次吧。他人很好，也肯钻研学术，只可惜遇到这种事。"

　　苏小寿抿了抿嘴，没有帮苏晓秀开脱的意思。再怎么说，这事都是苏晓秀不厚道，不然人家还会好好地在这里当老师的

　　叶诚叹口气，说："别找他了。他有才华，在哪里都会很好的。"

　　苏小寿也跟着叹口气，说："我就是难受，觉得不是滋味。"

　　为什么错得多的那一方安然无恙，都没有被指责；而几乎没有错的另外一方就要背负一切，然后离开？

　　这个事情不公平。

　　叶诚说："对他来说，未必是坏事，离开这里，他还有更为广阔的天地。"

第十六章 熟悉

经过这件事后，苏小寿心里对苏晓秀有了看法，不自觉地疏远了她。

这一点，杨容和陆雅都看出来了，偏偏苏晓秀好像完全没有察觉到苏小寿态度的变化，还是跟以前一样，该怎么样就怎么样，都搞得苏小寿很不自在。

好在她一天到晚在宿舍的时间少，相处再尴尬，也就是那么几个小时。

反倒是苏小寿和叶诚就这样慢慢熟悉起来了。

等杨容把几个人凑到一桌吃饭的时候，已经是快十二月底了，苏小寿和叶诚都可以你一言我一语地说起话来。

杨容的男朋友陈立肖都笑了，说："不用给你们介绍了。我这学弟平时话不多的。"

对上其他人的时候，叶诚反倒很腼腆，就坐在一边不吭声，默默笑笑，然后吃饭。

陆雅和陈立肖的舍友陆叶聊了起来。两个人都喜欢看篮球比赛，便能聊得下去。一桌子六个人，两两一组各自聊天，也都挺好的。

杨容提议，说："我们吃完去唱歌吧。"

学校附近有小饭店、超市、网吧，还有KTV。这些，苏小寿很少去。她去得多的，是附近的二手书铺子。她在旧书摊上淘到不少好书。甚至，她还找到了吴湖老师本科时发表在一本期刊上的论文，是写张恨水的。

她看着那本杂志上的论文，很久都没有释怀。如果，她能早一点站出来，是不是苏晓秀就不会弄乱衣服，那么是不是就不会有后面的事情发生？这个世上，真的就没有如果。

苏小寿低声问叶诚："后来，你还看到吴老师了吗？"

叶诚说："我问了，好像考到别的地方去工作了。"

146

如果是去其他学校任教，那么吴湖离开南江大学确实是很亏的。毕竟，南江大学已经是一个很好的平台了。

苏小寿问："在哪个学校？"

其实，有机会，苏小寿挺想去看看吴湖的。不过，估计吴湖不会记得她吧！在他的眼里，自己就是一个无关紧要的路人。

叶诚说："应该不是学校，做别的去了。我爸爸还说很可惜，他是个好的学术苗子。"

苏小寿说："那真是太可惜了。我看过他的论文，是真的写得很好，很有思想，逻辑严明。"说到后面，她说不下去了。

这个世上可惜的事情太多了。有许许多多的阴差阳错，更有许许多多的事与愿违，还有更多的迫不得已。

苏小寿说："吴老师的文字，我都看过的。"

换了齐教授，大家都去看齐教授的文字，跟着齐教授所擅长的领域来了，忙着去跟他套近乎，就没有人记得吴老师了。

人一走，茶就凉。这很现实的。

叶诚说："你很崇拜他。"

苏小寿点点头。明明吴湖老师就是她梦想成为的样子，但是为什么这样的人，都算是很好地站在台前很精彩的人，却落了个这样的结局呢？

想到这里，苏小寿就有些怪苏晓秀。但是也不好多说什么！毕竟她不是当事人啊！

叶诚说："那你可以保研啊！你成绩肯定够的。"

毕竟和叶诚也不熟悉，苏小寿并不愿意多提自己家里的事。她只是说："我想早点工作吧！"

说到这里，苏小寿想起了霍元泽。

他已经快两个月没有出现了。起先还有短信，到现在竟然是一点信息都没有了。哪里会忙成这样！无非是觉得把时间花在她身上不值得而已。

一开始，苏小寿还是很难过的，但时间长了，也就习惯了。

没联系就没联系吧，反正也不能算是什么吧。他们并没有互相承诺什么。所以，霍元泽不联系她，也是完全可以的。

苏小寿回想了一下。

这一年来，霍元泽在她面前出现的时间真的不算多。他可能和她一个月说的话都不如叶诚和她今天一天说得多。

霍元泽本身就是一个大忙人，而她也是忙这忙那，两个人都以为忙为借口没和对方说太多话。

最初那个月，苏小寿还想着，霍元泽会不会突然就冒出来了，然后他们可以回到最初认识那几个月的样子。

一天又一天，然后一个月又一个月，然后，她和霍元泽真的见不到了，联系也变少了，从熟悉，慢慢又到有些陌生了。实际上，她都快记不得霍元泽长什么样了。

时间真是快啊，这又快到年底了。

见苏小寿出神地看着外头，叶诚问："苏学姐，你在想什么呢？"

苏小寿自然是不会说自己的心事。她说："我在想我今晚更新写什么。我想好了剧情，有空才能写出来。"

叶诚早就知道苏小寿在网上当写手。他说："我有空也想去写一个。我也看那些网文，看得热血沸腾。"

两个人便聊起了网络小说。

杨容忍不住凑到陈立肖的耳边，低声说："我就说吧，他们两个肯定有戏。"至于陆雅嘛，估计是多个朋友，更进一步，估计困难，毕竟那个男孩子和陆雅之间都是朋友那种感觉，少了叶诚和苏小寿之间的亲近。

苏小寿是真没把叶诚当男人看。在她眼里，低一届的学弟就和小朋友差不多。他们聊天，越聊越多，然后就说到在考试中怎么考出更好的分数。

叶诚也对这个感兴趣。

几个人又去唱歌。这里唱歌很便宜。下午场只要五十块就能从一点到六点，欢唱五小时。

苏小寿不太会唱歌，便坐在一边吃着爆米花。

叶诚坐在苏小寿的旁边，很乖地说："会不会耽误苏学姐更新啊？"

苏小寿说："我提前都更新好了，所以没事的。"

她存了很多稿子，一周不写稿子，都能保证得了更新。每天的事情那么多，还随时都可能冒出什么事，所以呀，她养成了稿子往前写的习惯。网站最低更新数远远低于她一天能写的稿子的数量。有一天，她灵感来了，从早写到晚都写到快三万字了！

叶诚说："那就好。我最近在做一篇论文，是写沈从文的，苏学姐有什么建议呢？"

同学之间，很少有人会和苏小寿讨论文学，大家说的都是很实在的事情，在乎分数和绩点。至于看了的书，心灵得到多少触动，大概中文系学生是没有的，如果不是因为老师要收读书笔记，估计很少有人去主动看了。所以她非常高兴，便和叶诚兴致勃勃地往下说。

她记得一个故事的结尾：有的人，也许永远不会回来，也许明天就会回来。

148

是啊，一直等，一直等，等来等去，总会有一天等不下去。

那时候，她就会转身离开吧。

人总是要生活的，日子总是要往前看的，总不能让她一辈子耗费在一个永远不可能实现的梦上吧。

对她来说，霍元泽就是这样一个如泡沫般的梦。

现在，她梦醒了。

或者说，她应该早点梦醒了。

苏小寿点了一首《梦醒时分》。这首是一首很老很老的歌，但这一句句的歌词，都写到了她的心坎上。

听说，爱情十个里头，九个都是悲伤的。

早知道伤心都是难免的，早知道遗忘是正常的，她干吗要去遇到霍元泽，或者说，她遇到后，一定要在第一时间就去避开他，这样的话，她的心绪就不会有一丝波澜。

这首歌，她不大会唱，便把原音放了出来。

叶诚说："这个歌，我会。"

他拿起另外一个话筒，跟着唱了起来，声音特别有磁性。

苏小寿忍不住去看了他一眼，没想到叶诚的歌唱得那么好听啊！

眼前的少年长得非常好看，乖乖的，也很精致。叶诚唱完歌，坐到苏小寿的身边。

苏小寿问："这么老的歌，你怎么会啊？"

叶诚笑着说："我刚才听苏学姐唱了呀，然后就记住了。"见苏小寿露出很诧异的神色，他说，"真的，不信，你可以随便点几首歌，我跟着哼一遍，基本上就能唱个大概的。"

他这么一说，包厢里的其他人也都来了兴趣。

陈立肖说："那我们找一个有难度的。"他们翻啊翻啊，从歌曲库里，找到一首很老的歌曲，然后带着原音放了出来。

叶诚听了一遍，然后很快就将这首歌唱了出来了。大家都不信，几乎每个人都点了歌，而叶诚就是这么厉害，都是听一遍就都会。叶诚腼腆地说："我记性挺好的。"而且，他从小就学钢琴，还会小提琴，乐感着实不错。

他悄悄地看一眼苏小寿，见她兴高采烈的样子，便放下心，跟着露出羞涩的笑。

这个苏小寿挺合他胃口的。有颜有才的小姐姐多可爱，他倒不是一定要拥有，就这样看看都赏心悦目。

叶诚的笑容很纯粹干净。

看样子，大学生活比他想象中要有趣许多。

苏小寿夸他："你真棒！"

叶诚笑着说："苏姐姐也好厉害哦，学习那么好，笔记都成我们的范本了。"他小声说的，表情羞涩，连耳朵尖都是红红的。

苏小寿看着他，觉得就像看到一只毛茸茸的小狗，挺可爱的。她有些不好意思，说："我就成绩好，综合测评不算特别好的。"

综合测评还要算上各种各样的校园活动的加分，而这些苏小寿是能不去就不去的。但有些同学是全面开花，各种活动都参加，再把其他那些林林总总加上去，综合分就比她好多了。

叶诚说："我听说，综合测评都可以想办法，跟着评分细则来。这学习成绩是实打实的。"后者可以操作的空间小多了。所以本校保研就是看学业成绩，这样大家就没话说。

苏小寿说："毕业后的工作，不光看的是学习成绩啊，其他方面也重要。"

因为准备工作，所以，苏小寿对于怎么找工作，工作后怎么与同事相处都看了一些相关的学习材料。不过，目前，她都是纸上谈兵。毕竟，她现在的工作都是网上的，与人来往得比较少，所以相对来说，人际交往的经验还是不够的。

可实际上，工作里面的同事要相处很长时间。

人心是这个世上最复杂的，不能完全用好或者坏去定义一个人。黑白分明，那是小孩子的世界。所有人，有善的一面，也有恶的一面。

就连苏小寿自己都不能完全说自己是一个特别高尚的人。比如吴湖老师那件事，明明她可以从一开始就站出来，后面的事情也许就不会发生。但是她想到苏晓秀是她的好朋友，就犹豫了。就在她犹豫的过程中，事情越来越不好。

还有她也不能说自己就不是一个完全不虚荣的人。在确定霍元泽是真的喜欢自己后，她有念头，想去依赖一下霍元泽，也有行动去这么做了，让自己的日子轻松一些。

说到底都是普通人，不可能每一样都能完全做到好的一面。所以呀，她也不是完美的人。自己都不是完美的，怎么能去苛责别人呢？

想到这里，她也有些原谅了苏晓秀。说到底，苏晓秀对她是没的说，是拿自己当好朋友的。

KTV里，响起了《仙剑奇侠传》的歌，是陆雅点的。这是最近流行的一部电视剧里面的，在学生中间很火。但苏小寿没有看过。她抬眼看着画面，上面闪过一行歌词，"明明是三个人的电影，我却始终不能有姓名"。

这一句，看得苏小寿愣在了原地。

她问："这是什么歌？"

叶诚问："你没看过吗？"

她没有看过，每天都太忙了。那些热播电视剧、新上映的电影、热门的网络小说、当红的明星，她一点都不知道，搞得好像是山顶洞人一样。

苏小寿说："是啊，没看过呢。"

叶诚说："《一直很安静》。这首歌，我原来就会唱。"

等陆雅他们唱完后，叶诚再唱了一遍："给你的爱一直很安静，来交换你偶尔给的关心……"歌声很好听，旋律很优美，但是这里面却有着浓浓的、近乎化不开的忧伤。

突然之间，苏小寿有些难过。爱到底是什么？让人那么如痴如醉的，沉迷其中，都冷冷静静地处理问题不好吗？非要搞得那么死去活来的样子。好像没有爱情，也是可以过下去的。可是没有爱情的生活，就是平淡如水的日子，也是有亮色的，但是那种亮色没有激荡的成分，是一种努力了许久的得到，而没有半点意外之喜。

几个小时很快就过去了。

大家还意犹未尽。

陈立肖提议："我们去吃烧烤吧。我知道前面有一家不错的。我请大家。"

现在正是吃晚饭的时候，大家兴高采烈地跟着陈立肖往前走。

陆雅看着手牵手的陈立肖和杨容，一脸羡慕地说："小寿，你知道吗？他们已经见过家长了，一毕业就准备先结婚了。"

苏小寿说："真挺好的。"看着杨容能幸福，苏小寿是真为她高兴。

陆叶这时突然转过脸，有些不好意思地看着陆雅，红着脸，支支吾吾了一会儿，说："小雅，我们能一起走吗？"

对面的年轻小伙子，目光灼灼，嘴角上扬，是满心的高兴，而陆雅也露出了羞涩的笑容。

苏小寿觉得自己站在陆雅和陆叶之间挺多余的。她看到旁边有个便利店，就说："我去买点饮料。"她赶紧跑开，把陆雅旁边的空位留出来给陆叶。

叶诚赶紧跟上，在苏小寿掏钱的时候，快一步把钱递过去，抢着付了。他说："收我的。"

苏小寿说："收我的，我请大家喝的。"叶诚很坚定地上前一步，把钱交了过去。

售货员看了抢着付钱的两个人，笑出了声，收了叶诚的。

叶诚便对苏小寿露出一个羞赧的笑，说："陈学长说了，第一次正式见面，男孩子要大方一点。"他的笑容很干净，就像晴空里的白云，像林间的清风，像水边柔软的新草。

日子真的是过得太快了，一转眼，一年又要过完了，新的一年又到了。

而这一年，她就满二十周岁了。

苏小寿突然想起了霍元泽的承诺，等她满了二十岁，她想结婚，霍元泽随时都可以。

她叹了一口气。霍元泽也就是随便说说而已吧。两个月几乎没联系，到这两周音信全无，想来霍元泽是算了吧。可笑的是，居然她在心底当了真，还有了期待。早知道，就不去相信好了。不相信，就不期待，记不住了，也就不会有淡淡的惆怅。

是的，她惆怅了。站在十九岁的尾巴上，去看二十岁。

她有些惆怅。很多时候，她以为可以一直这样生活下去，其实有一天这样的日子也会结束的。

原来，不知不觉地，她的大学生活已经过了三分之一了！没有什么是不会变的，比如时间，比如人。有些疏远是不需要明着说出来的。比如，她现在就和霍元泽很陌生了。

往前看吧。她在大学里还有差不多两年半的时间。她要利用这段时间好好地充实自己。

叶诚拎着一袋子饮料往前走，见苏小寿没有跟上，慢下了步子。他笑着露出洁白的牙齿，有些羞涩地眨了眨眼，轻轻地喊："苏学姐。"

如果不是他的个子太高，苏小寿都想伸手去揉揉叶诚的头了。她也笑起来，说："来了。"

等苏小寿走近了，叶诚才走。他放缓了步子，问："苏学姐，你有心事啊？"当然有心事啊。谁心里头没有话藏着呢？不过，苏小寿这些心事都过去了吧。她现在学业很好，兼职设计和写手工作也很好。这样的日子很好的。

苏小寿说："没什么呀。"

她眯着眼睛看了眼叶诚。如果她有个弟弟，理想中也就是叶诚这个样子，乖乖巧巧、阳光，一看就是干干净净的。

叶诚用很无辜的眼神看着她，说："我不太会喝酒，上次喝了一口，太辣了，等下我不喝，可以吗？"

苏小寿说："当然可以啊！不想喝酒，就不喝呀！"

叶诚用力地点点头，说："那好啊！"他抬头看看天空，说，"都说了，十五的月亮十六圆，今晚的月亮果真是又大又圆啊！"

苏小寿也顺着叶诚的目光看过去，天空中果然是朗月。

有很多写月亮的诗词涌上心头。她说："今晚月色真美。"

叶诚的耳朵根都红了，说："对呀，夏目漱石的话吧。月随残梦天边远，淡淡起茶烟。终归希望是好梦，清淡一点不要紧，跟茶一样，一直陪在日常生活里就好。"

苏小寿这才反应过来叶诚误会了。她随口的一句话，被叶诚误会了。夏目漱石在当老师的时候，把英文的"我爱你"，翻译成"今晚月色真美"。

她的脸也红起来，解释说："我就是觉得现在月色真美。"

叶诚更加用力地点头，说："是啊，我也这么觉得。"有一种暧昧的尴尬在空气中弥漫。

这时，苏小寿的电话响了。她一看，是苏晓秀打来的。她犹豫了两秒，接了电话："晓秀？"

苏晓秀问："你们怎么都不在啊？上哪儿去了？"

苏小寿说："在外面吧。我晚上会早点回去的。"

叶诚在一边，说："苏学姐，你要不要吃冰淇淋？"

电话那头，苏晓秀一愣，声音突然高起来，问："小寿，你竟然谈恋爱了？"

苏小寿说："是一个学弟。晓秀，你有什么事吗？没有别的事，我先挂了电话了。"

苏晓秀说："哦，你在哪里，我真有事去找你。"这个苏小寿搞什么啊！不是一天到晚都在书堆稿子堆里打滚啊，也没见她发信息打电话啊，怎么就不声不响和一个学弟关系好了呢？这可不得了啊！她必须把人看住了！她在那人跟前唯一的用处就是把人看牢了，要是看不住……苏晓秀打了一个寒战，她不敢往下想。

她的声音很急："你在哪里？我马上要找到你。"口气这么急，肯定是有什么事吧。苏小寿迟疑了一下，说："好，我过一会儿就回去。"

苏晓秀的声音又尖又细，说："快回来！小寿，我一刻也等不了！"口气这么急迫，这肯定是真有事啊！

苏小秀立即答应，说："我马上就回来。"她挂了电话，对杨容说："刚才晓秀打电话，没说什么事，口气急得不得了，让我立即回去。"

在陈立肖的面前，杨容也不会多说什么，就是说："那好。你先回去看看，要需要人，你赶紧再打电话给我们，我们赶回去吧。"

陈立肖问："就是你之前提过的那个女孩子吗？"他看过论坛，视频里面虽然模糊，但是可以看得出那是个十分惊艳的女孩子。

陈立肖以前以为杨容已经很漂亮了，直到见到了苏小寿。他觉得苏小寿更漂亮，就是不打扮也比杨容漂亮，可惜他已经追到了杨容了，苏小寿一看就是那种认真学习、积极打工的好学生，只好把遗憾藏在心底。可从视频上看，这个他没见过面的苏晓秀更好看。他也留心了一下，就是风评不大好。

他不由得心中一动，苏晓秀名声不大好，是不是意味着好上手？就是这女孩子是杨容的舍友，看样子就和杨容不对付，给她发现，对他不太好。

杨容说："是的。"

陈立肖的心思已经打了几个转，转头对叶诚说："你也跟着一起去吧。有什么事马上跟我们说，我们过去。"真有事，他也去看看，如果苏晓秀是那种放得开的女孩子，他再做打算。

杨容以为陈立肖就是单纯想撮合苏小寿和叶诚，压根没想歪，有意维护自己善良的形象，就说："我们现在就去看看吧。"

陈立肖说："是啊，叶学弟年纪小，不太会应对复杂情况。"

他回头看陆叶。陆叶直截了当地说："我不认识，我就不去了。"

陆雅还想维持形象，犹豫了两秒，说："我也回去看看，毕竟是我们舍友。"

陆叶看出来陆雅打心里就不乐意，就说："他们四个人去也就够了。"他顿了顿，说，"不如兵分两路，我和陆雅去点烧烤。"

陆雅突然心里觉得痛快。她和苏晓秀处得也就那样，便说："好啊。"

于是，苏小寿四人往宿舍那边走。陈立肖步子大，和杨容走在前面。杨容几乎是走走跑跑才能跟得上。而叶诚故意走得很慢，和苏小寿走路速度差不多。他等和陈立肖的距离拉得够大，便脚一歪，然后蹲下来，揉着脚踝，说："苏学姐，我扭着脚了。你先走吧，我坐一会儿。"

苏小寿心里惦记着苏晓秀，但叶诚扭着了，她也不好撇下人，自己先走。苏小寿说："我先陪你去校医院吧。晓秀那儿，杨容他们已经过去了。"

去校医院岂不是要露馅？叶诚才不会去呢。他乖巧地半低着头，说："没有什么大碍。苏学姐，你等我一会儿，我休息一下就能和你一起过去的。"

这是个心善的好孩子，又看起来那么乖乖的。苏小寿说："不舒服要去看医生的。我扶着你过去可好？"

叶诚说："真不用去医院。我打篮球有时候也会扭着，我自己会处理的。"他羞涩地一笑，"我大概能站得起来，就是麻烦苏学姐扶一下哈。"这是小事。苏小寿立即答应，然后伸手去扶。叶诚便慢慢站起来，走路有些跛。好在他自己能走，苏小寿扶着也不吃力。

在她没有看到的时候，叶诚露出了一抹得意的笑容。

第十七章 酸意

看到来的人是杨容，苏晓秀诧异之后，勉强挤出笑："谢谢啊！我没什么事了。就是……她们呢？"

彼此也都相处了一年半年了，都知道私下里是个什么样子。杨容确定苏晓秀之前是装的有事，但也不想去想她为什么这样做，就敷衍地说："没事的话，那我先走了。"

她和陈立肖白跑一趟。要是不来，他们现在已经在高高兴兴吃烧烤了！

苏晓秀哪里顾得上杨容的想法，她得尽快找到苏小寿，要是人家真和一个男孩子关系好起来，她肯定会被迁怒的！

家里嫂嫂已经只给一点生活费了，要是那头再不给……苏晓秀脸色一僵，她才不要跟苏小寿那么拼。想到这儿，她是真觉得苏小寿傻，人家那么喜欢她，把真金白银送到眼前，她有轻松舒适的捷径不走，偏偏去苦哈哈地打工！

她打电话找苏小寿，结果来的是杨容，就说明苏小寿是和杨容一起的。

苏小寿没有和男孩子单独在一起，苏晓秀放心了一些。苏小寿只想读书刷证、打工挣钱，没心思恋爱的。

苏晓秀说："我没吃，跟你们一起去吃吧。"她猜到杨容肯定不是一个人回来的，就开玩笑似的说，"你要不答应，我就在阳台上喊一嗓子啦！"

杨容想拒绝，可陈立肖就等在楼下，而人家已经热情地挽住了她的手腕。她确实没辙，绷着脸，别扭着和苏晓秀一起出了寝室门，到了楼下。

陈立肖一直等着，老远就看见一个明艳的大美女和杨容一道迎面走来。

这个美女大冬天都穿着紧身衣服，勾勒出令人眼热的线条，比视频上还要漂亮。

应该就是苏晓秀吧。杨容站在她旁边，简直就不能看了，跟个豆芽菜似的。

他那个不大好的想法就又冒出来了。当初怎么就看中了杨容呢？一定得观察一下，要是苏晓秀是容易得手的，他一定不会放过好机会。

当然，他还得注意一下，旁敲侧击，看看人风评。要是苏晓秀名声太差，他一定做好防护。

陈立肖在心里咂嘴，苏小寿一看就是吃亏也不会张扬的女孩子，只可惜她太正经，不然他也想去招惹一下。

至于推叶诚到苏小寿跟前，是因为叶诚那小子看着乖巧，看看能不能让苏小寿开窍。有个笨拙的男孩子陪衬着，就能显出他陈立肖的好来。

至于杨容，聊胜于无罢了。反正他只是谈个恋爱，又不打算真结婚。到时候随便找个理由把责任推到杨容身上再分手，自然就能全身而退。

他认为，婚姻是很重要的上升踏板资源。他可不能把自己这个宝贵机会浪费在一个仅仅是条件还可以的杨容身上。他家是做生意的，一定要娶一个对他前途大有帮助的女孩子。至于女孩子漂亮不漂亮，脾气好不好，学历怎么样，都不重要。

陈立肖立即迎上去，用甜腻而又温柔的声音，说："怎么样？"他的目光不留痕迹地扫过苏晓秀。

这样的目光，苏晓秀从小遇到大，自然是很熟悉的。她微微侧过脸，将自己好看一些的右侧脸转给陈立肖看，目光里有粼粼的水光，似乎有无限的柔情。

陈立肖会意，微微一笑。

在两人眉来眼去之间，彼此就大概知道对方有几分意思。

杨容说："晓秀没什么事，要跟我们一起去吃饭。"

被人挽着手，她在陈立肖跟前也不好意思挣脱，哪怕心里很不情愿，也只好带上苏晓秀了。

苏晓秀早就听说杨容这个男朋友家境很不错，以往都没见过，如今一见，见对方长得也很好，心里就满意了几分。反正杨容又没和人家结婚，在此之前，她可以凭着本事去搞定嘛！

她的声音很温柔，说："真是不好意思，打扰你们了。"

杨容一听到苏晓秀这种说话口气，心里就不爽了。当着她的面，这个苏晓秀就敢明目张胆去对自己男朋友献媚！

没等杨容说话，陈立肖温柔地说："很欢迎的。早就想见你了。几个人都去，人越多越热闹。"

见陈立肖已经答应了，杨容就是心里生气，也不好说什么了，毕竟这次请客吃饭的大头是陈立肖，而她在陈立肖跟前的模样一直是善解人意的。好在又不是一直是他们三个人，还有苏小寿他们在的。反正以后她不把男朋友往苏晓秀身边带，想必也不会出什么事。

苏晓秀撩了一下秀发，笑着说："好啊！"

陈立肖微笑了一下。

杨容心里很不舒服，就是觉得这两个人之间的气氛不对，但是真要她跳出来说点什么，似乎也找不到正儿八经的理由。她就只好憋着，可心里生着气又消化不了，脸色就不太好看了。她轻轻地咳嗽了一声，瞥了陈立肖一眼。偏偏陈立肖似乎没有察觉到，还是那个样子。

杨容就更生气了，可她又没办法说，陈立肖，你不准对苏晓秀笑吧。毕竟，人也算是她自己带到陈立肖跟前的，她之前和陈立肖说过苏晓秀那些破事。所以，她心里特别别扭！是真的心里不舒服啊！但是她还得硬撑着笑。

她的步子走得比平时快多了。等到和陆雅、苏小寿她们一起就好了。人多，苏晓秀也做不出来什么出格的事儿。

偏偏等他们到的时候，说好的烧烤摊子上，苏小寿他们一个人都不在。

杨容赶紧打电话给陆雅，问："你们都在哪里？我们在烧烤摊这边了。"

陆雅说："我们搭车去别的地方了。"

平时寝室里，还能粉饰太平，但要是自己玩，陆雅还是想和能让自己高兴的人在一起。她就是看苏晓秀不顺眼，就不想去和她多接触。好在陆叶看出来她的不情愿，就干脆和她一起走开了。

杨容问："去哪儿了？"

陆雅说："我们去别的地方了。"她不大想说具体位置。因为说了，杨容肯定想跟回来。她有一瞬间的不忍心，这个时候，肯定苏晓秀就在旁边，杨容大概率也是不想搭理那人的。

杨容看着旁边已经聊了起来的陈立肖和苏晓秀，心里更不是滋味，但是他们说的话题都是很寻常的闲话。杨蓉说："说好了一起的啊，我们这就过去呢！"

陆雅笑着说："我约了人去看电影。马上就开始了。小寿呢？你给她打电话吧。"

陆叶买了奶茶过来，笑着说："走吧。"陆雅顺手就挂了电话，然后笑得很高兴。她明目张胆地拒绝了自己不喜欢的人，拒绝自己不喜欢的事，感觉是真好啊。

杨容又打了苏小寿的电话，问："小寿，你呢？什么时候过来啊？"

苏小寿看着脸色不太好、坐在椅子上的叶诚，说："我过不来啊，叶诚不舒服。"

一个两个怎么都过不来啊！杨容很别扭，再看苏晓秀那副矫揉造作的模样，就更不高兴了。但确实没办法明说什么，因为她根本就没在陈立肖的面前说过那些乱七八糟的事，只是简单地对她们的名字做过介绍。而且陈立肖不喜欢太有心眼的女孩子，喜欢温柔善良的。可直男知道啥啊，搞不好，还以为苏晓秀是个好姑娘呢！

看着苏晓秀用水一样的眼神去看陈立肖，而陈立肖还温和地回应几句，似乎真是男才女貌的模样。杨容气得不行，觉得自己好像才是多余的那个人，真想拖着陈立肖立即走开。可她又不敢，只好这样压抑住想法，勉勉强强笑。

苏晓秀看着杨容这个样子，又见陈立肖十分上道，心里很受用。她找回了昔日的一些自信。对呀，她就是很美，很讨男孩子喜欢。

陈立肖的衣服一看就是大牌子的当季新款，虽然剪掉了吊牌，但是苏晓秀认得出来。如果她搞定了这个男孩子，正式成为人家的妻子，也就有钱了，到了那个时候，她还怕霍元泽不给钱不成？至于杨容的感受，那根本就不在她的考虑范围内。

不管别人怎么想，不在乎别人怎么看，只要她自己过得爽就可以了。她认为，大部分人都是势利眼，只要她在高处，有的是人去趋炎附势。

另一边，苏小寿担忧地看着叶诚。她说："还是去医院看看吧。"

叶诚只是想逗一下苏小寿而已，并没有真正的受伤。他乖乖巧巧地看着苏小寿，眼睛亮亮的，说："苏学姐，我再坐一会儿就好了。"

苏小寿说："受伤了，还是要去医院的。"

叶诚说什么都不肯，认认真真地说："没事的，我自己过一会儿就好。"他微微抬头，看着夜空，说，"苏学姐，你抬头看，夜空有流星耶！"

苏小寿顺着他的目光看过去，只见黑色的夜空里，繁星点点，有一道流星划破长空，拖出长长的尾巴。她侧过脸，就看见叶诚闭上眼睛，双手合十，嘴里默默地念了两句。他很快睁开了眼睛，眼神清澈如水，说："苏学姐，我刚才许愿了。"

苏小寿愣了一下。她有多久没有抬头去看夜空了！

在日复一日的忙碌里，她一直在拼命地往前跑，都没有时间停下脚步，去看一看夜空里的流星。然后，她听见叶诚说："苏学姐，你怎么不许愿呀？"

苏小寿就笑了笑。生活的重担，就像啄木鸟在啄树，初始只是一个小小的口子，但时间越来越长，她这棵小小的树苗就空了心，茫然地立在森林里。好像，她已经不相信许愿这样的事了。她早就接受了事与愿违，接受了所求非所得，或者是苦苦去求，但是没有得到。

叶诚兴致勃勃地说："对着流星许愿可灵了，我之前就许愿，我能考上南江大学，现在果然考上了。"

考试考成功，这应该不光是许愿的事情吧。

看着眼神有光的叶诚，苏小寿突然觉得很羡慕。她年纪也不大，但眼神里似乎都没有光芒了，她很在乎挣了多少钱，变得十分俗气。

她的朝气一点点地泯灭，都不像是一个二十岁出头的年轻人了。梦想好像成为她的奢侈品，苏小寿不想去想了。有这个工夫，她不如多写点稿子，多挣一点钱，然后让自己的父母好过一点。

其实，她也想去读研究生，也想去实现自己的抱负，也想有一番成就。

苏小寿说："有愿望挺好的。"

叶诚还真是年轻啊！苏小寿突然觉得自己老了，明明自己就比叶诚大几个月，但是为什么心态不一样啊！她似乎找不回来那种轻松自在的感觉了！

还是以前好啊……以前真好。她的眼神里充满对无限可能向往的光彩。

那时候，她刚上大学，想好好读书，将来找一个好工作。她在心底还是想继续读下去的。她成绩好，保送本校研究生很容易。甚至，她抱着万分之一的可能性，如果父母身体好一些，她是不是可以继续读下去。

事实就是，没有如果，只有现实。放弃似乎是最正确的选择，但是真的很遗憾。

叶诚笑眯眯地说："苏学姐，你也要许愿呀！许一个大大的心愿，然后高高兴兴期待实现。"他眨了眨眼。

"苏学姐，夜晚的星星真亮呀！"

抬头看天空，苏小寿觉得星空真美。这样静静地看着夜空，也是一种幸福。她说："夜色如水，星光点点。"

中文系的学生骨子里都是有浪漫情怀，总喜欢在柴米油盐之外，向往澄澈与舒缓。

叶诚露齿一笑，说："我们的愿望都会实现的！"他握着拳头晃一下。

苏小寿被他的热情彻底感染了，忍不住也轻松地笑了起来。她说："其实，我挺想读书的，蛮喜欢张恨水，想去研究他。"

说到这里，她想起了如流星一般从她生命中路过的吴湖。

她问："后来吴老师去哪里了？"

叶诚说："这真的不知道。我打听过了，好像换了所有的联系方式。"

苏小寿说："我看过他写的论文，我很赞同他的观念，希望有朝一日，能再见到他。"

人海茫茫，不是刻意去找，再遇到一个人的概率几乎是零。大概她这句话就是说说而已吧。

叶诚早就打听过苏小寿的家境，真就是不大好那一种。他说："其实，你可以读研的，保送一等奖学金，学费全免，每个月还有补助。而且我们学校勤工助学也可以的，还有助学贷款。在读书期间，助学贷款应该是无息的。"

苏小寿抬起脸，几乎不敢相信自己的耳朵，问："真的吗？"

她没研究过保研的事，就是算了一下研究生的学费和生活费，以及自己打工挣的钱，还有家里需要钱的数目，确定自己是付不起的。但是如果学费全免，每月有补助，再加上自己打工，以及助学贷款，那肯定能支持自己往上读了。

她知道自己擅长读书，挺想能一直往上读的。如果有机会，她不想放弃。反正如果她去读了，只要她保持现在这个成绩下去，那么保研几乎是十拿九稳的。

苏小寿忍不住笑起来，说："真挺好的。"

认识苏小寿也有些日子了，这是叶诚第一次见她真心实意地笑。笑起来的苏小寿很好看，让叶诚觉得心旷神怡。大概他是不可能娶她的，但是追到手做女朋友，也是挺好的。家里肯定是不会反对他在大学时找个女朋友。

叶诚眨了眨眼睛，露出洁白的牙齿，笑着说："苏学姐，你笑起来的样子真漂亮！"有夜空星星，有安静的校园，还有二十岁笑起来让他脑子有些晕的苏小寿。

被直白地夸了，苏小寿觉得脸热起来，说："叶城，我扶你回去吧。"

叶诚非常高兴地看着苏小寿，说："苏学姐，我很开心呀，嗯，我们再坐一会儿吧，今晚夜色真的很美呀，当然，夜色再美也比不上你呀！"

说得苏小寿的脸就更热了，看了看远处校园，是如此安静，有学生路过，三三两两地散着步，洋溢着青春的气息。

这应该是一个人最好的年华吧。二十岁的她是不是也可以考虑一下自己的梦想？能不能凭着自己的努力，再往上读书做得更好更高？对，她很喜欢读书。她很想去试试，现在她的钱也是够的，只要家里没有什么事，她差不多可以往上读了。

苏小寿的眼睛都亮了，转过脸，高兴地看着叶诚："我明天就去找辅导员看一下助学贷款的事儿，如果可以申请得到，我就不担忧了。"

她的成绩保送本校研究生绰绰有余，甚至还可以去更高的平台，有机会去实现自己的梦想，而不是为生活彻底放弃自己想要的东西，这该多好啊！

苏小寿认真地看着叶诚，说："谢谢你告诉我好消息。"

叶诚看着又活络起来的苏小寿，心里莫名有点激动。他想拉着她的手一起奔跑，但是想起来这会儿自己是假装受伤，所以就笑着说："苏学姐，我们慢慢地走回去吧。"

苏小寿扶着他站了起来，然后和他一起慢慢地走在校园里。靠得近了，叶诚闻得到苏小寿身上有一股淡淡的香味。这股香味不是香水的味道，就是淡淡的香气，若有若无的，让人心里不由自主地安静下来。

其实这样下去也不是不可以的。叶诚想，能来大学里选择自己喜欢的专业已经很幸运了，如果能在这里遇上苏小寿，那就是更幸运的事。

叶诚问："明天如果我好一点，一起上晚自习？"

苏小寿说："好啊，不过，我晚上七点到九点这两个小时是要写小说的，我写得快，两个小时差不多能写万把字，状态好，可能还可以超一点。然后九点写完后，带上从图书馆借来的书，去自习教室看到十点四十五。"

大二的好处就是为了方便上晚自习的同学，寝室的关门时间延长到十一点半。

而且教学楼有些区域是通宵开放的，方便学生们读书。

叶诚也是诚心诚意想在大学里多看看书的，毕竟，毕业后，他未必有那么多时间去看自己想看的书了。

他说："好啊！"

可别说，今晚的夜色还真是美啊！

第十八章 再遇

期末考试各学科的分数陆陆续续出来了。

苏小寿蝉联了专业成绩全班第一。这一阵子，她还高质量地完成了齐教授布置给她的论文，是评论张恨水的，参考论文里面就引用了吴湖的观点。只是吴湖的文字还在，但是人却不知道去哪里了。

齐教授把她的论文推荐到一家杂志发了出来。

拿到杂志的时候，苏小寿在想，如果她把这篇论文给吴湖老师看，他会怎么说呢？可这个场景，她只能设想一下了。学校里再也没有吴湖老师的身影，也没有别人提起他，好像这个人从来都不存在。有时候，苏小寿觉得是不是自己做梦了，梦里有吴湖这个人，然后一觉醒来，其实他是不存在的。

苏小寿申请了寒假留校，打算就过年那几天回去一下，然后就回来。她想趁着放假有时间，多看看书，也多写写文。

叶诚要回老家。宿舍里面，其他三个是要回去的。

最近，宿舍里面的气氛怪怪的，苏晓秀几乎和杨容翻脸了。陆雅自然是站在杨容这一头。苏小寿是真觉得苏晓秀做得太不地道了，直接去抢了杨容的男朋友，但真要她与苏晓秀决裂，她也做不到，毕竟苏晓秀没抢过她什么东西。但要她跟以前一样对待苏晓秀，也是做不到的。

几个人之间有裂痕了，而且这个裂痕难以弥补。

好在寒假了，大家各奔东西，都见不到面，会好很多。

说到底，舍友也就是这几年的缘分吧，等到毕业后，就是天南地北，各人过各人的日子。

寒假里留在学校里的学生不多。苏小寿每天早上六点起来，然后就开始一天的忙碌。她很自律，不需要人催促，也没有人去催促她，就按照自己的节奏去一项项实现每一天的工作任务和学习任务。她是一个很喜欢有结果的人，不想把时间浪费在没有结果的人和事情上。

越是临近除夕，学校里越是人少。空中一早就飘了雪花。下午五点，苏小寿从图书馆里出来，准备去食堂吃饭，然后就看见外头的雪越发大了。

她在图书馆门口看到了霍元泽。他就那样静静地站在那里，身上披了层薄薄的雪。

苏小寿都记不得，自己有多久没有见到过这个人了，甚至不记得自己有多久没有想起过他。每一天都是那么忙，她的日程都被塞得满满当当的，几乎已经想不起来跟霍元泽在一起的时光了。

她以为彼此之间早有了默契，早就跟霍元泽再也不见了。两个人是两个世界的人，没有任何的交集。

学校里没有其他人，整个地上都铺了一层白白的雪花。天地之间唯余苍茫。雪是从早上下到了现在，有些厚了。

其实，苏小寿有霍元泽别的联系方式，但真的记不起来去联系他。因为她的生活圈子和霍元泽相差太大了，他们不联系彼此也是没有关系的，对他自己的生活也没有造成任何困扰。但是苏小寿有一种莫名其妙的心虚。这种心虚是说不清理由的，就是觉得她好像不应该这么做，把霍元泽给忘了，但真的就是把人给忘了。她真的不是故意去遗忘的，她没有去刻意做什么事，就顺其自然，然后就越来越陌生了。

再见的这天，她觉得和霍元泽之间完全没有了最初那份熟稔，好像他们之间有很多隔阂。这是没有办法的，苏小寿就这样静静地过着日子，然后就把他给忘掉了。嗯，有一些日子没有见到他了，大概是几个月吧。这两个月几乎没有任何联系。苏小寿都记不起来，上一次跟霍元泽说话的口气是什么样的。

苏小寿一直在愣神。等到霍元泽走近的时候，她只是笑笑，客客气气地说："您好啊，霍先生！"她不自觉地用上了敬语。好像除了您好，什么话都说不了。有一段时间，明明她是和霍元泽能说很多话的，但现在呢，话就变得很少了，没办法再往下说了。

霍元泽说："小寿，你瘦了。"他的神色很自然，好像自己不是消失了几个月，而是出门了一趟，几个小时又折回来的样子。

苏小寿做不到这样，神色里透着疏离，咬着嘴唇，客气地说："霍先生，您找我有事吗？"她想不出来霍元泽找她会有什么事。

霍元泽递过来一个盒子，打开，里面是一枚漂亮的钻石胸针，钻石个头很大。他说："我这次去国外出差，看到这个，觉得很配你，就买来送给你。"

苏小寿认真地说："霍先生，谢谢您，我一个学生，用不到这个。"再不知道行情，她看到钻石个头这么大，也知道价格不菲。估计这个钻石，她认认真真打几年零工，都买不来吧。

霍元泽解释说："我在外面没有办卡，所以没办法联系你。我本来以为在外面只要一周就能把事情办好。业务开头不算太顺，耽误了一些时间，就一直拖到现在。我刚飞回来，就过来找你了。"

苏小寿抬头看着霍元泽，这才发现他就是外面套了一件大衣，里面的衣服是很单薄的。

她问："霍先生，您冷吗？"

霍元泽笑着说："身上冷，心里热。我从南半球那边飞过来，那里是夏天，一下飞机，这里是冬天了。我来不及回家，套上最厚的衣服，就赶来了。"

对啊，北半球的冬天，就是南半球的夏天。一直知道霍元泽是个大忙人，没想到，他的公司业务都拓展到南半球去了。苏小寿说："霍先生，您应该休息一下的。"他赶来赶去是很累的。

霍元泽笑着说："我想看到你啊！在异国他乡，特别想你。小寿，不用对我客气。我这次去的就是南非，在当地直接买的钻石，然后请专人来制作的，全世界只有这一枚胸针。我觉得这样的独一无二才能配得上我心中独一无二的你。"

这个礼物太贵重了！苏小寿坚持说："我不能收的。"

霍元泽笑着说："你是我的女朋友呀！我说过，我要娶你的。"他取出胸针，笑着说，"是我给你戴上，还是你自己戴呢？"

什么？女朋友？苏小寿都摸不着头脑了！不是几个月不联系，就默认没有这回事吗？霍元泽怎么突然又冒出来说这番话呢？苏小寿是真没有把霍元泽那些话当真的，她觉得人家也就是随口说吧，没有抱太大的期望。他们差别太大了，注定是走不到一起的。苏小寿说："霍先生，您是我遇到的一位很好的东家，您对我很好，我很感激。"

一口一个您，苏小寿刻意和霍元泽拉开很大的距离。她是觉得现在的日子挺好的，所有的一切都是朝着她所设想的那样一步步走向更好的未来。她很满意现在，想这样继续走下去，不想在其中有一厘米的偏差。她是真的不想走到岔道上去，不想再一次遇到事与愿违。

霍元泽很奇怪，说："苏小寿，你答应了，答应做我女朋友，以后和我结婚。我们也有一定的了解，如果愿意，我等你满了二十岁，就和我办理结婚手续。"

好像是有这么一回事，苏小寿模模糊糊地记起来，但是她不记得自己给了明确的答案啊！她想要的一直是平静的生活。霍元泽实在是光芒耀眼的存在，实在是让她觉得高不可攀。她说："霍先生，以前是我年少无知。您值得更好的人。"

苏小寿从骨子里觉得自己配不上霍元泽，因为没有任何的期待，所以对未来也没有抱有任何想法。所有的都是意料之外，她真的以为这辈子不会再见到霍元泽了。甚至这一阵子，她确实是脑子里完全没有了霍元泽这个人。

霍元泽笃定地说："小寿，别喊我'您'好不好？你对我来说，就是这世上最好的人。"他深情款款地看着苏小寿。

说来也奇怪，现在听到霍元泽说这些话，苏小寿在感动之余，会觉得这是现实吗？在一次次起起落落后，她都不相信命运会对她那么好了，能够平安就很不错了。

苏小寿有一种想逃离的感觉，因为她不喜欢那些不确定的因素。她太渴望安稳了，太想要一份可以看得见的前景。她是平凡的小人物，是真的经不起任何戏剧情节了。最好的生活，就是没有故事的生活。这是她思考后，理性判断的结果。她已经反反复复去和霍元泽表达了自己的意思，可为什么霍元泽就是不愿意信她是真的没有想法呢？

有时候，她真的觉得和霍元泽没办法沟通。她明明想说是这个，但是霍元泽却误会是那个，而且霍元泽这个人很自负，只相信自己的判断。一旦什么事，他认定了，那么肯定就是得这样干的。

这真是没办法啊，她说也说不通。苏小寿说："谢谢，算了啊。我现在挺好的。"

这么一点时间没见面，苏小寿怎么看他就跟看陌生人一样？明明其他女孩子隔了一阵子再看到他，依然会很热情啊！而且他还带了大钻石来！其他女孩子收到后会很高兴！苏小寿居然有礼物都不要啊！同样的状况跑到她这里，怎么就行不通了？他都那么忙了，还抽时间去联系，真的是忙好就赶回来了，怎么苏小寿无动于衷？霍元泽敏锐地感觉到苏小寿对他还不如从前那么热络了！苏小寿也太难追了！霍元泽怎么讨好她，人家都是不冷不淡的样子。他无奈地发现，无论他怎么做，苏小寿好像就是不信他。

因为不相信他，所以她压根就不愿意付出，更不愿意再往前一步。她就像雨天负重的蜗牛一样，小心翼翼地伸出触角，打探着这个世界，一旦发现有不对的地方，马上就把触角缩了进去。她似乎更在乎现在看得见的东西。霍元泽说："可是，你答应过我的。小寿，你总不能食言吧。"他突然握住了苏小寿的手，一字一顿说，"你答应的。"

是啊，她答应的，这个她记得。可是她现在不想答应了！可是，霍元泽对她又有恩。苏小寿下意识地选择了逃避话题，说："霍先生，外头冷，我们换个地方说话可好？"

霍元泽没有松开手，说："好，跟我上车吧。"

他是自己开车来的，拉开了副驾驶的车门。苏小寿坐上去，然后快速地扣好了安全带。

霍元泽说：“我们先去吃饭吧。”

苏小寿说：“我请您吃吧。”

霍元泽说：“哪有让女孩子请的道理。还是我请你吧。”

苏小寿也是后来写文需要，搜索后才知道的。霍元泽请她吃饭的地方绝大多数都不是那种显山露水的地方，但实际上是很好的，菜的价格很高。有的时候，一盘青菜的价格都够她大半个月的生活费了！而且摆盘很讲究，她说不出来好在哪里，但是知道这个价格是很高的。而且他还喜欢包场！

这样的生活，苏小寿过不习惯。她是小老百姓，只想过很普通的日子。苏小寿说：“还是去普通一点的地方吧。”

霍元泽笑笑，说：“我订好了。”

车里开了暖气，苏小寿觉得很温暖。她侧过脸去看窗外。一年到头，南江这个时候是最安静的。街上的车辆很少，霍元泽的车开得很稳当。外头的高楼大厦不断地往后退。五光十色的霓虹灯闪烁，把这个繁华的城市点缀得更加繁华。

霍元泽把车开进了一家大商场的地下停车场，然后就抓着苏小寿的手去坐电梯。

这是高速电梯，有专门的服务人员候着。电梯速度极快且稳当，苏小寿就看见显示楼层的数字不断地变大。

不一会儿，电梯就到了。

霍元泽拉着苏小寿走了出去。

苏小寿面对眼前的场景很震惊，这是顶楼，装修得简约大气，有不少书柜，里面放了各种各样的书。三面都是落地玻璃窗，城市的最中心地带尽收眼底，还可以看见滔滔江水。

这里的服务员很多，但是没有其他客人在。苏小寿反应过来，这是霍元泽又包场了。他似乎并不喜欢和别人挤在一起，无论是吃饭，还是别的什么，都是要只属于他一个人的地方。

小说里的霸道总裁似乎都是这样的作风，但是苏小寿在现实里遇到，却觉得这样的人难以接近。他就像是放在大商场里最中央又新又贵的衣服，烫得笔直的，很挺拔，但却没了烟火味，显得不太真实。他的一举一动都似乎是精心培养的结果，苏小寿自己知道她站在人家跟前非常不协调。实际上，没有意外，她一辈子是见不到霍元泽这样的人的。

霍元泽说：“这里是粤菜。我点了几道，你尝尝看？如果不合口味，可以做别的。”

苏小寿说：“都行的。”

她不挑剔，这地方的菜往往都有特色、有味道、有品相，而且餐厅环境好。不

166

然也吸引不了霍元泽这样的人再来一次。

霍元泽笑着说："我们去那边坐吧。"他拉着苏小寿坐在了窗边。

大厅里有穿着礼服的年轻女孩子弹起了钢琴。曲子舒缓优美，让人心灵安静。苏小寿音乐没学多少，不知道这是什么曲子，也看不出来指法，只知道弹得很好。

苏小寿看着窗外，江水如带，蜿蜒到远处，美景尽收眼底。

霍元泽似乎很喜欢江景，市中心那套复式楼房子就是高层，可以看得见江色。苏小寿说："这里很漂亮。"

霍元泽微笑，说："不好也不会带你来这里。"他停顿了一下，说，"怎么样？你喜欢这里吗？"

苏小寿点点头，说："喜欢。"她心里有些急，这里好是好，但吃饭总是需要等菜，一个菜一个菜上，还有上菜顺序的严格要求，不能扒拉两口就成。她晚上还想去码字，这等菜的时间，估计都够她写几千字了。要是有工具能支持她手机写稿，或者语音码字就好了！

霍元泽笑着说："那我就放心了。"他停顿了一下说，"我把这里买下来了，你想来，随时都可以。这里的书都是我一本本挑的，大部分和你的专业有关系。还有，你喜欢写小说，我也专门给你买了个新笔记本电脑。"苏小寿愣了。

他这是一掷千金啊！这地方吃顿饭不便宜，买下来还装修好就更不便宜了！

这样的热情，让苏小寿无所适从。她所接触的人谈恋爱都平淡，一起散步、上自习、看电影，然后去食堂吃吃饭什么的，最多也就是在学校附近的小饭店之类转一圈啊！霍元泽带她来的地方都太高级了！让她觉得这地方除了她是多余的以外，其余都很和谐。

霍元泽笑着说："小寿，我不允许你拒绝。"

有服务员送来了笔记本电脑，是当季的新款！苏小寿看网友晒过的。她有些心动，但很快压下心头想法。别人送的，不如自己挣钱再去买米的香。苏小寿说："谢谢，我暂时用不到。"

霍元泽很无语，真是怎么去哄都难哄到手啊！苏小寿真是太无趣了！明明她姿态低一点，讨好一下他就可以得到一切！

他笑着说："算我借你的。"

苏小寿问："霍先生，您是怎么知道我没回宿舍的？"

霍元泽笑着说："你们大学假期开放的就那几个地方。你喜欢学习，我去你教室看过，你不在，我就去图书馆等等看。"

苏小寿很奇怪，问："可是，我也许已经回家了呢？"

霍元泽当然不会说，早已经得到消息苏小寿不回去了。他只是笑笑说："等到六点没等到你，我就直接开车去你家附近了。我知道你家在哪儿的。"他顿了顿，说，"我运气很好啊，也就等了个把小时，就等到了你。小寿，我看到你就很高兴。"他眉梢眼角都是喜悦的笑意。

怪不得她看到的时候霍元泽，他身上有雪。苏小寿感动了，说："你可以打电话给我的。"

霍元泽笑着说："小寿，你跟我说过，你自习的时候不喜欢接电话的。"可是，明明他的时间更宝贵啊！他那么忙！苏小寿忍不住说："霍先生，没必要的。"

霍元泽说："我觉得很有必要。小寿，我在等我心爱的姑娘，怎么样都是不累的。"他忍不住笑起来，说，"我还买了一个能带人的自行车，到时候骑车去你楼下等你。你怕我开车去找你，但骑自行车去找你总可以吧！"

苏小寿心里很感动，她能感受到霍元泽真挚的情意，这比给她很多贵重的礼物更让她高兴。她说："谢谢！"

霍元泽放了心，嘴角高高扬起，说："我不要你的谢谢。小寿，你是七月的生日吗？"他想了想，说："应该是七月十八日。去年没送你什么礼物，今年一定要送。过了那一天，你就是二十岁了。"

女孩子到了二十周岁，就可以自主决定要不要结婚了。苏小寿愣了，说："真不需要的。我够吃够用的。"

霍元泽笑着说："我知道的。可我总是忍不住想把最好的给你啊！比如我现在就恨不得马上到你二十岁，然后把你娶回家。"这番话，他说得特别真诚，像是发自肺腑。

苏小寿半低着头，有一会儿没有说话。是啊，霍元泽是真的对她好啊，凭他现在的实力，他完全没有必要去花这个心思的。

她说："霍先生，您待我真的很好。"是的，他真的很好啊。她心里很清楚，错过了霍元泽，大概再也遇不到比他还要好的人了。如果霍元泽真的和她结婚，那她应该也可以放心了，毕竟没有谁敢把婚姻拿来作为一个玩笑去对待的。

霍元泽认真地说："小寿，我是真的很想把我有的一切都给你，我尽我所能的去爱你、疼你、呵护你，你是我认定的这一生的妻子。我愿意和你去面对今后的风风雨雨，我知道你不放心我，因为我们之间差别有些大。嗯，因为工作的关系我也比较忙，这次真的是意外，我才这么长时间没有办法和你联系。我就是想娶你的，捧着一颗心来到你的面前，一颗真挚的心去向你说，苏小寿，你是我最心爱的姑娘，你就嫁给我吧，我会一辈子对你好的！"

霍元泽的声音很好听。他的这一番话就像冬天里温暖的暖气，可以抵御一切寒冷；就像是夏天里的一缕清风，能带来凉爽与舒适。苏小寿听得非常安心。

她认真地看着眼前的霍元泽。眼前这个男人几乎满足了所有少女对于丈夫的幻想，他实在是太完美、太好了。虽然这份美让苏小寿觉得不真实，但是她却无法抗拒，很想去接近他，就像是手冷的时候忍不住去靠近一团热烈燃烧的火。

现在她和霍元泽之间还有一些陌生，毕竟有几个月没有联系了。但是这份陌生随着霍元泽的这番话，消散了不少。他们拉近了不少距离，仿佛又回到了那段她给霍元泽做家政助理的日子。

那应该是她和霍元泽之间最美好的一段回忆。之后，她对于霍元泽记忆就大幅减少了。他就好像是夜间划过长空的流星，就好像是夏天里不常吃到的贵的冰淇淋，偶尔出现一下，只能稍微地璀璨，稍微地香甜。

虽然没有说话，但是苏小寿的脸色好看了不少，神色也温柔了下来。

外头天色暗了。

林里高楼的光带璀璨起来，对岸五光十色的。钢琴曲也变得更加欢快，像是一只小鹿在林间蹦来跳去。苏小寿的心跳得快极了。心里有一个声音不断地催促她，答应吧，答应吧！只要答应了霍元泽，很多问题就不是问题了，而且霍元泽真的是很喜欢她。答应了以后，将来的日子，她只会越来越好。

霍元泽接着说："小寿，你还犹豫什么呢？如果你还是不信的话，我可以再等半年，反正我已经等了很久了，你知道吗？我一直在等你啊！"

苏小寿说："霍先生，我……我能再想一想吗？"她神色里透着娇羞。

霍元泽这才彻底放心，火候到现在总算差不多了，不过，估计现在还不是收网的时候。他总是要在最好的时机看准了出手，并不着急再多等一阵子。

苏小寿说："我还是……想一想……"

菜这时陆陆续续地上来了，只是她的注意力都不在菜上。

这顿饭，她吃得心都乱了，一直在扑通扑通跳着。

第十九章 夜色

坐到车上的时候，苏小寿还觉得晕晕乎乎的。

霍元泽笑着说："这是我的世界。你觉得很贵的东西，其实就是我的日常。我能挣得到这么多钱，才会有这样的消费。小寿，下面，我们去你的世界可好？"

苏小寿转过来，问："什么？"

也许是夜色撩人，苏小寿觉得霍元泽比平时更加帅气，而且他的眉梢眼角上都是盈盈的笑意。

霍元泽说："我带你来看了一下我的世界、我平时的生活，我现在跟着你一起去看你平时的生活啊！你每天都在图书馆、教室、食堂之间，我是知道的。但是你学校附近的那些地方我还没有去过呀！我记得你很早以前跟我说过，你要请我吃点什么的。"

那真的是很早很早以前了，苏小寿回想了一下，好像那一天霍元泽带她去吃了俄餐，她还不会用那些刀叉。当然她现在已经知道怎么使用刀叉了。不过她还是忘不了当时的窘迫。

在那一天她还不知天高地厚地邀请霍元泽一起吃碗面。后来想想，霍元泽应该不屑于出现在她喜欢的那些地方的。只是为了照顾她的面子，霍元泽没有当场戳穿。

今天看霍元泽说得这么真诚，他大概是真的很想去走进她的生活吧。一直以来都是苏小寿被他带着看霍元泽看过的那些风景，但霍元泽很少真正俯下身子来跟她在一起去接近她的日常。

因为未曾去见过她的生活，所以他们之间的交流是存在着问题的。霍元泽和她一起的时候，一直以来是她仰望着霍元泽的生活。她就像是一个闯入者，来到了一个完全陌生的环境，无所适从。苏小寿很高兴霍元泽能这样跟着她来到她真正的世界。

到的时候已经快晚上八点。因为放假了，学校附近的餐馆关了大半。好在附近这几个大学里也有一些假期留校的学生，又有居民区，所以距离学校稍微远一点、好一点的饭店和KTV还在营业。

苏小寿问："霍先生，你想吃些什么？"

刚吃过饭，霍元泽其实不饿，但是他想陪着苏小寿。他有意去接近她。他说："我们先走一走看一看吧。吃什么我还没有想好。"

越接近居民区，小餐馆就越多，装修风格跟市中心完全不能相比，显得简陋了许多。有些地方的招牌甚至都破了一个角。

这一带的租客比较多，大部分都是外地来南江的务工人员。许是因为靠近年底了，大部分人都回老家了，来吃饭的人并不多，小饭店显得比较冷清。

苏小寿说："我们吃一碗面吧。"

霍元泽当然满口说好。他说："这一带你熟悉一些，去哪里我就听你的。"

实际上，苏小寿几乎就是宅在学校里的，她嫌往外跑耽误码字的时间，这一带也不熟悉。她走着走着就找不着东南西北了。她有些不好意思地说："霍先生，这儿我不太熟悉。"

这个场景，霍元泽倒是没有想到的。这种地方他根本就没有来过。虽然说他来之前做了一些攻略，还看了一些相关的资料，但是真正走进去的时候，他觉得不自在，挺想离开这里的。

市井生活，他很不习惯。这里的饭店里到处是烟熏火燎的痕迹，他还是更喜欢窗明几净。

不过，这是苏小寿更为喜欢的生活模样，他勉强去忍受一下。说是忍受，是因为时间长了他是真的不行。

当然，霍元泽是不会让她看出来他的真实想法的。霍元泽笑着说："小寿，你答应过要请我吃饭的，我人都来了。"

苏小寿小声说："我真不知道哪家饭店的菜好吃啊。这里的饭店我没有一家吃过的。平时我都是在食堂吃的，连学校的门都不出。"

想起来还有不少稿子没有写，苏小寿有些郁闷，但这是她早就答应的事，她还真不好撇下霍元泽就走。

她说："我随便找一家，如果不好吃，不能说我。"

霍元泽笑了，说："怎么会？我都没吃过。"

他本意就是和苏小寿拉进距离、消除隔阂，吃什么不打紧，甚至什么都不吃，就是和苏小寿单独待在一起说说话都是可以的。

苏小寿说："你有什么特别想吃的吗？"

霍元泽说："这里我都没有吃过，你说哪种好吃啊？我们要不都试试？不过都试一试的话，也都吃不完，对吧？你还是选一个吧。"

这不就是去随便选择吗？随便是最难的选择，真不知道选什么好，而且这个地方虽然都很破旧，但是吃的种类还是蛮齐全的。这一带是小吃居多，有兰州拉面、沙县小吃、插花牛肉面、重庆鸡公煲、酸辣粉，还有一些小排档小烧烤摊子，琳琅满目，应有尽有。

霍元泽习惯吃粤菜，对于这些口味的东西，他不一定能够习惯吃。因为已经是八点多钟了，一些店铺门关了，比如小蛋糕坊、包子铺。

苏小寿说："这里的店最近应该关门早。现在人蛮少的。夏天的时候生意好，这里的人应该是多的。"

霍元泽已经很注重养生了。大部分时候有专门的营养师在给他配餐，他基本上是不会去乱吃的。今天来这地方，看到这些招牌，他还有一些是根本就没有见过的。

他说："要不，吃面？"

苏小寿说："那这里主要有两家是可以吃特色面的，一家是插花牛肉面，另一家是兰州拉面馆。沙县小吃也是能下面条的，嗯，我去过的是那一家兰州拉面馆更靠近我们学校。"

霍元泽说："那就去吧。"

果然不是苏小寿话少，而是只跟他没话说。和苏小寿聊她熟悉的事物，她才能说得下去。

苏小寿说："可最近放假了，那个店也关门了。"

霍元泽说："这边也有一家。我们去试试看。"

面条很快就端上来了。霍元泽要了一小份，他举着筷子还没吃，抬头一看，苏小寿已经麻溜地把辣油倒进了面里，然后愉快地吃起来。

晚饭，她大概没有吃饱吧。记得佛跳墙，她就没吃几口。其实，回头想想，他忽略的一些细节，一直以来都是苏小寿去迁就他吧，吃得少，只是因为不合她的口味。他都不能让苏小寿轻松，她怎么可能去亲近自己呢？

再看自己，衣冠楚楚的模样坐在这种店里，风格也是格格不入的。他喜欢自己碰的东西都是干干净净的，样子漂漂亮亮的。他低头看着碗里的面，面很多，分量很足，就是没有造型，就是一碗普普通通牛肉拉面，不大吃得下去。

不是苏小寿，他大概一直不会来路边摊。之前那个小吃店铺，是他买下来，重新请人做的。但这里的店铺，他没有买。

苏小寿吃得很高兴，喝了一大口汤，说："这家面也很不错。"

172

果然生活中，没有持久的痛苦，熬过了低谷，自己努力往上走，就能高高兴兴吃上一碗热腾腾的面，心里美滋滋的。有一阵子，她晚饭就只能吃两个馒头，肚子饿了就只能猛喝水，现在呀，一通努力后，她可以愉快地吃肉了！她并不妄图自己能一下子过得特别好，她对自己的定位还是很清晰的，有手有脚好好干，一天比一天过得稍微好那么一丁点，她就满足了。

霍元泽觉得，就这样静静地坐在一边，看苏小寿吃饭就是一种愉快的事情。和其他人在他跟前顾忌形象只是大概吃一点不一样，苏小寿是真吃，大半心思都在面上头，吃得特别香。

真是轻松自在呀！

他试着吃了一口面，这味道很浓，不仅没有想象中那么难吃，反而是别的一番滋味。他跟着苏小寿的节奏，愉快地吃下去。

吃完了，两个人便从店里出来。外头还在下雪，路上的积雪有些厚度了。

霍元泽说："过年回家的票买了没有？没有的话，我送你回去。"

每年回去，除夕前后有加开的列车。苏小寿提前一点再去买来得及。她不打算在老家待多长的时间，毕竟老家没电脑，上网不方便。

反正她和家人还有以后很多年，不着急在这一时一刻。等以后完成了学业工作不那么忙，她就有大把时间可以回家了。

苏小寿说："票还没有买，临时去买来得及。我不一定非要赶在除夕那天之前回去，大年初一的票还是有富余的。"

霍元泽说："还是我送你吧，开车过去比较方便，也就五个多小时。你去火车站，然后坐过去要差不多一个晚上的时间。"

火车票虽然便宜，但是时间比较长。汽车票贵许多，但是时间短。苏小寿一般是坐火车回去。

苏小寿说："我自己回去。霍先生，您过年不回家吗？"

霍元泽眸子暗了暗，只是笑笑："我今年不回去了。"

霍家里头事情多，这次在大宅子待了一阵子，他嗅到了不同寻常的味道。很多霍家长辈都对老九交口称赞，反而是对原来默认的继承人大哥言语之间有诸多的不认可。而老爷子的态度就更奇怪了。

霍元泽一直没有接触霍氏集团的核心业务，他是靠着多年积攒的积蓄，还有家里的一些资源，自己在外头做出来的。

刚进大学没多久，他就边读书边创业，吃了不少苦，然后一天天走到现在。有几次在南半球那边出差，他遇到危险，差点把命交待在那里。

现在有的一切，绝大部分是他一步步打拼起来的。可以毫不夸张地说，如果不是他的启动资金比苏小寿足，家里又能帮上一把，他的生活未必比苏小寿好到哪里去。

二十岁以前，他混得不怎么样，几乎是无人问津；后来一步步混出眉目了，就有一群狂蜂浪蝶扑上来。到了快三十岁的时候，就被一群女人围着。他一边享受着被女孩子竭尽所能讨好的快乐，一边又看不起那些人，一个个都是想走捷径吧！

而最近，他搞定了一大笔单子，开拓了海外市场，并在那里有一席之地，就连一贯对他冷淡的穆诗成都带着可人的笑容，专门飞来找他吃一顿饭，全程态度好得不得了，好像那么多年的冷漠态度都是他的错觉。

霍元泽觉得没意思极了。他不好的时候，没有一个人搭理他；现在风生水起，就有一群人主动凑上来。

那时候，他确实就想第一时间出现在苏小寿面前，至少，他可以肯定苏小寿没想图他钱，没想靠着他一步到位。霍元泽说："我之前回去过了。过年这几天想休息一下。我送你回去吧，本来我就准备去山上泡温泉。去你那儿有好几次了，居然一次都没去。听说那里雪景很美。"

温泉很多地方都有。苏小寿心里知道这就是霍元泽想送她回家找的借口。想顺路的人，不管距离多远，东西南北都顺路。她说："霍先生，您很忙的。我不好太麻烦你的。"

是她不好意思麻烦，而不是不想麻烦。霍元泽听得懂，心里高兴，笑了笑，说："忙是忙不完的，事情是做不完的。一年忙到头，总要给自己休假的时间。小寿，那就这样说定了。嗯，你要回去那天，提前两个小时跟我说一下就可以。"

霍元泽知道再这样说下去的话，苏小寿肯定会找出一大堆理由，然后去拒绝的。所以他干脆就不给苏小寿拒绝的时间，直接就把这个事情说定了。就这么办吧，不要再改了。不然改来改去，最后还没有一个定数，在这修改主意的时间里，事情都已经做完了。

他索性再换了一个话题。他说："今天估计耽误你更新了。"

苏小寿说："没关系的。这样的日子一年也没有几天吧。"她是能做到按时去工作的。如果不去忙碌的话，她会有一种负罪感，会觉得这是在浪费生命。生命如此宝贵，每一秒钟都不值得去虚度。不过这样偶尔放下往前奔跑的脚步，轻轻地慢慢地静静地走，整个人会觉得放松了许多，精神的压力也小了很多。

外头的雪是真大啊，纷纷扬扬地飘下来，如鹅毛一般。整个城市都笼罩在一片茫茫的雪色之中。这真的很像是琉璃童话世界。尤其是身边还站着霍元泽，苏小寿就更觉得像是一场如梦似幻的童话故事了。在忙碌的日常之中抽出一丝的梦幻，让自己的心灵得以放飞，如轻盈的雪翩翩飞舞。

踩在人行道的积雪上，留下了簌簌的脚步声。苏小寿忍不住回过头看自己踩出的一连串深深浅浅的脚印。这串脚印挨着霍元泽的脚印。两串脚印几乎是并排连在一起，他们已经走了很长的一段路。

苏小寿忍不住抬头去看他，霍元泽没有打伞，身上、头上都有薄薄的雪。

大概自己的头上、身上也有雪吧。

霍元泽很自然地抬起手，替她拍了拍身上的雪："小寿，我应该送你一条围巾。"

苏小寿忙说："不用了，我有的。我有羽绒服，有帽子，有手套，有围巾，冬天的衣服都是全的。"

"那也不暖和呀！我给你买一些暖和的衣服，天还是很冷的。"霍元泽停顿了一下说，"我挺想看你穿着大衣，然后戴上我送你的胸针。"

苏小寿说："霍先生，胸针实在是太贵重了，我不能收的。"

霍元泽说："那这样吧，我把胸针放在你以前住的房间里，你想戴随时都可以，这样可以吗？"

苏小寿很奇怪，她已经不当霍元泽家政助理很久了，怎么霍元泽还保留着她在那里的房间呀？

霍元泽说："你不在以后，我就再也没有去过那个房子，我觉得那个房子里没有你就没有了生气。就好像那个房子就是个空壳子一样。"

他微微抬头，看着不远处，眼神温柔，说："我有很多房子，但是房子里没有你，我就觉得整个人都是空空落落的。"

苏小寿说："霍先生其实您大可不必这样，我就是一个很普通的人。"真没有霍元泽想得那么好。

霍元泽笑着说："小寿，我都知道的，你自己觉得很普通吧，也许在别人眼里也很普通的，但是你在我心中就是闪闪发光的。"

这样明目张胆的偏心，让苏小寿有十足的安全感。

两个人就这样随意闲聊着，距离不知不觉拉近了。

嗯，好像有些人一直不联系，突然再联系也还是可以接近的。

霍元泽是一个很好的人，对她真的很不错。

这时候他把苏小寿的手拉了过来，然后紧紧地握着。苏小寿能够感觉到霍元泽掌心里的温暖。这样的暖是绵绵的，就像是江水一直在流淌；这样的暖是沁人心脾的，就像是花瓶里的花在散着淡淡的香气；这样的暖是苏小寿渴求许久的，可以让她整个人都宁静下来。

苏小寿想要的就是这一份笃定，想要的就是这样深信不疑的偏爱。

霍元泽说："小寿，我爱你！我们结婚吧。"说这句话的时候，霍元泽也有几分真心。苏小寿真的挺不错的。如果结婚的对象就是她，他应该可以幸福。

如果不考虑其他的因素，霍元泽就想把假戏真做了，但是下一瞬间，他否定了自己的想法。他不能感情用事，有些事情没有那么简单的。

　　不过，他应该可以把苏小寿一直留在自己的身边吧。自己一定会一直对她很好的，他也愿意一直对她很好。至少可以把爱情留给她。

　　苏小寿是真的很高兴。命运对她挺好的，兜兜转转地能碰到这样一个人，认认真真地把她放在心上。能遇到霍元泽，真的是她的幸运。

　　天地之间，雪色是如此美丽。而她身边的霍元泽也是如此美好，岁月好像在这里变得温馨了起来。苏小寿挺想按下暂停键的，把所有的美好停留在这一刻。她的画技不够好，如果可以的话，她很想在回去以后把这一幕画下来，而不仅仅是留在心里。

　　她和霍元泽一起看过雪，是不是预示着他们可以一起走到白头？

第二十章　美好

　　苏小寿带了面包，在图书馆的机房里飞也似的码字。她心情很好，码字更流畅了。大半天下来，竟然写了快两万字。她从电脑前站起来，揉了揉手腕，然后走出了机房。她掏出手机一看有三个未接来电，都是霍元泽打过来的。

　　最早一个电话是十一点，之后是十一点半，再还有一个是十二点。然后她发现有几条未读短信。

　　霍元泽问："小寿，你忙好了吗？忙好我们一起吃饭吧。我在图书馆门口等你。"

　　苏小寿一看时间，现在已经是下午一点半了。她赶紧从图书馆走出去，就看见霍元泽等在外头。他穿得很休闲，套着杂牌的运动服，推着一辆自行车，看起来比平时少了几分沉稳。

　　不会他一直都等着吧！

　　苏小寿赶紧快步往前走，走到跟前说："霍先生，我一直没看手机。"她的手机是最差的那种，只能接打电话，发发短信。平时也没有什么人给她打电话，所以她不记得时不时去看手机。

　　霍元泽走在学校里，突然觉得自己年轻了好几岁，整个人的感觉都不一样了。看到苏小寿来，他等了很久，竟然没有一丝怒气，反而十分欢喜。这是完全不一样的人生体验，他没有去等待另外一个人等这么长时间。以往都是别人去等他、去迁就他。在等待的时候，霍元泽居然幻想过很多场景。他幻想自己跟苏小寿在一起的时候会是什么样子，一定很温暖，就像这雪后的阳光。

　　他甚至连他们的孩子的名字都想好了。

　　他想他是真的喜欢上了苏小寿吧。在漫长的追逐中，他喜欢上了这个人。反正至少他们能够在一起，至少他们将来不管是怎么样吧，他还是很想握着她的手的，这辈子不想松开。

霍元泽的思绪有些混乱，理智告诉他，他不该放纵这样的感情，毕竟他要做大事的，他要娶一个能够帮助他事业，有利于在霍氏集团的竞争当中获利最多的女孩子做妻子，而且也有这样的合适人选。

可这一刻，他有些犹豫。

有些东西他多花一些时间应该也是可以得到的，没必要去让自己的婚姻掺杂一些别的东西。

有更好的办法让他在更短的时间内去达成目的，甚至能做到更好更高的位置，让他现在这样去放弃的话，他又舍不得。霍元泽渴望更大的成功、更大程度的认可，他希望自己不仅仅是做南江地产的霍总。他希望自己的商业版图能够扩得更大。

苏小寿很好，大不了他就把她养起来吧。他会尽可能地从别的地方去弥补的。

霍元泽笑着说："其实我也没有等太久，嗯，不太饿的。"

那就是他一直没有吃饭，等在了门口。苏小寿在感动之余有一些心疼，没有必要啊，等不到她的消息，霍元泽应该先去吃一点什么的。

苏小寿赶紧说："我们赶紧去吃饭吧，不过这个点食堂已经关门了，只能去学校外面再去吃一点什么。"可吃什么好呢？其实苏小寿也能猜得到，像霍元泽这样的人是吃不惯学校附近的这些小摊小店的，他应该去更好的地方，但是更好的地方苏小寿未必请得起。苏小寿说："我们赶紧坐地铁去附近的商场吃一点东西吧。附近商场地下一楼，还有楼上也有吃的。我以前去过一次。"

霍元泽笑了，苏小寿还想去请他吃饭呀？还是他请吧。请女孩子吃饭应该是男孩子做的事情，他正在追求苏小寿嘛！霍元泽说："现在我们去吃饭吧，我知道距离这地铁几站的地方，还有一家馆子挺不错的，是一家私房菜。嗯，本帮菜，口味是偏甜一点，我已经打过招呼了，你的口味有点偏咸偏辣，让他们做菜的时候注意一些。"

不等苏小寿拒绝，霍元泽说："你看我都饿了这么久了，你陪我吃一点吧。"说这些话的时候霍元泽也觉得自己变了，他从没有想过他会变得话这么多，对一个人这么热情。其实，霍元泽也知道，苏小寿是这么普普通通的一个女孩子，性格也未必有多好，甚至敏感、缺乏自信、没有太大的安全感。像她这样的女孩子，在这个世界上有成百上千，有许许多多。可是他转念一想，大概就是因为他在苏小寿身上花了太多的时间，太多的精力，才让她变得在他心中更加珍贵。一朵精心培育的玫瑰在他的花圃里已经含苞待放，现在让他转身就走，霍元泽不愿意。

在读大学的时候，他基本上是不和同龄的女孩子来往的，因为确实没有什么时间，他忙着创业，忙着工作，忙着让自己变得更好。

大概人生缺失这一块是不完整的。他在机缘巧合之下遇到了苏小寿，然后打了那个荒唐的赌。现在他已经记不清最初去追的原因了，他想要的是结果，一个可以和苏小寿在一起的结果。

苏小寿说："霍先生，总是麻烦您。其实真的没有必要的。我吃什么都行的。随便吃一点什么都好。"

霍元泽笑着说："走啊。"

他们俩并肩走在学校里，就像学校里经常可以看见的那一对对年轻的男孩子和女孩子。

苏小寿悄悄地去看霍元泽。其实，霍元泽的年纪也不大，不到三十吧。平时他打扮得特别老成，走的是成熟稳重的路线。其实他再收拾下自己，往年轻里捯饬，看起来是比她大不了几岁的。

苏小寿自己喜欢过的一个当红的偶像，也就是和他差不多的岁数，人家还在电视剧里演翩翩美少年呢，没想到跟他同岁的霍元泽在现实里却走起了霸道总裁风格。

察觉到苏小寿在看自己，霍元泽忍不住把腰挺得更加直一些。他的嘴角不断地往上扬，心里的喜悦是怎么都也遮不住的。是啊，他就是开心，能跟苏小寿在一起，他是真的非常高兴。他已经很久都没有这样高兴过了。

他和苏小寿一起去坐地铁。霍元泽其实没有坐过地铁，他甚至连公交卡都没有。还是在苏小寿的帮助下，他在自动售票机上买了一张单程票。

现在地铁上人也不是很多，他们两个坐在空荡荡的车厢里悄悄地说话。话也是随随便便说的，每一句拆开来看都是没有营养的东西，但是这些无效的信息凑在一起，却让霍元泽觉得无比开心。不是这些话让他开心，而是他身边的苏小寿让他觉得非常好。这样的感受霍元泽之前从来没有遇到过。这大概就是真正恋爱的感觉吧。

他们走到一个小街里，转来转去，拐到了一个别墅门口，却被门口的服务员拦住了。

以往的服务员都笑容满面的，还会弯腰拉开车门，可今天的服务员趾高气扬起来。他不客气地说："对不起，这里两位不能进去。"

霍元泽说："我预约过的。"

来这里的人非富即贵，都是开车直接进车库的，几乎就没有人走前门。服务员打量了一下面前两人的穿着，见两人的衣服都是很普通的款式，敷衍地说："这里是饭店，不接受参观。"

霍元泽说："这里我今天包场了。"

听到这句话，服务员直接翻了一个白眼。他们这可是很贵的私房菜！今天来包场的是南江地产的老总。这两个人是来开玩笑吗？尤其是这个男的走路走过来，还大言不惭地说包场，是拿他开涮吧！

服务员硬邦邦地说："这里不接受参观，你们快走，不然我叫保安了！"简直是什么人都有。

霍元泽掏出手机，去拨这家店老板的电话。偏偏电话没打通。

服务员竖着耳朵听，见没动静，就更信了自己的判断，说："别装了，快走！"他的嘴脸十分难看，态度十分恶劣，直接赶人，"吃不起，还敢来这里！"他瞥了一眼苏小寿，冷笑一声，说："小姑娘，别给他骗了！这种人我见得多了，没钱还装！"

霍元泽脸色沉了下来。苏小寿拉住他，说："我们走吧。"

他已经很多年没有被这样冒犯过了。简直是岂有此理！他包了场，就因为没有开车来，穿了一件普普通通的衣服，然后连门都进不去了！

而且这一幕还发生在苏小寿跟前！

霍元泽拉住了苏小寿，直接给私人助理打电话，说："今天谁订的店？直接辞退。还有，告诉他们，他们家店太大，门我以后都不进了！"

服务员没认出来霍元泽是最新款手机，在一边插嘴，冷言冷语说："放狠话，谁不会啊！你们快走！"这样捧高踩低的人，苏小寿见得多了。她最倒霉的时候，这个世界大多数人的脸色都不好看。

她看出来霍元泽憋着一股火，忙说："霍先生，昨天的菜不错的。我们回自己那边去吧！"

此时，霍元泽的电话响了，是这家店的老板打过来的。霍元泽接了，口气淡淡地说："陈老板，你家门口难进！我就不去了。还有，门口麻烦换个人，态度太差！"

陈老板的声音都在抖，说："霍总，不好意思啊！底下人不懂事！是我们的不是。"

然后苏小寿就看见从别墅里滚出来一个圆润的胖子。他直接冲到霍元泽的跟前，不住地道歉。

这时候服务员才知道害怕了，他的脸色都变了，赶紧跑过来，忙不迭地道歉，不停地鞠躬，嘴里反反复复地说："是我不对，是我有眼无珠！怠慢了霍总，我不对！怠慢了您！"他的声音都在发抖，整个人也在颤抖。

这件事还真是服务员不对。做了服务行业，就该尊重前来的每一名客人。也许今天他不能来消费，但以后呢？态度友好地去对待，让对方留下一个好印象，也许以后有机会来呢？

苏小寿没有给服务员求情。

霍元泽有些意外。他以前的女伴总是会找各种各样的机会去显示她们的善良和大度。这种时候其他女孩子应该会出来劝两句，凸显自己的"人设"。

苏小寿是真善良，可是她却没吭声。

感觉到霍元泽的目光落在自己的身上，苏小寿说："霍先生，我们走吧。"

服务员就像是抓到救命稻草，他对苏小寿说："救救我！救救我！我不是故意的，您大人大量！求求你救救我！"

错了就是错了，不能用不是故意就来掩饰这个错误本身。每个人犯了错就应该承受相应的后果。服务员没有端正服务态度，刁难了顾客，然后因此受到了处罚，是他应该承受的。而且他言语中还有道德绑架的成分，好像不原谅他就是她不够大度了！

对不起，她还真不想大度。

陈老板也瞅准机会，对着她一堆道歉。

苏小寿只是说："我们走吧。"她没有半点求情的意思。

霍元泽也没有理会，牵着苏小寿的手走了。等走远了，霍元泽才说："小寿，我以为你会求情的。"

这都是服务员自己犯的错，然后他去受到处罚不是应该的吗？她求情是不是反而破坏了这个规则呢？苏小寿说："他的态度本来就不对，应该要受到些处罚。至于怎么罚他，由他们店里老板决定，跟我也没有什么关系。"

一码归一码的。她可不是什么烂好人，别人求一求，就觉得那些错误可以一笔勾销。很多事该拒绝还是要拒绝的，该处置还是要处置的。

这个观点霍元泽也是赞同的，这样的员工放在哪里都是不好的，也要予以处罚，不然的话今天得罪了他一个，明天就可能会得罪别人。员工是来为公司打工服务的，而不是来得罪人的。他可没有那么多时间和精力去到处灭火。

霍元泽点点头，气消了大半。

苏小寿说："高考结束的那个暑假，我去我爸妈小摊子上帮忙，他们说和气生财。对每一个买东西的人都要客客气气的，不管是什么人。"

她记性很好，记得清楚那些回头客的喜好，哪一个爱吃多少辣，是微辣中辣还是麻辣。吃不吃香菜、小葱或者海带。喜欢多打一个鸡蛋，还是不吃鸡蛋。正是通过这一个个小细节，和顾客随口闲聊几句，建立了良好的关系，苏小寿才能把鸡蛋煎饼卖得更好。

霍元泽说："这是应该的。"这样一弄，他也不觉得饿了，索性问："小寿，你是想去昨天那里呢？还是想跟我回家吃点？"

苏小寿问："都行吧。"

她在图书馆已经吃了好几个面包了，是真的不饿的。今天写稿的任务已经完成了，她也有些空闲，主要是霍元泽没吃。

霍元泽说："那好。"

他随手拦了一辆出租车，解释说："我司机请长假回家了。阿姨也请假了。这些天我都在外面吃。"

读书的时候，霍元泽也是学了的，做得菜只能算烧熟，至于味道……不好说，但肯定不如苏小寿做的好吃。

总是在外头吃也不是个事儿。苏小寿问："我来做吧，就是……霍先生，您那儿有菜吗？"

整个城市外地人走得差不多了，估计现在连配送菜的人都找不着了。

霍元泽说："没有。"

这事儿还真是为难着他了，这些生活上的细节他根本就没有处理过，定时有人处理家务什么的。反正都有专人打理得井井有条。他连什么东西在哪里都不知道。

苏小寿记得在超市看到有果蔬区，说："我们去超市看看吧。"

两个人便来到了超市。

看到霍元泽在超市里推购物车也不是特别熟稔的模样，苏小寿就猜到了，他几乎是不来这些地方的。这也不奇怪，他平时生活起居都被人处理好了，他自己是用不着来这儿的。其实，苏小寿也不常来，一个月来买些必备的日用品，也就不买其他的了。

超市很大，是上下两层的，她绕了好一会儿，才找到果蔬区。做过一阵子霍元泽的家政助理，对于他的口味，苏小寿大体上还是了解的，于是买的东西基本上都是霍元泽喜欢吃的。察觉到苏小寿一直在迁就自己的口味，霍元泽说："你爱吃的也买些吧。"

超市里大部分商品，都很平价，不是霍元泽平时用的牌子。他目光扫过去，也不知道哪些是苏小寿喜欢的。

这一刻，霍元泽觉得自己对苏小寿的了解还是不够多。对于苏小寿的喜好，他基本上不了解。

果然，他以前的姿态太居高临下了，忘记了苏小寿是一个有想法的人。他用他的思路去判断、理解苏小寿的行为，得出来的结论，肯定是和苏小寿自己看自己是不一样的。

从某种意义上说，她眼中的世界确实和他眼里的是不同的。他不能把自己的认知强加到苏小寿的身上，强加也没用啊，人家都那样过了差不多二十年，就是不认可。

看着苏小寿在兴致勃勃地挑选，霍元泽就在一边微笑看着好了。

只要苏小寿高兴就好，至于她买什么，霍元泽不在意。

当然，霍元泽没有说破一个事实，就是他日常的那些蔬菜都是他们家自己种的，绝对绿色环保无污染，然后最新鲜的菜直接送到他的家里。

苏小寿已经很久没有痛痛快快逛超市。很多时候都是她想买，但是考虑到价格犹豫再三，最后又放了下来。

但今天应该是不需要顾忌的。苏小寿的东西越买越多，然后堆满一个购物车。

即便是这样，苏小寿也还是有意犹未尽的感觉，她觉得自己还可以再往下买一些什么的，自己要买的那些东西都是挺实用的。

看出来苏小寿还是很想买东西。霍元泽说："一次性多买一点，到时候就省得再跑出来一趟了。"

是啊，霍元泽住的地方好像就是没有什么大型的超市的。他没有超市购物的习惯。他觉得超市里人多，太吵闹。毕竟，他那个小区东西都是送上去的，直接到人家里，他们那儿的住户不需要来超市买东西。

苏小寿更加高兴了，继续兴致勃勃地挑东西。

他们大包小包拎着东西出了超市，然后打车走。霍元泽报的地址是原来他在市中心的那套房子，距离苏小寿的学校也近。苏小寿还记得房子里是什么样子的。平心而论，那个时候的霍元泽在苏小寿的眼里真的是一名特别好的甲方了。

现在和霍元泽一起在超市里买东西，她的感觉又不一样了，此时此刻的他再也不是自己努力去讨好的甲方。

到了楼上，苏小寿发现整个屋子和以前没什么区别，就是地板没有了之前的纤尘不染，花瓶里的鲜花有的已经枯萎了，一看就是有几天没人换水换花了。

霍元泽说："他们大年初三就可以到岗了。我大概混混就能过得去吧。"

那就是还有几天才有人来收拾。苏小寿说："还是我来吧。"

霍元泽说："不用，我临时请人来弄了。"他拎着大包小包，"我和你一起做菜吧！"苏小寿自然一口答应。

但很快，苏小寿就发现自己这个决定真的十分错误！因为霍元泽的厨艺简直可以用"小白"来形容！态度是认真的，工作是糟糕的！还把台子上、地上弄得到处是水渍、面粉、菜叶！

苏小寿很无奈，说："霍先生……"

她转念一想，不能打击霍元泽的积极性，话到嘴边，就改口。她笑着说："我记得您提过您会包饺子。"

这倒是事实。霍元泽眉毛一挑，有些意外。他没想到苏小寿真记得。那个时候，同学们在闲暇之余会聚在一起，除了去外头吃饭，也会一起做菜，比如包饺子。他的这一点微末的家务技能，还全是那时候学来的。

不过他那一群朋友里头大部分厨艺都是零，也就是看着菜谱随随便便做做，只能保证大部分食物是熟的。说是大部分，因为还有些同学什么都不会，干脆做什么生鱼片、水果沙拉之类的。而且他们切菜的技术不怎么样，生鱼片很厚，水果也切得厚。至于味道就只能用马马虎虎来形容了！

那时候，曾经也有女同学向他示好，只是他一心一意想办法要做出头，所以都忽略了。霍元泽看着苏小寿，就像看着自己年轻时错过的风景。在这个岁数遇到她，她就是来给他弥补这缺失的吧。其实，现在的他哪里会缺吃饭的地方呢！有的是人做得比他好。但这一刻他觉得一起动手去做是一种幸福。他说："好。"

磕磕绊绊的，两个人总算是包了一大盘饺子出来。又是一通忙碌，等吃得饱饱的已经是五点多了，苏小寿又和霍元泽收拾起来。

看着重新恢复整洁的厨房，苏小寿说："剩下一盘饺子，你明早自己煮着吃吧。"

霍元泽说："那明天中午怎么办？临时真找不到人了。我就会做饺子，总不能一直吃吧。这样吧。小寿，这几天你能辛苦一下吗？真找不到合适的人了。就这几天。"他看着苏小寿，目光里有无限的温柔。

霍元泽既然开了这个口，苏小寿要是一口拒绝似乎是不大好。正好她也欠了霍元泽的人情。于是，她说："好。我明天一早赶过来。"答应的时候，苏小寿有一种莫名的喜悦。她其实内心早就期待能和霍元泽继续，只是害怕有她不想要的结局，才一直规避继续。现在这样挺好的。

霍元泽笑着说："赶来赶去太累了，家里有你的换洗衣服。要不，今晚你就别回去了。"他顿了顿，"不用担心学校那边，直接说提前回家了。现在离过年也没有几天了。然后我们从这里出发，去你家那边，然后再和你一起回来。"

不等苏小寿找理由拒绝，霍元泽说："这是最方便的安排。小寿，我想念你做饭的味道了。"苏小寿的厨艺和家务能力不是他所请的家政助理中最好的，但是却是最合他心意的。

年华似水，一眨眼又要到农历新年了！苏小寿有些愣神，日子过的时候不觉得，等回过头一看，已经翻过去那么多页。

可为什么苏小寿却觉得好像跟昨天也没有什么太多的区别呢？她好像还是霍元泽的家政助理，好像每天下了课还是要赶过来做这些事。其实，她给霍元泽做家政助理是多久以前的事了？差不多是一年半以前了吧！那时候，她刚来南江没多久，打心里在这大城市的无限繁华里感到渺小与自卑。

霍元泽知道火候差不多了，果断伸出手，用力地握住苏小寿，笑着说："小寿，以后我们每一年都一起过吧。"他说得口气笃定，话语掷地有声。

在他的眼神中，苏小寿看到了满天星辰，看到了深邃大海。

苏小寿醒来走出房门,发现这里已经整理过了。她楼上楼下转了几圈,没有看见霍元泽的身影。

花瓶里又插上了鲜花。送来的鲜花一年四季都有,如果一直待在霍元泽这儿,是不记得今夕是何夕,会模糊季节的。反正霍元泽这里的花都是新的、美的,如果一批开旧了、开败了,那就会被换去,总有新的、好的替补上来。

他根本不缺漂亮的鲜花,也根本不缺为他做家务的人。

原来的阿姨请假了,只要价格到位,他可以临时请新的来。

厨房里的冰箱冰柜里又多了很多食材,牛奶酸奶一罐罐摆着,咖啡机也不是空的,里面有咖啡豆。漂亮的小蛋糕放在精致的盘子里,搁在了餐桌上。旁边有一张字条,上面写着"我请人整理过家里了,有事出去一下,估计十一点回来,中午我们去新地方试菜,想写小说笔记本电脑在书房,小蛋糕留给我的小可爱"。

霍元泽的字很漂亮,龙飞凤舞的。苏小寿拿起来一看,心里一甜。突然,她的目光盯着"爱"这个字看,眉头微微皱起来,这个字看起来眼熟,好像在什么地方看到过。可她就是想不起来了。她想了一会儿,就算了。既然想不起来那就不想了。

苏小寿拉开窗帘,外头的阳光透过玻璃窗落在了她的身上,是久违的温暖。

她看看时钟已经快到九点半了。她写稿的速度快,一个多小时,她能写不少字。

可霍元泽到十一点半都没有出现。估计他是没忙好吧。苏小寿也没问,直接烤了两片吐司,配上番茄酱,吃了个简单的午饭,然后继续回到电脑前写稿。这两天她得多写一点,毕竟过年那几天,她有很多事,肯定是写不了的。

没有人盯着,她也很自觉地去完成这些工作。和以前一有空就喜欢胡思乱想不一样,现在的苏小寿恨不得每一秒钟都利用起来,去忙自己的事。

那时候她可真年轻啊,有大把的时间却在纠结霍元泽到底是不是爱自己,会不会爱自己很久。

责怪命运没有用。去想这些问题也没有用。与其把希望寄托在别人身上,还不如让自己变得更加靠谱一些,想办法让自己的日子更加好一点。

同一时间,霍元泽在那天跟苏小寿一起吃饭的顶楼餐厅,坐在同一个位置,去见穆诗成。

穆诗成穿着优雅的礼服,端坐在椅子上,妆容精致。她比霍元泽小两岁,现在还在外头攻读更高的学位。

霍元泽问:"怎么突然回国了?也不跟我提前打个招呼。"

穆诗成放下手里的咖啡,露出一个得体的笑容。她口气温柔,说:"我以为我们之间不需要这么客气。"

霍元泽笑着说："以后见面还请你的助理和我的助理提前约好。"

无论是在霍家，还是在穆家，即便是夫妻见面也都是要通过私人助理提前约好的。没有人是例外，即便是新婚的夫妇。所以穆诗成不提前打招呼就来见他，实在是不太合规矩。因为没有按照预约来，又没有什么急事，一般来说，霍元泽是可以完全拒绝去见穆诗成的。

穆诗成笑得明艳大方，说："元泽哥哥，我们可以不那么刻板嘛！"她笑着说，"我都看了杂志了，其他人经常上娱乐版的头条，就你没有。我很高兴你这么给面子。"

有钱人家的公子哥儿喜欢玩一玩，穆诗成是可以接受的，但得知霍元泽至少明面上是洁身自好的，不由得满意了许多。

虽然说他们两家的联姻几乎是板上钉钉的事情，但是未来的丈夫能那么给面子，穆诗成就觉得很高兴了。

最近一年多以来，霍元泽收敛了许多。嗯，他知道苏小寿是不看娱乐八卦版的，应该不会看到那种新闻，但是他也不想自己的名字出现在那上头，于是就和那些女孩子断了联系。

他不想去赌那万分之一的可能性，因为他根本就不想让苏小寿失望。在苏小寿的眼里，他是一个事业有成、积极向上、温文尔雅、爱惜羽毛的人。

霍元泽的耐心耗尽了，问："穆小姐，你有什么事吗？没有，我就先走了。"说着，他站了起来。

穆诗成笑吟吟地说："你弟弟已经和温家联姻了，你就不考虑一下提前办婚礼吗？"

霍元泽转过脸，笑着说："穆小姐，你在向我求婚吗？"他的笑容里颇有玩味，"助理告诉我，前年你的助理告诉我的助理，在你毕业之前，你不会考虑婚姻问题。"

穆诗成大大方方地说："我们订婚多年，也不好再拖了吧。婚礼，我们那三天出席一下，之后，我回去继续学业。"

她的笑容是刻意训练过的，笑得很优雅漂亮。

霍元泽看到穆诗成，心里没来由地一阵厌恶。与其说是他们两个人结婚，不如说是霍家与穆家的合作。而且这种合作的分量是很轻的。小利益肯定是可以得到。霍家不会为了他一个人去改变影响整个家族的核心利益的决策，穆家也是一样。

拿婚姻去换他几年后就能得到的一切，现在的霍元泽觉得不是必须的选择。霍元泽说："如果是这件事的话，暂时就不要提了。"

碰到一个软钉子，穆诗成也不生气，依然笑着，显得曲线更加玲珑，说："你不想早点有个儿子吗？别人生的上不了台面。我生的，两家应该都会喜欢。"她停顿了一下，"如果你觉得过程麻烦，我们可以飞国外，用别的方法解决。"

现在的情况是穆家里头她的这一派也不算是占上风，如果在今后的争夺中他们这一派落了下风的话，那么霍元泽就是她的最好选择。霍元泽还是挺能干的，这些年挣了不少钱，他的投资眼光很好，每一单都是以小博大，获利比较多，像这里的这个顶层餐厅，光地皮就是只赚不亏的买卖。

穆诗成并不在乎霍元泽心里是不是有她。这些并不重要，情爱是他们婚姻中考虑最低的因素。只要他们两个结婚有个共同的儿子，能够继承这些家业就可以了。至于霍元泽喜不喜欢她，在外面是不是有人，是不是有孩子，都不在穆诗成的考虑范围内。

对外给足了面子，霍元泽私底下想怎么玩都可以的。而这一点，霍元泽做得越发好了。早几年他还会被拍到跟哪个女孩子拍拖、夜店买醉，去占报纸版面的一角。这两年，什么花边新闻都没有了，他上报纸杂志也是西装革履，一副成功人士的架势，侃侃而谈投资经。

几家里头适婚年纪的也就那么些人，彼此多少知道一些，哪些人是纨绔，哪些人有前途。像霍元泽这样优质的结婚对象，穆诗成想早点掌握在手中。况且穆家提出来和霍家长辈给他订婚的人就是她。她只是拿回她自己的东西。据她所知，穆家里头，她还有姐妹也考虑霍元泽，温家那边也有人想出手。

霍元泽说："对不起，这不在我的计划之内。穆小姐，想吃什么自己点，失陪了。"他还以为穆诗成能找一点新鲜的话题来跟他说呢，生意往来还可以听听，如果是婚姻这件事情就免谈了吧。

这种小事有私人助理去处理就够了。他懒得再听下去，直接抬腿就走人。现在都已经超过十一点半了，苏小寿还在家里等着他回去呢。

穆诗成不生气，也不闹，笑着说："好。"

如果穆家的局势真如她判断的那样，自己这一派没有赢，那么她会在一个公开场合去公开这桩订婚。反正霍元泽肯定得认。他姓霍，即便成功也是因为有这个光环加成，难道他还能违背长辈的意愿吗？

穆诗成露出一个志在必得的笑容。

霍元泽赶回去的时候，苏小寿已经又坐在电脑前开始码字了。他看到的就是这样一幅画面。阳光正好，窗户大开，窗帘在轻轻地摇曳。年轻的女孩子正专注地写稿，仿佛岁月会一直静好。

他有一点烦躁的心现在彻底安静了，干吗要去搭理那些让他觉得很烦的人呢？

霍元泽说："小寿，吃过了没有？没有，我们出去吃。"

苏小寿写稿越来越快了。她站起来，说："我大概吃了一点吧，霍先生你想吃什么？"

霍元泽笑了笑："我突然不想出去吃了。你为我煮碗面吧，我买了牛肉的，嗯，是卤好的牛肉，我让人送过来的，我想吃一碗面。"

　　这很简单的。苏小寿说："好啊，霍先生你稍等一下。"

　　霍元泽说："我也去。"

　　他很喜欢和苏小寿一起做饭，哪怕他知道自己做饭只是添乱而已。

　　看着苏小寿在厨房里忙忙碌碌，霍元泽非常安心，他忍不住从背后环住了苏小寿，说："真想你快点到二十岁，我们就可以结婚。"

　　如果可以，他真想和苏小寿结婚。他不需要冷冰冰的，各过各的日子。他想和自己真正心爱的人一起愉快的度过余生。反正他挣的钱也够了，他不需要再去为了更大的利益去牺牲他下半辈子的幸福。

　　人就活这一辈子嘛，他选择更快乐的方式。

　　感受到霍元泽的真诚，苏小寿大受感动。她没有推开，轻轻地说："霍先生，你再看看吧。"

　　也许是新鲜感吧，毕竟这在她之前霍元泽应该没有接触过她这样的人，这样的生活。而且他们相处的时间也不算长，也不算知根知底，万一就是霍元泽短暂迷恋一些日子，之后发现他还是跟他差不多层次的人能够讲得来的话，那她会怎么办呢？

　　所以说苏小寿心里还是想再看一看的。

　　有时候苏小寿也觉得自己实在是冷静得可怕。同样的事情放在苏晓秀，或者是杨容，甚至是陆雅的身上，她们都会兴高采烈的接受了。

　　霍元泽没有松手。他轻轻蹭着苏小寿的长发，凑得很近，能够闻得到她头发上的香味。

　　这是一个可爱的年轻女孩子，正在他的身边。

　　霍元泽觉得自己是魔怔了，本来只是抱着打发时间的心思接近，没想到一步步走下去，现在彻底沦陷的人是他。

　　他知道苏小寿是喜欢自己的。但是苏小寿的这份喜欢，不足以让她放下所有的一切，去拼命向他靠近。

　　就像他之前判断的，苏小寿喜欢他，但是不信他。

　　而这种信任又特别容易打碎。霍元泽极力小心翼翼的去呵护着。

　　他一早就知道爱情是非常脆弱的，脆弱到人必须用尽全力让爱情免于一点风吹雨打。不能去考验的，不能去深究的，因为一旦考验和深究，往往失望的是自己。

　　好在霍元泽终于有了实力能去呵护爱情这种娇嫩的玫瑰花。只要苏小寿愿意，他希望她能在自己的羽翼下快乐的生活。

　　两个人含情脉脉地吃了面。

下午本来安排了一个见面会。可霍元泽突然不想出去。以前忙的时候他是到处奔波，四海为家，而现在他觉得累了，有一个叫家的地方可以回去。有苏小寿在，整栋房子都有活力了。

第二十一章 交心

除夕那天，皖南这座城市显得特别热闹。

苏家已经住上了政府提供的廉租房。有政府的帮扶，苏家的日子好了许多。政府还帮苏妈妈找了一份扫地的活，工资虽然低，但维持日常的开销是够了。

吃完了年夜饭，苏小寿没有跟往常一样和家人们坐在电视机前等着看春节联欢晚会。她说："我出去走走。"

苏妈妈问得很直接："你是不是恋爱了？"

苏小寿的脸有一些红，说："合适的时候我把他带回来吧，人挺不错的，现在已经工作了。做的是房地产的工作吧，在南江应该有房子。嗯，比我大一点，是硕士。"

苏小寿这个年纪如果不是去读书的话，已经可以相亲了，所以苏妈妈并不反对女儿去谈恋爱。她对自己女儿的事情不会干涉，就说："你自己想好了，爸妈也不太懂。"她的这个女儿打小就有自己的主意。

苏小寿说："好的，我会自己想好的。"

霍元泽住的那家酒店距离苏小寿的家有点远。于是一出门，她拨打了霍元泽的电话："霍先生，你能过来吗？"

霍元泽正躺在宾馆里泡澡，说："好的，我马上过来。"他有些担心苏小寿是不是遇到什么事，就问，"没什么事吧？"

苏小寿说："没有什么事儿，就是突然很想见您了。"

霍元泽高兴极了，这还是苏小寿第一次主动说要来找他呢。

很快霍元泽就开车来了，摇下了车窗，笑着说："小寿，上来。"

苏小寿坐到了副驾驶上，系好安全带。她说："霍先生，去我以前的学校后山，好不好？"

现在都是寒假，学校应该不开门吧。

霍元泽说："怎么进去？"

苏小寿说："我们学校的后山连着一个公园。那个公园是开放式的，不关门。我们从那里进去，翻过几座山，走些山路就可以到学校的后山了。"

霍元泽说："好。"

冬天深夜的皖南寒意料峭，苏小寿裹紧了身上的羽绒服，慢慢地走在山路里。而霍元泽就在她的身边，脚步也慢。他没有问苏小寿，为什么除夕夜一定要来这里。

一路走来，他们两个几乎都没有说什么话，苏小寿比平时还要沉默一些。山风在林间穿过是呼呼的声响，时不时还从草丛里树林中传来奇奇怪怪的声音。苏小寿显然有些害怕，就往霍元泽这边挤了一挤。

但即便是这样，她还是在坚定地往前走着。

走了一个多小时，总算是到了。苏小寿长舒了一口气！

霍元泽环顾四周，这应该是这座小城城中央位置最高的地方，可以看得见大半个老城区。

苏小寿说："以前读初中，我心里烦的时候就会来到这里。也不是想要做什么，就是爬一爬山，然后静静地看一看。"

苏小寿自顾自地往下说："那个时候，我觉得我考上了高中应该就好了。等我考上了高中，我发现还要去考大学。我就在想考上了大学，也许就好了。可现在在大学里，我觉得我还要遇到生活上的其他烦恼。旧的矛盾解决了，会有新的矛盾摆在面前，需要我去面对。"

苏小寿看了霍元泽一眼，说："我要的不是很多，但是生活却总不如意，我想要什么，就偏偏不给什么，然后塞给了一些我不想要的。"她笑了笑。

霍元泽说："小寿，你有话想对我说。我知道的，你喜欢我，但是从没有真正相信过我。你甚至没有相信过，我们肯定会有未来，你对自己完全没有信心，你觉得你配不上拥有跟我在一起的日子。你想要的人生是要那种一眼看得到头的。跟我可能会有太多的不确定。这样的不确定吸引着你，但同时让你觉得特别没有安全感。我尽可能去给你安全感，但是这种是你心里的感受，我不可能时时刻刻在你身边。我肯定有我的工作，有我需要忙的事情，在我不在的时候，你肯定会胡思乱想，你怕你经受不住那些不好的可能，所以你一直会选择拒绝去开始。后来，你觉得试试看也是不错的。反正你也很忙，你每一天也都是排满的，你觉得要是真正不行的话，从中剥离出一个我，对你的生活也不会带来太多的困扰，所以最近你就接受了。但实际上归根结底的，你还是没有信我呀！这些我都知道。"

说出这么一大段话，霍元泽侧过脸，留意着苏小寿的反应。果然，她低着头，说："霍先生，您真聪明，您什么都知道。"

苏小寿停顿了一下，说："我真的尽力不去乱想了，但就是忍不住想。反正也忙吧，所以还好的。霍先生，我真的可以去信您吗？"她叹了口气，说："您知道的，像我这样的人是输不起的，因为我没有资格去输，也没有资本去输，我甚至不能承受有一点点偏差的人生。我这辈子只想谈一次恋爱，只想和我未来的丈夫谈恋爱，然后走进婚姻里，然后过完这一辈子。我不想失恋，不想经历那些曲折，也不想有这些情绪去影响什么，对，我就是害怕。"

"所以我一直说，等你到了二十岁，我们就去办结婚手续啊。"霍元泽笑了笑。

苏小寿声音在发抖，说："霍先生，我一直觉得我配不上您的。您那么优秀，而我那么平凡，您待我那么好，好到我觉得我都是在梦里一样，真的太不真实了，从没有人像你这样待过我。"

霍元泽说："我一直拿你当我的妻子看，你是我想真正携起手度过一生的人。"他把苏小寿的手拉到自己的手掌中，然后放到了他心口的位置。霍元泽接着说："你听我的心跳声，为你跳得快极了。"然后，他把苏小寿抱进了怀里。苏小寿颤抖地伸出手，环上了霍元泽的腰。

好，她信。

回到南江之后的苏小寿整个人都变了，变得更加积极阳光，脸上的笑也多了许多。还没有开学，于是她就待在了霍元泽这里。

霍元泽的行程是比较满的，但是他只要有空就会回来。他们有时候出去吃，但更多的时候是窝在家里吃，也不一定做得有多么好吃。两个人就这样随随便便弄，一起去做饭，一起去收拾屋子，感情越来越好了。

霍元泽更是神采奕奕。他只觉得每天和苏小寿在一块的时间不够长，根本就不会有从前那样一两天就腻的感觉。霍元泽想快点结婚了。

元宵节后，大二下学期开始了。

学校里又热闹起来，挤满了从各地回来的学生们。

苏小寿的宿舍里的气氛却是怪怪的。杨容每天拉着个脸，时不时讽刺苏晓秀几句。而苏晓秀则是得意扬扬，打扮得特别时髦，挽着陈立肖的手出双入对的。

陆雅为杨容打抱不平，说："从没见过这样的！都是一个宿舍的，连人家男朋友都不放过，说抢就抢了！还不低调一点，在学校里招摇过市，生怕人家不知道那点破事似的。"

192

这真的是太过分了！苏小寿也觉得苏晓秀很不道德！可偏偏苏晓秀一副无所谓的样子，就是那种得到了便宜就无所谓，不管面子上过不过得去。

杨容更是恨得牙根痒痒的。之前她也秀过恩爱，现在不少人借此奚落，弄得她很狼狈。这一场失败的恋爱，让杨容心情很糟糕，成日浑浑噩噩的，成绩也直线下滑，有门课直接变成了刚及格。

陆雅和苏小寿轮流去劝。可杨容就是走不出来。她去找陈立肖要过说法。可陈立肖只是连连说对不起。到后来连她的电话都不接了。

杨容气不过，拖着陆雅和苏小寿去教室外堵住了陈立肖。可陈立肖由着她歇斯底里地闹，就是不吭声。

原本呢，这件事理在杨容那一边，可她这么闹腾了几次后，风向就全变了。说是杨容性格太差，经常情绪失控，陈立肖才和她分开的。而且分手后陈立肖没有说过杨容一句不是，又赢得了一大波好感。至少在男生中间杨容的"人设"是彻底崩了，而陈立肖风评还是挺好的。

这事就这么不公平。

明明错的是渣男贱女，可最后杨容也没有落到好。几乎所有人都说一个巴掌拍不响，肯定杨容自己有毛病，所以才让别人钻了空子。而且苏晓秀这个人在男生中间的好感度还是不错的，她那么漂亮，而且看起来那么温柔。

杨容闹来闹去，闹得自己心情就更加糟糕了。刚开学那大半个月，她几乎整宿整宿地睡不着。她坐在那里默默流泪，反反复复地问："为什么？我究竟做错了什么？"

这不是杨容错不错的问题。遇到渣男后，再去和渣男纠缠是不划算的行为，杨容最好的办法就是及时止损，让自己今后的生活变得更加顺利起来。道理大家都知道，但是真正事情落到自己头上的时候，就难以去从泥潭里爬出来了。

杨容到三月底才慢慢地想明白了一些，但是时间过去了一个月，她自己的名声受了损，学业也耽误了。而陈立肖跟苏晓秀过的日子完全不受影响，他们出双入对，甚至在校外租了一间房子，明目张胆地住在了一起。得知这些事儿，杨容的情绪差点崩溃，在宿舍里大哭了一大场后，精神就更加差了。

偏偏苏晓秀每次回到寝室，都是挑苏小寿和陆雅不在的时候，拼命在杨容面前炫耀陈立肖对她有多么多么好，而且把那些细节描述得特别具体，生怕刺激不到杨容。在这样强烈的刺激之下，杨容的情绪向崩溃的边缘滑坡。

苏小寿和陆雅都很担心杨容。可是苏晓秀是学生，还住在这个寝室里，她们不可能拦着人家别让她进来，就只能去劝杨容想开一点。她们劝来劝去的话都跟车轱辘似的，说了好多好多轮，可人家杨容就是听不进去啊，还是沉浸在那些激烈的负面情绪之中，甚至有的时候半夜会坐起来，在那里号啕大哭，哭得整层寝室都听得见。

到了四月，杨容竟然连正常上课都做不到了，然后就办了请假的手续。

经过这事，陆雅对恋爱看得淡了许多，为了一个男人把自己弄得崩溃实在太不值得了。她把更多的时间花在了学业上，跟陆叶的关系确实也不错，但也就是停留在不错而已。

而苏小寿在不知觉中疏远了叶诚。

很多时候苏小寿都不在学校里，大二和大一的课表又不一样，如果不是刻意去凑到一起的话，她和叶诚是很难相遇到的。

寝室里绝大部分时候就两个人在，陆雅跟苏小寿的关系好了许多。陆雅看着杨容空荡荡的床铺，叹口气，说："没想到杨容会走不出来，记得去年她还好好地劝过了我。现在我从失恋的阴影中走了出来，她自己却陷了进去。"

苏小寿说："谁也没想到。陈立肖那个人看起来很正常，没想到竟然这样。"

陆雅说："不能说完全是他的问题吧，只是二十岁的他们应该还没有承担起一个家庭的责任感，觉得就是恋爱而已，玩玩而已，打发一下时间而已，他们并不知道他们的这些所谓的玩玩会给别的女孩子带来多么大的伤害。"

现在回过头看，杨容和陈立肖的这场恋爱，杨容走了心，而陈立肖没有。

苏小寿说："只能希望杨容自己早点想通吧，真的没必要。"

陆雅问："小寿，你以后想做什么呢？"她停顿了一下，很轻松地说："我已经决定放弃保研了，我思来想去钻研学术这条路不适合我，我们那边有选调生考试，我想考回家里去了。"

大二下学期了，是该考虑前途这个问题了。

苏小寿说："如果能保研的话，我就往上读，如果不能也就算了。我想先挣一点钱再说吧。估计就是一边读书一边打工，再看看以后怎么办吧。"

陆雅点点头，说："我没跟你说过我家乡吧，我的家乡在江西，那是一个革命老区。我以前刚进大学的时候吧，总想着留在大城市，可在这里待了两年，我有点想家了。我想回到我那个熟悉的环境去。是的，比起南江，我的老家落后了太多，但是我想，如果我有机会去建设我的家乡，让它变得更加美好，要是有这样的机会在我面前，我想去试一试，想做得更好一些。"

苏小寿愣了愣，问："那陆叶怎么办？"

陆雅笑了笑，眨眨眼，透着青春的俏皮，说："他是我的好朋友，当然要支持我的决定了，我都已经这样想好了。"

对于未来，每个人都有打算。

苏小寿说："你一定会成功的。"

陆雅说：“肯定呀，我一定会成功的，我要把我有限的生命投入到无限的建设家乡的事业中去，我要我的家乡一天比一天好，越来越繁华，越来越美丽！”她笑容很轻松，“小寿啊，有想考选调生的，有想考公务员的，再加上有想出国深造的，还有想去考别的学校研究生的，以你现在的成绩要保研，我们学校应该是没有什么压力的。”

苏小寿说：“嗯，但还是要给自己一点压力吧。我蛮喜欢做学术研究的，想去做研究吧，嗯，我选好了，具体研究通俗文学，主攻张恨水。现在我想把自己的学业做得更好、更精一点，现在我有意识多看深一点的书去提高自己，毕竟每一个学术大咖都是书山堆出来的。”

陆雅说：“挺好的。对了，小寿，以后我们班上要是还有那些喜欢乱嚼舌根的人说点乱七八糟的，你千万别放到心里去，听他们的就进水沟里去了，那都是一群吃不到葡萄说葡萄酸的人，你走自己的路，坚定自己的选择。”

话说到这里，两个人都想起了杨容，不约而同叹了一口气。

两周以后，杨容总算是来到了学校里。她看起来比之前消瘦了很多，但精神好了许多。

回宿舍那天，杨容用力地抱了抱陆雅，也抱了抱苏小寿。她说：“我想通了。”

过去是既定事实，不可能改变，唯一能做的就是改变心态，放下过去，不再纠缠，努力实现更好的自我。

苏小寿也放心了，说：“没什么大不了的，都会过去的。”她是这么想的，也是这么干的，无论遇到什么事，都要面对，然后熬过去。

“我已经递交了申请，准备去做交换生了。”杨容自嘲地笑笑，“以前把心思都放在一个男的身上了，耽误了好多时间，想想看真的不值得。”

南江大学和国外不少大学有合作，可以互派交换生。她想出去开阔视野，想去见识更好的人，想去体验更好的生活。

陆雅问：“你以后是不是要到国外去读书？”

杨容点头，说：“对呀，因为我对外国文学这一块比较感兴趣，能有机会在外面读读也是挺好的，我是想往这条路上走，将来能到哪个学校去当个老师什么的。如果当不了老师的话，我再看看别的工作也行，首选就是往上读书，做高校老师吧。”

每个人都有了自己明确的目标，每个人都为实现自己的目标而努力。

为梦想而拼搏的女孩子整个人都会明亮起来的。三个人彻底地聊了一下之后，觉得彼此之间的关系亲近了许多。

陆雅甚至半开了玩笑，说：“小寿，我有一阵子挺担忧你去争保研名额的，因为我成绩比你差了许多，要是你争的话，我肯定争不过你。现在想想啊，我明明还有自己想要去过的生活嘛，我朝那个目标努力就行了。"

　　杨容也笑了，说："其实陈立肖的渣我也有一点看得出来。有几次他的眼光老往你们两个身上瞟。我还担忧他看上你们呢，有意无意去拦着你们见面，还大费周章去给你们介绍男朋友！发现他不合适就应该早点分开！"

　　这一番话说得三个女孩子都笑作了一团。

　　聊了大半宿，她们都没有提到一个名字，那就是苏晓秀。

第二十二章　承诺

五一假期，苏小寿回到霍元泽那里。

到的时候，霍元泽穿着睡衣，正在看一本全英文的财经杂志，慢条斯理喝着一杯苦咖啡。他工作的时候喝咖啡不加糖，苦味在舌尖蔓延，能让他保持足够的清醒。

侧面看去，霍元泽的脸还是很好看的，颇有偶像剧男主角的味道。而他专注工作的模样就更好看了。苏小寿的英文还行，但财金类专业词汇量不够，所以不能完全看得懂霍元泽看的书。

看到她来了，霍元泽放下了杂志，说："下周我要去外地出差，可能要一周左右才能回来。"

霍元泽挺忙的，有时候回来都要到深夜了，具体做什么，苏小寿也不知道，只知道他忙的都是生意上的事情。有钱也是他努力工作得来的。一天二十四个小时，苏小寿曾经见过霍元泽忙得连觉都睡不了，只能在桌上趴一会儿。而且他的压力挺大的。虽然霍元泽从来都不肯说，但是苏小寿能够感觉得到。

苏小寿说："好。"

霍元泽把苏小寿拉到身边，拍了拍她的手，认真地说："小寿，我知道你最近心情不好。你放心，我会认真对你的，我们过几个月就可以结婚了。"

苏小寿说："我信你的。就是有时候想想也确实气不顺呀，你看啊，杨容失恋了难受那么半天，差点赔上大半条命。可结果呢，陈立肖什么惩罚都没有，还是那样滋润地活着，我还听到一些消息，他们都在夸陈立肖有本事呢！"

霍元泽也是打那时候过来的，年轻的时候他周围也有男孩子以有过多少个女朋友为荣，但实际上这种行为特别幼稚，也很不尊重人，简直是践踏了女孩子的真心。

有一阵子，他也疯玩过。可现在觉得那样没意思了。

霍元泽说："会受到教训的。"

苏小寿说："反正我是没看见他有什么教训，唉，那个苏晓秀还在我们寝室里头说了一些很不中听的话，嘟瑟陈立肖家里多么多么好，又给她买了什么东西，什么请她下馆子吃饭，给她买了条上千元的裙子。本来杨容都差不多缓过来了，结果被她这么一折腾，情绪又低落了。"

"别搭理。"霍元泽笑了笑，说，"你是不炫耀。就算是没有我，那些东西你自己也可以买得起了。"

开始的时候，他遇到的苏小寿一无所有，可现在的她通过自己的努力工作得到了一些了。是啊，等到自己能够挣得到钱，可以有能力去达到这个消费水准的时候，苏小寿觉得苏晓秀的那些行为实在是太可笑了。真的没有必要去为了蝇头小利，而把自己的姿态弄得那么难看。不过就算她现在去说的话，苏晓秀也不会听，说不定还觉得是她嫉妒呢！所以就没有必要说了。

大学宿舍四个人，他们三个都在努力进步，只有苏晓秀不仅没有进步，还退步了。她没有好好读书，把大把的时间花在了毫无营养的游戏式恋爱上。明明刚进学校的时苏晓秀是那么骄傲的一个人啊！她简直就是女神般的存在。不到两年的工夫，现在的她怎么就成了这个样子！

苏小寿说："嗯，还是要靠自己吧，自己有本事才行。"女孩子不是依赖男的就一定能过上好日子的。这世上，哪有人比自己更值得自己去信赖呢？

霍元泽说："晚上，我有一个约就不在家里吃了。"他顿了顿，"小寿，我不在的时候要好好照顾自己。"

苏小寿有些担忧，问："是不是工作上有什么难处？"

这一阵子，霍元泽格外忙碌，而且眉头经常微微皱着。霍元泽不愿意多说："没事的，我能处理好。"他轻轻地摩挲着苏小寿的脸，温柔地说，"小寿，别担忧，真的没事。"

苏小寿用头抵着霍元泽的头，轻轻地蹭着，笑着说："好，你说没有事，那就一定是没有事的。"

她没有看见那本财经杂志下面压着另外一本财经类杂志。而那杂志是繁体字的，封面写着一则消息，霍氏集团的大少爷破产，霍家九少上位。杂志封面图是霍九少的照片，年轻的总裁西装革履，神色冷冽。

霍九少，大名霍云泽，比霍元泽小两岁。在此之前，在外界眼里，从没有一点他存在的痕迹。

霍元泽的心情没有他表现出来的那么淡然。这次何止是有事，分明是摊上了大事儿。霍家格局发生了翻天覆地的变化，原来传言要接班的霍家大少落败了。而穆家那边得到的内部消息也和之前传言大相径庭。穆诗成的亲哥哥似乎不得如今当家人的信任，有一个叫穆书成的异军突起。

多事之秋，霍元泽该想想如何自处了。他很庆幸自己早早地把事业的重心放在了南江。

就是一旦穆诗成这一派彻底失势，只怕她会在联姻上下功夫。

现在提出解除婚约，估计对方没那么容易松口。但他不想被穆诗成缠上，更怕这些事让苏小寿知道。苏小寿要是知道有穆诗成的存在，只怕穆诗成什么都不需要做，只是往苏小寿跟前一站，苏小寿在心里就会认为他霍元泽是不对的。霍元泽很清楚，苏小寿对他的信任其实是有限的，她特别害怕被放弃，也介意和他之间的经济相差很悬殊。

因此，一旦有苏小寿眼里认为更完美的女孩子出现在他身边的时候，苏小寿会觉得为了他好，而自己选择放弃。她甚至不会相信他霍元泽是真的动了心，而认为他就是逢场作戏。而这其实是苏小寿的一种主观上的情绪性判断。霍元泽就是解释再解释，只要苏小寿不听，他也没有任何办法。

更何况穆诗成绝对不是省油的灯，年纪小，心眼不少。一旦她想让自己贴上他霍元泽的标签，会想尽办法让全世界都知道的。到了那个时候就麻烦了。他得想办法早一点和苏小寿办理结婚手续。有了法律的保障，苏小寿会信他的。霍元泽没想到自己竟然会有一天那么迫切地想和一个人去办理结婚手续。在没有遇到苏小寿之前，他根本就不明白人为什么会主动地选择走进婚姻。之前那么无所谓，只是因为，他没有遇到那个真正想让他结婚的人而已吧。霍元泽不由得笑说："小寿啊，你怎么还没有到二十岁，我等得好急啊！"

真的是着急啊，没领结婚证，就存在着太多的变数。而真有了变故，因为没有结婚证作为保证，没有法律上的支持，他也很难去挽回一些什么。

苏小寿脸红了。她低声说："还有三个月多了。"她停顿了一会儿，小心翼翼地说，"我不太想让太多人知道。能不能过两年再办婚礼呢？"

霍元泽愣了一下。不是所有女孩子都期望有一场盛大婚礼吗？他都让人安排好了，最起码拍些婚纱照。

苏小寿解释，说："现在大学是可以结婚的，但是我们学校本科阶段没人这么做，我怕被发现我们是学校第一例。"

她不想引人关注。而且，她也不想把霍元泽介绍到众人跟前。她很爱惜名声。霍元泽那么有钱，而她自己就是很普通的一个人。一旦这件事情让别人知道，人家只会用最不好的一面去揣测。她怕被别人说自己是走捷径。

霍元泽多想了。在他眼里，这些解释就像是掩饰。他问："那婚纱照还拍吗？"

苏小寿说："暂时不用了吧。"霍元泽最近已经很忙了，她帮不了什么，就不想用这些事去打扰他。反正结婚的这些细节，她也不是特别在意。两个人只要真心相爱，能够在一起就可以了，不需要那么多繁文缛节，拍一张合影也就够了。

霍元泽心往下一沉。他花了那么多力气让苏小寿信他。可现在看来，她的信任比他预料的还要少。难道就因为她的舍友遇到那些事儿，然后她就开始怀疑了。霍元泽心里有一些受伤，多年来第一次那么真诚地对待一个人，但心上人却还是用狐疑的眼光看着他。他已经用所有的力气去喜欢这个女孩子了，可为什么她还是不能全然相信呢？他真的够好了，怎么她还是会胡思乱想呢？是怕和他分开以后不好办吧！居然连和他的婚纱照都不想拍了。霍元泽有些不甘心，更有些生气，紧紧抱住了苏小寿。他试探着说："我们在一起好吗？"

苏小寿的脸红扑扑的，说："你已经是我的男朋友了呀！"

霍元泽静静地看着苏小寿，眸子暗了暗，手上动了动。

苏小寿后知后觉，才明白霍元泽的意思，只觉得自己脸烫得不行。

这样好吗？要是以后，霍元泽和她出了变故，她该怎么办？

是的，哪怕知道霍元泽心里有自己，可苏小寿还是不能确定自己在他心中的分量究竟有多重。

生活里头，爱情是奢侈品，有太多的事情可以消耗掉一个人的精力。而且，人生最大的确定就是充满了变数。现在霍元泽满心满眼都是她，以后呢？会不会说不爱就不爱了。小说都是这么写的，走着走着，两个人就散了。

苏小寿说："我们很快就结婚了吧。"这句话，她的口气是游移的，特别不肯定。哪怕是她和霍元泽认认真真谈过后，她还是对未来抱有些不信任。她不是不信霍元泽当下，而是不信他以后。以后会怎么样，都是没有发生过的事情，现在谁也说不准啊！怕，是真的怕啊！

她像是一只人畜无害的小兔子，因为没有太多的能力自保，于是选择狡兔三窟，给自己留下退路。万一呢？这条路子走不通，马上还会有备选项上，总不至于让自己无路可走。

霍元泽说："会。我娶你，你愿意嫁给我吗？"他的手停下了动作，目光炯炯地看着苏小寿。这句话，他问出口，就是没底气了。在这场爱情之中，他看似主动，实际上是被动，行不行不在于他，而在于苏小寿。

他这么一个傲气的人，遇到了自己心爱的女孩子，还是低下了头。不低头又怎么办？她骨子里又倔强又独立，可以做到生活里没有他的存在。不等苏小寿回答，霍元泽抱得紧了一些，说："嫁给我。"不想去管太多了，他愿意去娶自己想娶的人。

这时他真的希望苏小寿能给他一些底气，给他往下走的底气。他知道自己要和苏小寿真正结婚是有一点困难的，但是他愿意想方设法去达成这个心愿。这不仅仅是他一个人的心愿，也是他跟苏小寿两个人的心愿。结婚是他们的事，他们想要去面对，是他们想要在一起，然后再去面对往后的余生。他和她之间，他已经往前走了九十九步。而苏小寿只往前走了半步。他想把最后半步也走完。

苏小寿说："可是我们还没有结婚。"

霍元泽捧起苏小寿的脸，神色认真，说："小寿，别推开我，我一直在等你点头，等你愿意。"他等这一天已经等得太久了。

兜兜转转，霍元泽也没想到自己以那样的方式和她开头，当然走到了现在，让他能够和自己喜欢的人相遇相知。这冥冥之中是上天的安排，注定他要和苏小寿在一起的。

苏小寿觉得霍元泽的身上烫极了，就像一个巨大的火炉，热烈温暖。她想她应该可以信他吧，毕竟他对她那么好。大概过几个月他们就可以幸福地结婚了。在苏小寿看来，结婚就是一个男人对一个女孩最郑重的承诺。霍元泽向她许下了此生的幸福，她愿意去接受，然后坚定地往下走。能和喜欢的人走进婚姻的殿堂，实在是一件值得她去期待的事情。

是啊，她也有这种感觉，很想把时间拨快一些，最好日历就这样一翻就翻到了她二十岁的那一天，然后就可以办理结婚手续。小时候，她看那些漂亮的新娘子，很羡慕。没想到自己也快要变成漂亮的新娘子了。

她说是不想办婚礼，不想要结婚照，其实就是怕麻烦。她内心深处是渴望有一场盛大的婚礼，想有漂亮的结婚照。不过现在嘛，她可以往后推一推时间嘛。这些事情都可以不着急的，留着以后慢慢去做，反正他们有的是以后。

"执子之手，与子偕老。"这一刻，苏小寿想起了古诗词里的很多写爱情的句子。那些句子原来写的都是真的。如此美好，如此璀璨，如此让人心醉，如此缠绵悱恻。这样挺好的。他们会幸福的。

对上霍元泽的视线，她羞涩地靠了过去。她现在是真的好想结婚啊！原来她还觉得舍友们不够理智呢！现在她才知道，谁碰到爱情这种事都是不理智的！特别迷恋另外一个人。她是幸运的，碰到了霍元泽。

霍元泽的年纪虽然比她大快十岁，但是他成熟稳重，有担当。苏小寿相信他会是一个很好的丈夫的。她想跟霍元泽在今后的日子里相濡以沫。

突然，她想起一件事情来。她跟霍元泽要结婚的事，好像她还没有跟她爸妈过明路。这怎么跟他爸妈说呢！恋爱还没有去报备，结果她马上就要跟他们说，她已经决定要和霍元泽结婚了。她大学还没有毕业，就去结婚这件事情。他爸妈会不会有什么意见呢?

不过她转念又一想,既然已经决定要跟霍元泽结婚,那么就可以这样做下去。毕竟,结婚就是她跟霍元泽共同的选择。因为读大学,她把户口转到南江来了。后来为了父母的事儿,她把户口又转了回去,现在在老家单独立了一个户。户口本是在她身边的。结婚,只要她带上身份证和户口本的话,就可以和霍元泽办理手续了。

所以,其实她不告诉父母,直接跟霍元泽去结婚,也是可以做得到的。要不,她还是暂时别跟爸妈说。估计她现在去说的话,可能会吓着他们的。

霍元泽这边,他好像也没有说要带她去见他的父母,更别提带去见其他长辈亲戚了。

这件事霍元泽没提,她自己也不好意思去问。

他们都快结婚了,双方父母是不是总要见上一面呢?可彼此之间的差距差得确实有些大。如果贸贸然把双方父母请到一起,会不会彼此都看不顺眼呢?如果双方父母互相都看不顺眼的话,再影响到她跟霍元泽之间该怎么办呢?在他们正式领结婚证之前,他应该会把自己带到他父母跟前吧。要是霍元泽一直没这个打算,她又该怎么办呢?还有,如果他父母见过她之后,实在是不满意,觉得她怎么都配不上霍元泽,会不会从中做一些什么事情?如果是那样的话,那又怎么办?

这一些问题,她之前都没有想过。

原来恋爱就是两个人之间起起伏伏的。但牵扯到父母,拉扯上一些别的事情,好像就复杂起来。苏小寿觉得头有些疼。还是她以前想得太简单了。

其实,还是有很多需要考虑的嘛!等霍元泽忙好这一阵子,她再和霍元泽好好谈一谈。

既然是结婚,她总想要和霍元泽的父母好好相处,想和他的家人们都客客气气的。她想得挺多的。

她跟霍元泽的事一旦传开,人家不会说他们相爱,而是会觉得她攀龙附凤。毕竟,她的努力,在霍元泽的拼搏面前,根本不值一提。她所取得的那些成绩,在霍元泽取得的成绩面前也是不值得一提的。

这就是找一个比自己优秀太多的男人的坏处了。他们之间的差距也是被众人所看得见的。

她总是觉得自己配不上他!这种自卑,是深到苏小寿骨子里的。

要是这时候,天上掉下来一个各方面和霍元泽匹配的女孩子,她该怎么办?是啊,她读书好,总有人比她读书更好;她长得还行,可总有人比她长得还漂亮;她有一丁点成绩,有太多人比她的成绩要好;至于家境就是更没办法说了!

她唯一的倚仗,大概就是霍元泽喜欢她吧。

傍晚，霍元泽拉开窗帘，外头的夕阳落了进来，是温暖的浅红色光线。

苏小寿捧着热乎乎的汤，慢慢地喝着。

现在她都觉得不可思议。以前，她是真的没想到自己会恋爱，尤其是和霍元泽这样的人恋爱！更没有想到，他们已经决定很快就去结婚！

霍元泽说："我们晚上看看电影？"他家里可以直接投屏看电影的，音响效果很不错。苏小寿用力地点点头。

霍元泽也笑了。其实，他昨天晚上是有事情的，可后来没去。他突然觉得和苏小寿这样腻歪在一起的日子很愉快。这大概就是幸福的滋味。努力了那么久，他为的不就是可以得到自己想要幸福吗？

他和苏小寿会幸福的。而且他不允许任何人去破坏他们的幸福。

第二十三章 虐渣

霍元泽这趟出差出得特别顺利。原定一周的行程，结果他三天就忙好了。

他买了一大束花就兴致勃勃赶回来。

和以往不一样，以前的花束都是私人助理去处理的。而这一束花是他自己跑到花店里一枝枝挑选出来的。配出的花束自然不如专门做这一行的好，但他觉得这是自己的一片心意。

每靠近南江一点，霍元泽就多了一分激动。一想到马上就要见到苏小寿了，他就欢欣雀跃起来。明明已经过了热情洋溢的年纪，他还是觉得自己热血沸腾的。他还要拖着苏小寿出去转一转，买几件漂亮的衣服。他的小寿就该穿得美美的，像个小仙女一样。

他开着车，径直来到了苏小寿的大学附近，副驾驶的座位上摆上了一大束鲜花。花束里有很多红色的玫瑰，每一朵都娇嫩欲滴。他把车停在了校外的停车位上，然后拨打了苏小寿的电话。他有苏小寿的课表，知道这个点儿，她应该已经下课了。

苏小寿很快就接了电话。

霍元泽低低地笑着，说："小寿，我已经在你的附近，就是距离你那儿最近的停车场。你出来往右转就能找到。"

苏小寿问："你怎么突然就过来了？"霍元泽来之前并没有跟她打过招呼，很显然是他想给她惊喜。她猜到，霍元泽可能有礼物带给她。被人这样惦记着，苏小寿很是高兴。平时耳鬓厮磨还不觉得，现在他不在这几天，苏小寿经常会想起他来。忙的时候还好，只要一有空，苏小寿的心里就会忍不住去想。

以前就不会这样。以前的时候，她只是稍微想一下。事情一多，她就能把霍元泽这个人给忘了。但是现在不一样，她就是惦念着。好像自己的内心有了归属感。

霍元泽说："我想你了，好想你！"以前出差，他还好。现在出差，一有空，他就想苏小寿，甚至看到了她名字里的汉字，都会下意识地兴奋。热恋的滋味就像越来越热的天气，浓烈如重金属音乐。

苏小寿的脸红了，小声说："好。"

"我在车上等你。"霍元泽顿了顿，问，"你有没有想我呢？"

苏小寿只觉心跳得很快。她咚咚咚的心跳已经告诉了自己答案。她的确很想很想他了。因为她经常在学校外面兼职打工，所以向学校那里提了申请，签字就可以外出。

苏小寿赶紧回宿舍拿了明天要用的书，去宿管站阿姨那签了字，然后就飞也似的往学校外面跑去。

她跑得上气不接下气，很快就在停车场里找到了霍元泽的车。

霍元泽赶紧下车，打开车门，迎上去，说："慢点，慢点，不急的。"

苏小寿扬起一个大大的笑容，就像初夏的天气，明媚而灿烂。她的眼神里有熠熠的光芒。

苏小寿就是想早一点跑过来，早一点看到霍元泽。她也没想到自己居然会那么想见他。明明以前的时候，她根本就没有那么在意霍元泽的。可现在，她就是觉得霍元泽很好，很想一天到晚黏着他，想要两个人有更多的时间在一起。

现在已经是下午三点多，不到四点。吃晚饭还早一些。霍元泽说："我们出去兜个风吧。"

苏小寿说："好。"

这几天，苏小寿写得比较多。霍元泽忙的时候，她就赶紧把稿子往前赶，这样等霍元泽回来，就可以空出一些时间来和他在一起。她就在这几天攒够了更新的稿子，也没有像以前那么拼命地接设计单。这样，霍元泽找她的时候，她不至于总是在忙工作。她想有更多的时间和霍元泽相处。

霍元泽把花束举了过去，说："送给你，我亲爱的小仙女。"

苏小寿接过后，笑得更高兴了。玫瑰花很漂亮，还带着露珠，特别新鲜。花束里头还夹着满天星以及一些百合，还有其他的花，她就不认识了。她说："真好看！"

霍元泽说："再好看的花也没有你好看呀。"

苏小寿斜斜地看了他一眼，低下头，抿嘴一笑，羞涩如含羞草，被碰了一下后就是合拢起来。

这应该是爱情最美好的模样了。

霍元泽便带着苏小寿直接上了绕城高速。苏小寿小声问："我们去哪里呢？"

霍元泽说："我们往前开，去一个风景很美的地方。你都忙完了吗？要不要晚上加班？如果你需要加班，我就陪你去一个安静的地方。我随身携带了笔记本电脑，你想写稿什么时候都可以写。"

有笔记本电脑，还有 U 盘，这样苏小寿写稿子就很方便了。而她如果手头上没有电脑，就会在纸上记上几句，捕捉瞬间的那些灵感。苏小寿说："我最近写的霸道总裁，还是蛮受欢迎的。有很多人夸我一些细节特别真实。"

霍元泽笑着说："你是有现实体验，当然写得挺好的。以后我们多去体验体验吧！"

见识过有钱人的生活后，苏小寿是不会写一个霸道总裁带着女主角天天去大排档吃饭的事了。看霍元泽就知道了，他是真的不习惯她所习惯的那些地方的。偶尔和她去个几次当然没事，平时霍元泽都在家里吃，有阿姨专门做饭菜。如果去饭店的话，他还是喜欢那些好点的地方。

他那么努力工作，得到收入，自然有权利去选择更为精致舒适的生活方式。也是认识了霍元泽之后，苏小寿才明白，各地的美食都是有区别的，西餐也是分为很多种的。

想到这里，苏小寿有些不好意思。她打工挣的那些钱过不上霍元泽的生活。所以，她应该花了霍元泽不少钱。

苏小寿说："霍先生，谢谢！"

霍元泽笑了笑，说："不用谢谢的，你好好陪我就可以了。"

他余光扫过苏小寿，今天的她披了件浅蓝色长款风衣，风衣的扣子没有扣，露出里头打底的碎花连衣裙，勾勒出玲珑的曲线、纤细的腰身。

她没有化妆，素颜就很漂亮，眼眸含着水，皮肤极好，白皙滑嫩。

霍元泽移开了目光，平视着前方，继续专心开车。

苏小寿说："杨容终于缓过来了，上课也按时上了。就是有时候，她会愤愤不平吧！我也替她不值。陈立肖他们还是好好的。"

听说陈立肖还在竞选学生会的一个干部，票蛮高的，在外的姿态依然很好。

他春风得意，自然也没有人拿杨容的事在他跟前说，就好像杨容根本就没有跟他谈过恋爱一样。而苏晓秀呢，人人都夸她不错，还夸她男朋友陈立肖也不错。之前她做的那些破事也没有人说。似乎就因为她漂亮又混得好，之前的错误就被轻易遗忘了。

苏小寿不由得想起吴湖老师来，他也很无辜，但又有谁为他站出来说几句公道话？和稀泥的处理，是让大事化小，小事化了，可吴湖老师的声誉又有几个人真正在意？也许是她太年轻了吧！

在苏小寿的世界里非黑即白，她不想见到太多的深深浅浅的灰色过渡地带。

"小寿，别担忧的。"霍元泽停顿了一下，"其实，很多事情很难用对错来形容。"站在不同的角度，对事情的看法是不一样的。站在另外一方的角度，他们的选择无可厚非。这是他们权衡利弊后的选择，对他们本人确实是有利的。在商场也是这样，利益为先，其余靠后的。

只不过，霍元泽觉得感情的事还是不能只考虑利益。又或者说，他已经在事业上拥有了很多，过了连感情都要拿去逐利的年岁，想要精神上的契合。而二十岁的男孩子太急功近利，看不到另外一些东西的珍贵。

苏小寿说："反正我看不惯吧。刚进大学的时候，我和苏晓秀关系蛮好的。"那时候，苏晓秀还对她照顾有加。这个事情，她是记得的。要是苏晓秀没这样折腾，做的事实在是让她看不惯，也许她们能关系一直好下去吧。

事情就是这样，没有如果，只有事实。

她叹口气，说："苏晓秀很漂亮很聪明，学习努力一下也是跟得上的。"

本来，苏晓秀只要靠自己，是可以有个光明的未来。偏偏她一直想走捷径，可走来走去，却把她自己的路越走越窄了。再看她们三个认真读书、认真生活的，两年下来，多少有所得。所以，不负时光，不负自我，努力前行，才是最好的路。

天比之前黑得晚。下午五点多的时候，天空还是亮堂堂的。

苏小寿看着窗边，楼渐渐地多了起来。她看了路标，已经到了杭地了。

来南江读书这些年，她一直都忙来忙去，还没有出去玩过呢！她不由得笑起来，眼睛亮亮的，说："我们是去杭地吗？"

霍元泽笑着说："对呀！我们去杭地玩一圈，明早回来，我记得明天上午你没有课。"

南江大学选课比较自由，每个课程，都会有不同的老师在不同的时间段开设。苏小寿便把她的课程集中排在一起，这样能空出大面积的时间。比如她今天下午三点多后有空，再到第二天下午再去上课。这样她就有差不多一天的时间，再加上双休日，她一周大概可以三天有空。就是有的一天要上十二节课，那一天就会比较累。

苏小寿说："我没去过，嗯，这些年都窝着。"她当然也想四处走走看看大好山水，但实在是囊中羞涩，而且事情又多，然后就这样一天天耽搁下来了。霍元泽说："以后，我要在世界各地对你说我爱你。" 这是想带苏小寿去看看这世间最好风景的意思。以前，他说这些话言不由衷；现在每一句都是发自肺腑。他真就是非常的喜欢，恨不得把最好的都捧到苏小寿跟前，竭尽所能地去对她好。

他是这样说的，而且也是想这样做的。

夕阳西下，湖面波光粼粼。晚风沉醉，带着初夏的些许热烈，吹得湖边柳条轻轻摇曳。

别墅在山上的高处，掩映在一片葱茏之中，可以看见湖景。

苏小寿靠在窗边，说：“这风景真美。”

霍元泽说：“对，每年春天我都会在这里小住一阵子。”

苏小寿一直对霍元泽有多少钱没有什么概念，但就凭他在繁华地段、景色秀美的地方有房子，而且每个房子里头都有家政助理长期来打理的情况看，霍元泽的收入确实是挺好的。

霍元泽不喜欢人多，所以今天的饭菜都是外头做好，送过来的。

桌子上摆着几个菜。东坡肉苏小寿是认得的，还有一个麻婆豆腐。另外一个是海鲜，还有个汤羹，苏小寿不知道这些是什么。

她尝了一口麻婆豆腐，味道跟学校门口这一份的菜差不多，但是却从里面吃出了虾子的味道。她问：“这里头是放了虾仁吗？”

霍元泽说：“放了龙虾的。大龙虾去掉虾线，肉打成泥，搓成丸子，放在里面一起烧的。”

苏小寿就知道霍元泽吃的东西就没有那么简单。他们这一顿又怕是她两个月的生活费。

刚认识霍元泽的时候，苏小寿觉得他是摆谱，后来，她发现这就是霍元泽的日常。霍元泽忘我工作，然后他的生活就更加有品质，这是成正比的。

这也许就是所有人认真工作的意义吧。通过努力，让自己过得比原来要好的生活。饮品是龙井茶。苏小寿喝不出来茶的品质，只觉得入口茶香清冽。而那东坡肉肥而不腻，入口即化，味道很好。

她说：“好吃。”

霍元泽笑了笑，说：“合你口味就好。这是莼菜牛肉羹，那是葱爆海参。你尝尝看。”

海鲜不便宜，尤其是这么一大盘。苏小寿心里知道霍元泽过得起这样的生活，但她确实不大习惯。

苏小寿说：“让您破费了。”这么久了，苏小寿对他还是有些客气的。再过些日子，就好了吧。

霍元泽也不急，笑了笑：“吃完，我们去湖边散散步。”

苏小寿说：“好。”她展颜一笑，让餐桌上的玫瑰花都逊色了几分。

这时，她的电话响了。苏小寿一看，是杨容打过来的。

苏小寿接了电话。

电话那头立即传来杨容的声音：“小寿！陈立肖的家里破产了！哈哈！他家是穷光蛋了！新闻上出来了！我太畅快了！”

陈立肖家里不错，在当地经商，厂子做得蛮大的。所以他家的情况，媒体上会有痕迹。

杨容一直是关注这些的，得知后，拉着陆雅说了一遍后，觉得不过瘾，又给苏小寿打电话再来说一遍。

杨容很高兴地说："反正就是一则简短的消息，说他们家资不抵债！唉呀，真是舒服！陈立肖就是家里赚了几个臭钱，所以才为所欲为的！现在，看他还怎么样去讨女孩子欢心！苏晓秀那个人你知道的！最现实不过了！陈立肖没有钱，我就不相信苏晓秀还能跟以前一样高高兴兴地跟着！渣男贱女绝对不会有好结果！我们就等着看戏！"她就是不想看到陈立肖和苏晓秀有好果子吃，恨不得他们立即倒霉！

苏小寿说："这事苏晓秀知道吗？"

杨容说："我也很想她早一点知道！以陈立肖爱面子的个性，肯定不会主动说！我真想看苏晓秀那时候的嘴脸！还能不能有脸继续秀恩爱！"她畅快地笑了两声，"我真想找个机会去捅破呀！"

苏小寿说："看看就好，别一直和烂人烂事计较。"

杨容说："那是当然的了。我忙着呢！哪有工夫去理他们。我还要考试，咱还要去外面的世界看看！"要看的书那么多，要做的事情那么多，清单都列得密密麻麻的，她才没有工夫去一直跟这种东西纠缠。

苏小寿赞同杨容的想法。这个态度是对的。笑话看一会儿就够了。

苏小寿也是这样想的，她有她的追求，道不同不相为谋。至于苏晓秀，她很惋惜于对方的拎不清，但也就是惋惜而已。路都是自己走的，她自己去选择的结果，没有好结局，怨不得其他人。

苏小寿看了一眼霍元泽。眼前的那个男人是那么优秀。但是就算生命中没有他，她也是要努力过日子的。

她没有看霍元泽手机的习惯，自然也不知道在霍元泽的手机里，在今天收到了一条信息，"霍总，陈氏集团的事已办妥"。

第二十四章 结局

转眼之间，大二的期末考试周也悄无声息地过去了。苏小寿的成绩还是名列前茅。照这样下去，她保研基本上是不成问题的。

齐教授很看好她，还专门给她列了很长的一个书单，叮嘱她暑假里好好看书。

苏小寿特意向齐教授打听吴湖老师的消息。齐教授是业内的专家，如果吴湖老师还要走学术这条路的话，应该是不会和齐教授断了联系的。果然，齐教授说："吴老师呀，他去了别的地方，挺好的。"

苏小寿点点头。吴湖老师不受影响就好，这样她就能放下内疚。苏小寿假期依然是留校的。

杨容把自己的东西都带走了，她手续办得差不多了，后头两年直接去国外。离校那天，杨容说："其实，陈立肖前一阵子来找过我了，求我原谅，带他一起去国外，说都是苏晓秀下的套，他以前就是鬼迷心窍！"

陆雅说："你不能心软！"

杨容笑着说："当然不会心软！就是为以前的自己不值，我怎么会看上那样的人？"

陆雅说："上学期我也有这种感觉，现在觉得我就是棒！哎呀，差点就从垃圾堆里找男朋友了！"她看了一眼苏小寿，"小寿，我一直想问，你是不是交男朋友了？你对象不是学生吧？"

苏小寿的口风很严，没有在学校里张扬，如果不是和她一个宿舍的，陆雅是一点端倪都看不出来！

现在谈恋爱也正常，只要不影响到正常学习生活就可以了。男朋友没有自己的前程重要。

苏小寿说："哪有男朋友啊……"霍元泽何止是男朋友，马上就要是她丈夫了！

见苏小寿矢口否认，陆雅也没有追问，反正苏小寿是个有主意的人，等她想公开，自然会把人带到她跟前的。

杨容又想起了另外一件事，说："陈立肖把苏晓秀给甩了，她可能要厚着脸皮搬回宿舍。我挺怕打扰你们的。"

陆雅随口说："这有什么？我们不搭理不就好了。"

这几个月，苏晓秀无心学习，原本不太好的成绩就更差了。

杨容接着说："晓秀可能要被劝退了，具体怎么样，听辅导员说，还没有定下来，但肯定是要被处分的。要是万一她搬回来，你们离她远点。她本性不好，谁靠近她谁倒霉！"

苏小寿说："我大部分时间都不在宿舍里。"

结婚后，她打算下学期彻底走读来上课，估计和苏晓秀碰面的机会很少。想到这里，苏小寿心里一甜，她终于和霍元泽要结婚了。

还有，她的新书销量也很好。最近都是好消息，她的日子会越来越好的。

陆雅说："放心吧，我才懒得理她。今晚我就走了。这个暑假，我去当志愿者，在我家那边下面一个村里留守儿童之家当老师。"

看到陆雅也找到了自己的人生目标，苏小寿真心为她感到高兴。

杨容伸出了手，说："加油哟！"

陆雅和苏小寿马上也说："加油哟！"

三个女孩子的手搭在了一起。

外滩附近一家大酒店总统套房里，穆诗成的声音波澜不惊："哦？霍元泽的私人助理说他最近行程都是满的？"她优雅地坐在椅子上。

一个女孩子半跪在她一边，帮她涂着红艳艳的指甲油。

穆诗成微微笑着，霍元泽不可能忙到连接下来的两周都没有十分钟的时间的，摆明了这就是不想去见她。

她的私人助理不敢抬头，声音低低的，说："是的，也提了结婚的事，对方说，霍总没有和您结婚的安排。"

穆诗成脸上还带着笑，心里暗自恼火。这事要是搁在一年前，完全是不可能的！以前，霍元泽就是想去见她都是没资格的，就是提前约好，他自己跑一趟，都得老老实实在外头等一个下午，才能等到她稍微露面几分钟。霍元泽就是看他们这一派在穆家落了下风，就直接不见她了！要不是看他现在把南江地产做得不错，让霍元泽给她提鞋都不配！

穆诗成深吸一口气。她很识时务，总是要先顾及利益。这个时候她发脾气于大局没有用处。反正她又不需要霍元泽真正喜欢，只要他们结婚，有个儿子，外头面子上恩爱，她才懒得去管太多呢！

穆诗成问："还有呢？"

没听说霍元泽身边有人。这一阵子，他出入任何商业聚会，都是独来独往，连个女伴都没有。

可越是这样，穆诗成就越是不安。

霍元泽身边不可能缺女人，会这么做，肯定是在向某个人表示他的深情。一想到这里，穆诗成怒火中烧，她不喜欢霍元泽，但霍元泽对她有用，她不允许别人从她手里把人夺走！

私人助理说："没有了。"

也是了，霍元泽大概现在是半点都不想和她沾上关系吧。霍家里头，霍元泽算是分了出去，在南江这里另外搏出了一方天地。既然他都不想南方那边的事，自然也是越少搅和进几家的矛盾里头越好。现在的局势很明朗了。她对于霍元泽来说，不仅仅是拖累，而是必然的舍弃。更何况，她和霍元泽订婚这些年，也没见过几次面。

霍元泽还真是想得美啊！当初需要她未婚夫名头的时候，他欣然接受；现在不需要了，那就是一脚踹开，毫不留情。

穆诗成勾起一抹笑。她猜得到霍元泽的想法，冷处理，冷着冷着，就没事了。她就偏偏不让霍元泽如愿以偿。他不是不希望太多人知道吗？她就偏偏要所有人都清楚，霍元泽就是她穆诗成的未婚夫！

穆诗成说："先让几家放风。"这是先礼后兵的意思，如果霍元泽肯识趣，那么她并不介意继续低调下去。如果对方还不吭声，那她就对外大张旗鼓地公开！既然享受了这么多年她未婚夫的名头，霍元泽怎么能不付些利息呢？在她这儿想过河拆桥，门都没有！

瘦死的骆驼比马大。是啊，她这一派是没能控制穆氏集团，但她的股份还在，依然是穆家的千金。而在庞然大物穆家集团跟前，南江地产就是一个毛孩子。吃下来南江地产不大可能，但给他制造一点小麻烦还是做得到的。

她不介意去给霍元泽添上一点堵，逼着他低头。

她要的是霍元泽一辈子在她跟前低头。

送走杨容和陆雅后，苏小寿也不在宿舍里住了。

她和霍元泽提前拍了一张合影，红色的底，两个人头靠在一起，洗出来准备用来领结婚证。苏小寿很高兴，觉得空气都是甜的。真是甜啊，她熬过了那么多的苦，终于吃得到糖果了。

霍元泽很忙，最近就更忙了。

苏小寿有一点点委屈。哪怕知道霍元泽就是忙于工作，但她还是会觉得自己委屈，觉得霍元泽怎么都不去陪着她。明知道这样的想法娇气了些，但她忍不住去想。大概就是霍元泽对她实在是太好了，让她有这样的底气觉得委屈吧。泡在蜜罐里的日子过得久了，苏小寿整个人也活泛许多，那种年轻女孩子的朝气就显了出来。

领证那天，也很平常。

在一个天很蓝，云很轻，阳光很美的日子，她和霍元泽去了一趟民政局，排了一会儿队，然后就领到了结婚证。

出奇地顺利，顺利到苏小寿拿到了结婚证，都还觉得自己像做梦。

"这样就结婚了？"苏小寿都有些蒙。

这也太平常了！这日子和之前的日子也没什么区别啊！

没有什么曲折，没有什么波澜，感觉就是她走一条路，走着走着，走到一个凸出的点，然后走了过去，再接着往下走。没走到之前，还是兴奋得不行，真走到那时候，却发现，咦，好像和以前的日子也没什么太大的差别呀！

苏小寿慢慢地从出神中找回一点思绪，也还是有区别的。比如，她在法律上，现在就是已婚，是霍元泽的合法妻子。

他们真结婚了呀！再也不担心他们会分手了！都结婚了，还分什么手！他们可以一辈子在一起了吧！苏小寿说："我也没想到，这样就结婚了！"

这种感觉很奇怪，就因为这本薄薄的、红红的证，她的名字就和霍元泽的名字列在了一起，而他们今后的命运就这样连在了一起。

霍元泽笑着说："对啊，结婚了。"

相比之下，霍元泽的精神就高昂了许多。他很高兴，拿着结婚证看了好几遍，眼睛里都透着兴奋。霍元泽紧紧握住了苏小寿的手，说："你好啊，霍太太。"

苏小寿笑着说："还是晕晕乎乎的。"

她上大学之前，没打算在大学里结婚的。但没想到自己会遇到霍元泽，一个深爱着她的霍元泽，而她还会选择在刚满二十岁的时候，就和他结婚！

苏小寿已经找不到形容词来描述今天的心情了。一直期待这一天快点到来。昨天几乎一晚上都没睡，也不知道是为了什么，一个人就是翻来覆去睡不着。后半夜她总算是睡了，到了天快亮的时候，她又醒了，看着外头的天一点点亮。

领证前的头一晚，霍元泽就出去忙，到现在还不回来，会不会对和她结婚这件事，没有什么热情啊？万一，他要是临时改了主意，她该怎么办？有很多奇奇怪怪的念头像走马灯一样，在苏小寿的脑子里转来转去。她越想，越是睡不着。想了大半宿，也想不出个所以然，苏小寿索性就这样干等。

大概是等的时间有些久了，很多情绪都磨掉了。苏小寿以为自己会激动，会高兴，会有很激烈的情绪，但是没想到自己真办手续的时候，居然是那么蒙，就是那种缓不过来神的感觉。

就这样就算是他们结婚了吗？

对，他们就是结婚了。

这种关系是法律意义上的，比婚礼更为要紧。

霍元泽在外头出差，今天一早才赶回来的。他几乎一夜没睡着，也是兴奋得不行。拿到证这一刻，他心里才踏实下来。这样好，他会好好待苏小寿，然后好好过下去的。

这些天，霍元泽已经差不多把事情理顺了。他打算把绝大部分精力放在南江这边，至少他在这里的掣肘少很多，不需要太看霍家那些老一辈人的脸色。在南方的霍家，他只是霍家这一代无数人当中的一个。而在这里，他是南江地产的霍总。

天地如此大，他可以大展手脚，不需要在南方缠斗。

他电话响了，是公司里的总经理打来的。没有他需要决策的事，总经理是不会给他电话的。霍元泽接了电话。

"霍总，我们一个在建项目里，承包方突然停工了。还请您赶紧到公司一趟。"

霍元泽下意识地去看苏小寿。

今天是他们领结婚证的日子，照理说，他今天应该陪着苏小寿的。要是为了工作，临时丢下苏小寿，只怕苏小寿脾气再好，也是会不高兴的。可是，总经理提到的那个大项目，他是不能有一点闪失的。如果有闪失，那么一年的辛苦就白费了。

苏小寿心里觉得委屈，但没有说出来，只是说："是不是遇到什么事了？要不先过去看看？"她希望霍元泽留下来，可一直都没表现过这种黏糊的感觉，就干脆继续隐藏这些想法吧。苏小寿认真地说："早去早回吧。"

霍元泽盘算了一下，来来回回，估计两个小时差不多吧，中午能赶得上和苏小寿一起吃饭。他说："那好，我中午回来。"

见他走得那么爽快，苏小寿心里更别扭了。为什么他们结婚都没有让她觉得自己在霍元泽心中更为重要呢？又或者说，霍元泽一直说她很重要，但是她在他的心中，还是排在他的事业之后。是啊，苏小寿也是能理解的，但是她感情上真的受不了啊！别的日子也就算了，她会去体谅，但是今天是他们结婚的第一天啊！

等霍元泽走了后，她越想越委屈。这时，她的电话也响起来，苏小寿一看，居然是苏晓秀打来的。

苏晓秀已经很久都没有联系她了，苏小寿想不出来，苏晓秀为什么突然要给她打这个电话。这一个电话，苏小寿没有接，但是苏晓秀过了几分钟后，又再打来。等苏晓秀打来第三个电话的时候，苏小寿还是接了。

苏小寿问："请问有什么事吗？"到底，她和苏晓秀还是生疏了。以前，她不会和苏晓秀这么客气的。

她的口气里有几分不耐烦。

"小寿，我没地方去了，都吃不上饭了……陈立肖，他不是人！"苏晓秀哭得十分可怜。

很奇怪，现在苏晓秀在跟前哭，苏小寿只会以为她是惺惺作态。

"陈立肖逼着我出去和人喝酒，玩。我不愿意，他就骂我，打我，骂得很难听！"苏晓秀在哭诉。

实际上，这些事都是苏晓秀自己招惹来的，抢走了舍友的男朋友，自己上位，就应该要承受现在的这一切。她早干吗去了？以前，陈立肖风光的时候，她可没少奚落人家杨容。她那时候的嘴脸也很难看！

等苏晓秀抽抽噎噎哭了半天，苏小寿才淡淡地说："现在暑假了，你可以回家的。"

苏晓秀的家境是不错的。所以苏小寿根本就不担心她。她不是真正没有钱的人。苏小寿记得很清楚，刚进大学的时候，苏晓秀还接济过她。所以苏晓秀的这些哭诉真实性有待商榷。

苏小寿想，以前她就是太信苏晓秀了。也是到吴湖老师那件事情之后，她才醒悟过来。其实，苏晓秀大概就没有把她当朋友看吧。

现在的苏小寿已经不是当时刚刚入大学那个小姑娘了。她觉得自己还是要努力的，哪怕和霍元泽结婚后，她也要积极工作。

霍元泽忙，就忙他的好了。她也要过自己的日子。哪怕心里觉得委屈，她忍一忍也就过去了。没有必要把自己所有的希望、所有的情绪寄托在另外一个人身上。她要做自己情绪的主人，掌控自己的人生。

经过这一连串的事情，苏小寿感觉自己也是长大了许多。

至于苏晓秀，有些事情是不能做的，做了之后就会有痕迹的。哪怕苏晓秀真改过，别人也是不会信的。

听到苏小寿这么说，苏晓秀噎住了，说："连你也不相信我了吗？陈立肖是真的渣啊，我被他打得浑身都发紫，他挑看不到的地方下手。我说我去告他，他说如果我敢出去乱说的话，就把我怎么怎么样！"苏晓秀哭得很厉害。

苏小寿不由得提高了音量，说："他如果真的伤害你，可以去报警的。"小孩子都知道受到伤害去找警察。

现在是盛夏时节，外头太阳很大，照在地面上，地上都是白花花的。

苏晓秀的情绪失控了，说："你以为我不想做个好人吗？你以为我愿意这个样子吗？你以为我今天沦落到这个样子是拜谁所赐吗？苏小寿啊苏小寿！你当我不知道吗？你瞒得过别人瞒不过我！你是不是还跟那个霍元泽在一起，是吗？就是他吧！对！我告诉你，我今天之所以变成这个样子，全是拜他所赐！"

苏晓秀讲这些话的时候几乎是咬牙切齿，胸中的恨意实在是压抑不住。是啊，她好恨啊！凭什么啊！凭什么她一个好好的女孩子落到这个地步啊！凭什么！全都是因为第一步她就错了，而这第一步也不是她故意去错的，是有人在引。

而这个人就是霍元泽！

在苏晓秀说那些话的时候，苏小寿的心一点一点往下沉，似有无数的碎石在往心上扎。

她的声音都有一点发抖，说："你胡说什么！"

究竟有没有胡说呢？苏小寿其实已经信了几分。一些被她刻意忽略的细节，又浮上了心头，她终于记起自己是怎么再一次在南江和霍元泽相遇的。那是一个秋天，一个很光明灿烂的日子。苏晓秀介绍她去做霍元泽的家政助理。

苏晓秀说："哼，我胡说！我胡说，你声音抖什么！我说的都是真的！因为你自己也知道我说的都是真的！为什么会这样？全都是霍元泽！都是他！你不会不记得吧？大一有人在楼下表白，搞得声势浩大！你猜，那天晚上我在车上看到了谁？呵呵！就是霍元泽啊！他是在等你的，可是我却上了车。他知道我不是你，可那天晚上，我们依然很快乐！"

一句句话像刀子一样扎在了苏小寿的心上，苏小寿几乎站不住。她说："你别说了，我一个字都不相信！"

真不信吗？苏小寿觉得她应该说的是真话。因为到这个点上了，苏晓秀已经没有必要再去骗她。但她心中抱有了一丝的可能性。也许就是骗她的呢，想让她生气的呢？

另外一个声音告诉她，苏晓秀准确地说出霍元泽的名字就是一件很反常的事情。因为其他的人也许猜到她有男朋友，但根本就不知道会是谁。如果真是这样的话，那她将情何以堪呢？

苏晓秀说："你以为霍元泽是好人吗？他还让我每隔一阵子把你的情况告诉他。要不然你以为他怎么会对你的情况了如指掌？呵呵，你是一个很好的猎物。他就是喜欢追逐的那种快感！你在他眼里可是一个很好的玩具呢！"

苏小寿浑身都在发抖，明明是很热的天气，她就觉得无边无际的寒意从每一个毛孔都渗透进来，冻得她整个人如在冰层深处。其实她只要稍微地回想一下，或者是说稍微留意一下就能发现一切的。

苏晓秀继续冷笑，说："你以为霍元泽就在你一个人面前那么好吗？人家是什么人啊，一个大公司的老总，情商、智商都是碾轧我们的，他想表现出好的一面就可以表现出好的一面的！"

"对了，他有未婚妻的。你不看八卦信息吧！这是昨天晚上的头条！穆诗成公开宣布婚讯！"苏晓秀的笑容里都有一些疯魔了，"你看不起我！那你自己是什么东西？！"

"你在哪里？我去找你。"

这个时候，苏小寿居然变得出奇地冷静，她想听苏晓秀说完所有的话，还要去听一听霍元泽的话。也许事实不是苏晓秀说的那样呢？这种可能性是微乎其微的，但是苏小寿不想放弃听一听的机会。

苏小寿觉得她的世界在坍塌。她一直深信不疑霍元泽，她好不容易决定去相信霍元泽，而她所以为的那些偶然都不是偶然。在知情人苏晓秀的眼里，她应该是一个傻子吧。

她和苏晓秀约在附近的一家咖啡馆去见面。

在见到苏晓秀的时候，她大吃一惊。这阵子，她都没有看见苏晓秀，走近了才发现苏晓秀瘦得厉害，说是骨瘦如柴都不为过，整个人的肤色都是暗沉沉的，精神特别不好。

这样热的天，苏晓秀还是穿着长袖长裤。看到苏小寿，她凄凉地一笑，然后挽起了袖子，她手臂上新伤旧伤纵横交错，到处都是青紫，显得十分恐怖。

苏小寿怒了，说："谁干的？你怎么不去报警呢？"

苏晓秀说："我准备今天下午去。"她已经忍得够久了，实在是忍不下去了。

苏晓秀说："其实也没有什么好说的，该说的话，我已经在电话里差不多说完了。苏小寿，我很恨你。恨你学习好，恨你得到更多关注，恨你更有前途，恨霍元泽对你很好！尤其是霍元泽，我好不甘心啊，明明是我在先头的，怎么最后他盯着你呢！现在我不难受了，你也比我好不到哪里去。你不知道吧？他快和穆诗成办婚礼了。穆诗成可是穆氏集团的千金大小姐，长得可美了，留学的高才生，和他门当户对。至于你，根本就算不了什么！"

苏小寿满脸都是泪水，说："什么穆诗成？我不知道。"

苏晓秀一定是乱说的！霍元泽是打算和她好好结婚的！他们结婚证都领了！怎么突然又冒出来一个富家千金？

她倔强地抬起脸，逼着自己不准哭。

难道霍元泽对她都是假的吗？

难道她以前的预感是对的吗？

难道就是齐大非偶，她被人骗了感情？

为什么会这样！要在她以为自己快要走向幸福的时候，没来由地给她这样当头棒喝！

是啊，在霍元泽眼里，她就是一只随意可以揉捏的金丝雀吧！

他高兴，他满意，他觉得好就可以，而她到底是怎么想又有什么要紧。他应该很自信吧，自信能掌控她，然后觉得她肯定翻不出他的手心。

苏晓秀看着苏小寿难受，心里没来由地一阵快意，说："现在你心痛了吗？你现在有多痛，以前我就有多痛！"她掏出一份打印出来的纸，甩到了苏小寿的身上，说，"你自己看，信息上说了，他们很快就要举办世纪婚礼！他们的婚礼，会有大海蓝天，会有婚纱鲜花，会有乐队舞蹈，美到你根本就没有办法想象！"

苏小寿几乎站不住，一转身就疯狂地跑。

她脑子乱极了，她要立即找到霍元泽，一定要找到霍元泽，一定要问个清清楚楚！

然后她就听到尖锐刺耳的刹车声，然后自己被人重重地往前一推。她扑倒在地上，转过脸，就看见一辆轿车停在了路边，而车轮下苏晓秀不断流出血。她的上半身在车轮外头，但下半身已经不成样子了。

苏晓秀对着她艰难地挤出笑容，说："苏小寿，我们互不相欠了。"

再之后，就是她送苏晓秀去医院抢救。

再后来，就是她找霍元泽对质，而霍元泽全都认下，然后断了联系。

再然后……两年过去了。

酒店的房间真是静得可怕啊。

苏小寿看着电视，心里在颤抖。

难道她就这样屈服吗？回到霍元泽的身边继续做一只金丝雀？

如果是这样的话，那她这两年的努力又为了什么呢？不行，她绝对不允许自己落到这个地步。她不想再被人掌控了。

其实，从她一口一个"您"，她就已经输了。在她的潜意识里，霍元泽还是高高在上的。

爱情是很美好，可这一份爱如果一开始就是不平等的，又夹杂了许许多多的杂质，她现在回过头，再去反复咀嚼又有什么意思呢？

是的，苏晓秀的医药费，她还担忧没着落；自己父母那头，她也要顾着。

还是做自己最好。

苏小寿拉开房门，走了出去。

她还是想通过努力，活出自己想要的人生。

218